Elisabeth Posner

Lebensdialoge

AF288535

Für meine Familie
in Dankbarkeit

„Der echte Dialog, gleichviel geredet
oder geschwiegen, meint sich und die
anderen in ihrem Dasein und Sosein
wirklich und wendet sich und ihnen
in der Intention zu, dass lebendige
Gegenseitigkeit sich zwischen ihm
und ihnen stifte."

Martin Buber (1878-1965)

Elisabeth Posner

Lebensdialoge

Familienbiografische Geschichten vor dem
Hintergrund der Zeitgeschichte

Bibliografische Information Der Deutschen Bibliothek:
Die Deutsche Bibliothek verzeichnet diese Publikation in
der Deutschen Nationalbibliografie; detaillierte
bibliografische Daten sind im Internet über
http://dnb.ddb.de abrufbar.

© 2005 Elisabeth Posner
Herstellung und Verlag:
Books on Demand GmbH
Norderstedt
ISBN 3 - 8334 - 4381 - 2
Lektorat und Buchgestaltung:
Bettina Kruse

Inhalt

Ein Grußwort

Elisabeth Posner legt jetzt mit *Lebensdialoge* erstmals ein großes Werk vor. Es sind „familienbiografische Geschichten vor dem Hintergrund der Zeitgeschichte", so der Untertitel.

Der Familienroman ist angelegt als ein langes Gespräch mit dem Verwandten und Studenten Jan-Erik, dem sie – angeregt von einem gemeinsamen Besuch des Hauses der Geschichte der Bundesrepublik Deutschland in Bonn – im persönlichen Zwiegespräch oder per Mail die vielen Stationen ihres Lebens auf dem Hintergrund der von ihr als Zeitzeugin erlebten deutschen Geschichte schildert. Diese Schilderungen des eigenen Lebens sind sehr plastisch und zeugen von dem Ringen um die Wahrheit über die persönlichen und beruflichen Höhen und Tiefen ihres eigenen Lebens.

Geboren in Hamburg, bezieht sie in sorgfältiger Auswahl die Familiengeschichte der Großeltern, Eltern und Geschwister ein und schildert sehr anschaulich zunächst ihr Aufwachsen in einem „bürgerlichen Hause" in den Jahren vor und nach dem Ersten Weltkrieg.

Erfahrungen und Ereignisse nach 1933 zeigen auf, dass der so genannte „normale" Bürger sehr viele politische Ereignisse „mitbekam", ihnen aber nach Elisabeth Posners Darstellung hilflos ausgesetzt schien. Dies unter dem Titel „Deutschland verändert sich". Es folgen Erlebnisse im Zweiten Weltkrieg, das Leben in der Nachkriegszeit, Wiederaufbau und Wirtschaftswunder, Schilderungen der „jungen Generation" mit ihrer Suche nach eigenen Wegen. Wegstationen sind Berlin, „die Stadt im roten Meer" und Hamburg. „Helle und dunkle Jahre" in der Ehe mit Gerhard, einem Lehrer in Berlin, ihren persönlichen und beruflichen Neubeginn in Braunschweig nach der Trennung von ihrem Lebensgefährten.

Elisabeth Posner hat den zu veröffentlichenden Prozess der literarischen Selbstfindung als Beitrag gesehen, der anderen Mut machen kann, das eigene Leben zu reflektieren, und zwar am besten durch „Reden", denn „Reden befreit". Sie hofft, dass durch das gewonnene Wissen um das Werden und den Untergang des Nationalsozialismus die junge Generation davor bewahrt werden kann, jemals ideologisch gefärbte Gewalt zuzulassen und miterleben zu müssen.

Dieser Lebensbericht ist ungemein lebendig gestaltet – dabei hilft natürlich die dialogische Form. Zu gratulieren ist Elisabeth Posner für den mutigen Schritt, dem Leser das eigene Leben weitgehend geöffnet zu haben und ihn teilnehmen zu lassen an der eigenen Entwicklung, aber auch an den Reflektionen dieses Lebens im Vorkriegs-, Kriegs- und Nachkriegsdeutschland.

Hans-Peter Conrady

Geschäftsführer der

Braunschweigischen Landschaft

Vorwort

Als ich mit dem Schreiben der „Lebensdialoge" begann, standen mir nur meine eigenen Erinnerungen zur Verfügung, da durch den Krieg alle schriftlichen Aufzeichnungen meiner Eltern und Großeltern verloren gegangen waren. Durch die Beschäftigung mit Publikationen zur Geschichte des Nationalsozialismus, des Ersten und Zweiten Weltkrieges sowie der Nachkriegsgeschichte erhielt ich ein genaues Bild der damaligen Realität. Ich stellte fest, dass erinnerte und reale Geschichte weitgehend übereinstimmen. Gespräche mit Familienangehörigen und anderen Zeitzeugen waren eine dritte Ergänzung.

Ich schrieb unsere Familiengeschichte auf und bin sicher, dass es viele ganz normale Familien in Deutschland gibt, die sich in meinen Berichten wieder finden und über ähnliche Erfahrungen verfügen. Redliche Wissenschaft baut auf dem Wissen und den Erkenntnissen anderer auf, und so wird sich auch künftige Forschung fortsetzen. Neben den allgemeinen und speziellen Erkenntnissen spielen für die moderne Wissensgesellschaft aber auch persönliche und familiäre Erfahrungen eine entscheidenden Rolle: Menschen brauchen Verbindung zu ihrer Herkunft und ihren Wurzeln, um beziehungsfähig in Partnerschaft, Familie und in den Gruppen, in denen sie arbeiten und darüber hinaus Freundschaften finden, zu bleiben oder wieder zu werden.

Ich möchte Leser und Leserinnen aller Altersgruppen ansprechen und sie anregen, miteinander in den Dialog zu treten. Erlebte Erinnerungen sind wertvoll und sollten weiter gegeben werden.

Elisabeth Posner

Braunschweig, im Juni 2005

Prolog

Besuch im „Haus der Geschichte der Bundesrepublik Deutschland" in Bonn

Anfang Juli 2003. Ein wunderbarer Sommertag mit einer Wanderung ins Siebengebirge mit meinem Neffen Jan-Erik lag hinter uns. Wir hatten schon immer ein sehr gutes Verhältnis miteinander gehabt, und so lud er mich zur Übernachtung in seine Bonner Studenten-WG ein. Morgens saßen wir zwei ausgeschlafen und bereit zu neuen Taten in der Küche beim Frühstück.

Jan-Erik schaute mich an und fragte: „Hast du dir schon überlegt, in welches der vielen Museen in Bonn du gehen möchtest?"

Na klar hatte ich – da waren wir uns einig: Das Museum „Haus der Geschichte der Bundesrepublik Deutschland", in dem die Zeit nach 1945 präsentiert wird!

Wir fuhren quer durch Bonn und stiegen direkt vor dem Museum aus. Vor uns lagen fast 60 Jahre deutscher Nachkriegsgeschichte. Beeindruckt durchwanderten wir die verschiedenen Abteilungen. Jan-Erik zeigte sich allem gegenüber sehr aufgeschlossen. Er fragte nach, ich antwortete. In mir selbst stiegen dabei viele Erinnerungen an mein eigenes Erleben dieser Zeit empor – ich wurde still und nachdenklich.

Nach fast vier Stunden verspürten wir Hunger. Wir verließen das Museum und nahmen in einem gemütlichen Studenten-Restaurant Platz, dort gab es Salat, Nudeln und reichlich zu trinken. Um uns herum saßen junge Leute in angeregter Unterhaltung.

Jan-Erik schaute mich nachdenklich an: „Weißt du, dieser Gang durch das Nachkriegs-Deutschland wird mir unvergesslich bleiben, weil ich einer Zeitzeugin ganz viele Fragen stellen konnte. Du hast so viel selbst erlebt, dadurch wurde für mich alles noch interessanter. Ich hab schon auf die Jahre gewartet, an die ich mich selbst erinnern konnte, die kamen dann ja auch mit den Darstellungen aus den 80er- und 90er-Jahren. Vieles aus Streitgesprächen in der Familie und aus dem Schulunterricht ist mir wieder eingefallen."

Ich nickte – hatte er doch gerade das Gleiche wie ich erlebt.

„Zum Glück hatten wir einen Lehrer, der sich dem immer gestellt hat. Fast alle Lehrkräfte drückten sich und wichen aus", fuhr er nachdenklich fort. „Dabei wollten wir doch unbedingt wissen, wie es wirklich war. Du hast dich heute gestellt und mir Rede und Antwort gestanden. Dafür danke ich dir."

Lächelnd drückte ich seine Hand. Für mich war dieses Rede–und–Antwortstehen die grundlegende Bedingung dafür gewesen, mit ihm, diesem jungen und wissbegierigen Menschen, das Museum zu besuchen. Ich wollte offen und ehrlich mit der Geschichte des Nationalsozialismus umgehen, mit der nicht fassbaren Ideologie und allen daraus entstandenen Überheblichkeiten und menschenverachtenden Schrecken, mit dem Zweiten Weltkrieg und seinen Folgen, nicht nur für uns Deutsche, sondern für Europa und die ganze Welt. Verdrängt und verschwiegen wurde lange genug. Seit dem Fall der Mauer in Berlin und der innerdeutschen Grenze wurde es endlich möglich, sich an die Aufarbeitung dieser Zeit heranzutasten.

Jan-Erik regte mich an, nach diesem denkwürdigen Tag über Lebenszeiten und Zeitgeschichte gemeinsam nachzudenken. Ich stimmte begeistert zu.

1. Familiengeschichten

E-Mail:

Von: Elisabeth
An: Jan-Erik
Gesendet: Sonntag, 7. August 2003,
11.15 Uhr
Betreff: Re: Dialog

Hallo, Jan-Erik, du wolltest doch
etwas über das Leben im 20.
Jahrhundert erfahren. Also beginnen
wir mit unserer Familie, mit meinen
Großeltern. Vieles erinnere ich aus
Gesprächen mit Vater und Mutter. Aber
das meiste ist selbst erlebt.
Einen lieben Gruß, Elisabeth

Von: Jan-Erik
An: Elisabeth
Gesendet: Sonntag, 7. August 2003,
16.30 Uhr
Betreff: Re: Dialog

Hallo, Elisabeth!
Wollen wir uns nicht nächsten Samstag
treffen? Ich komme dann gegen
Nachmittag vorbei.
Bis dann, Jan-Erik

An jenem Samstag begann unser Gespräch.

12

Großeltern, Eltern und Kinder

Jan-Erik schenkte mir eine Tasse schwarzen Tee ein – ich begann zu erzählen.

Die Wurzeln unserer Familiengeschichte liegen in der schönen und ehrwürdigen Hansestadt Hamburg und in dem Umland Mecklenburg. Großstadt und Bauernland lassen eine merkwürdige Mischung vermuten...

Meine Geschwister und ich haben beide Großväter nicht mehr erlebt. Der Großvater in Mecklenburg fiel im ersten Weltkrieg und ließ seine Frau auf einem kleinen Bauernhof mit neun Kindern zurück: Martha, Walter, Hans, Karl, Anna – unsere Mutter –, Klara, Fritz, Erich und Martin.

Unser Großvater Wilhelm in Hamburg hatte vor, nach Amerika auszuwandern und arbeitete einige Jahre in New York als Kaufmann. Seine Verlobte Maria, unsere Großmutter, konnte sich nicht vorstellen, ihre Vaterstadt Hamburg gegen die Weltstadt New York mit den Wolkenkratzern einzutauschen. Da die beiden sich liebten, kehrte Wilhelm zu Maria nach Hamburg zurück. Sie heirateten und bekamen zwei Söhne, Rudolph, unseren Vater, und Hugo. Sie waren eine zufriedene und glückliche Familie. Ein großes Atelier-Foto stellt ein wohlhabendes, bürgerliches Paar mit seinen Söhnen dar – zwei erwachsenen, elegant gekleideten jungen Männern.

1925 starb Wilhelm. Als Witwe konnte Maria den handwerklich begabten und ausgebildeten Sohn Hugo loslassen. Er heiratete sehr bald, seine Frau Anna war kränklich und auf seine Unterstützung angewiesen. Das Paar bekam zwei Kinder, Sohn Hugo und Tochter Lieselotte.

Rudolph war vermutlich der besonders geliebte Sohn, den sie brauchte und nur schwer loslassen konnte. Vielseitig interessiert lasen und sammelten sie Bücher und waren fest verankert in ihrer evangelischen Gemeinde. Als Technischer Kaufmann hatte Rudolph eine wichtige Position als Filialleiter in einer großen Firma inne, die es immer noch in Mannheim-Ludwigshafen gibt. Heute würde Vater in dieser Stellung zum Mittleren Management gehören. Er arbeitete viel und gern. Mutter und Sohn führten sicher über Gott und die Welt Gespräche und verstanden sich bestens.

Wohl jede Mutter macht sich mit zunehmendem Alter Gedanken, wie es denn weiter gehen soll. Rudolph war bereits über 40 Jahre alt

– langsam wurde es Zeit für ihn, ans Heiraten zu denken. Der Mutter ging es auch um seine Versorgung. Auf einer Familienfeier bei Adolf, einem Vetter unseres Vaters, lernte Rudolph die junge und hübsche Anna Boje kennen. Sie wollte das Schneiderhandwerk lernen. Sie hatte dazu bestimmt eine Begabung, denn sie stickte, strickte und häkelte mit Freude und unermüdlichem Fleiß. Später kam das Teppichknüpfen dazu. Für ihre Kinder fertigte sie ein paar Jahre danach sogar die Kleidung an. Aus ihrem Nachlass stammen viele schöne und akkurate Arbeiten in den Familien ihrer Kinder und Enkel. Anna kam aus dem Kreis Parchim in Mecklenburg nach Hamburg, ein damals sehr mutiger Schritt. Sie arbeitete in einer Familie und lernte, wie man einen Haushalt führt. Sie war ein gläubiges junges Mädchen, ging gern in den Gottesdienst und besuchte auch andere Veranstaltungen in der Gemeinde. Das alles machte sie für Rudolph zur geeigneten Ehefrau. Seine Mutter sah natürlich auch, dass sie Jahre jünger war als ihr künftiger Ehemann. Eine junge Frau war formbar. Die beiden heirateten kurz vor Weihnachten 1929. Der Bräutigam war 40, die Braut 24 Jahre alt.

Jan-Erik unterbrach mich: „Meine Schwester Bettina wäre über solche Vorstellungen empört. Frauen haben doch gleiche Rechte wie Männer ...“

Ich stimmte ihm zu, erinnerte ihn jedoch daran, dass damals ganz andere Verhältnisse geherrscht hatten und viele Frauenrechte in dieser Zeit erst entstanden waren.

„Es gab die Bürgerliche Frauenbewegung und die Bewegung der Arbeiterinnen, das Wahlrecht hatten die Frauen erstritten, ebenso das Recht zum Studium. Auch gab es bereits promovierte Frauen. Oft waren sie Ärztinnen oder sie wandten sich der Kranken- und Armenpflege zu. Daraus entwickelten sich die so- genannten Frauenberufe, heute Erzieherin, Sozialpädagogin oder auch Medizinisch-Technische Assistentin. Frauen wollten nicht mehr nur die drei ‚K‘: Kirche – Küche – Kinder. Heute gehen sie auch in Berufe, die vorher nur Männern zustanden, und umgekehrt gibt es Männer, die in weiblichen Berufen arbeiten. Ein weiter Weg! Bettina hat natürlich Recht, am Ende sind wir damit noch lange nicht. Es braucht wie damals Frauen, die sich für ihre Gleichstellung einsetzen. Du erinnerst dich sicher an das Hochzeitsfoto: Rudolph und Anna waren ein hübsches Paar und wurden in der Christuskirche von Pastor Mummsen getraut, der ein Freund der Familie Kruse war“.

Das frisch vermählte Paar lebte mit der Mutter und Schwiegermutter in dem schönsten Haus der Margarethenstraße. Das vierstöckige Gebäude war 1911 gebaut worden und mit weißen, braunen und grünen Fliesen zu Mustern verklinkert. Im Dachgeschoss mietete das Paar eine große Wohnung mit vier geräumigen Zimmern und großer Wohnküche. Die Toilette in der Wohnung war schon Luxus, denn diese befand sich fast immer auf der Zwischenetage als Außentoilette.

In unserem späteren Kinderzimmer hatte sich Vaters Mutter eingerichtet. Es war durch eine Schiebetür mit Milchglasfenstern vom Wohnraum, einem Durchgangszimmer, getrennt. Dieses Wohnzimmer ging auf den etwa fünf Meter langen Flur. Daneben lag das Schlafzimmer der jungen Eheleute. Das Besondere an diesem Zimmer war ein großer Erker mit dreiseitigem Fenster, das mit zarten Tüllgardinen versehen war. In diesen Raum konnte man sich wunderbar zurückziehen, lesen, handarbeiten oder auch nur träumen – der Blick fiel über die gegenüberliegenden Häuser auf die Türme der Stadt.

An das Schlafzimmer grenzte ein Esszimmer, das die „gute Stube" genannt wurde. Ich erinnere mich an eine wunderschöne blaue Tapete mit Blumenmuster. Ein großes Büfett barg das „gute Porzellan" und das Tafelsilber. An der Längswand stand ein Sitzsofa, davor der ausziehbare Esstisch, an beiden Schmalseiten je einen Stuhl, an der Längsseite zwei. In der Ecke neben der Tür standen ein gemütlicher Ohrensessel und zur Ablage ein runder, kleiner Tisch. Deckenlampe und Stehlampe hatten die gleichen gelbbraun marmorierten Glasschalen. Vor dem Fenster hing ein Häkelstore, eine Handarbeit der jungen Frau. An dieses Zimmer erinnere ich mich deshalb so genau, weil wir darin nur Feste feierten und es sonst „geschont" wurde. Das war früher so. Das Familienleben spielte sich in der gemütlichen Wohnstube ab. Darin standen ein großer Bücherschrank und eine Chaiselongue.

Die Mahlzeiten wurden in der Wohnküche eingenommen. Da gab es den großen Herd mit einem dreiflammigen Gaskocher, eine Sitzbank hinter dem Esstisch mit einer einschiebbaren Einrichtung zum Abwaschen und drei Stühlen. Ein großer Küchenschrank nahm Töpfe und alltägliches Geschirr auf. Neben dem Fenster ging es in eine große, kühle Speisekammer. Vom Fenster aus konnte man in den Hof sehen, der mit einem großen Kastanienbaum begrünt war. Dahinter lag eine Barometerfabrik.

„Ich kann mir lebhaft vorstellen, wie das Zuhause von euch damals ausgesehen hat", warf Jan-Erik ein. „Den kleinen, runden Tisch gibt es heute noch in unserem Haus – da kann man nur staunen!"
„Ja, manche Dinge halten sich", stimmte ich ihm zu.

Das erste Kind stellte sich nach zwei Jahren Ehe ein, Anna war 26 Jahre alt. Das war ich! Ich wurde Maria genannt, nach der Großmutter väterlicherseits, und Wilhelmine, nach der Großmutter mütterlicherseits. Mein Rufname wurde Elisabeth. Als ich verständiger war, fragte ich meinen Vater nach der Bedeutung meines Namens. Er erklärte mir, es sei ein biblischer Name und hieße: „Mein Gott hat geschworen". Ich wollte wissen, was Gott denn geschworen habe, weil ich mir darunter nichts vorstellen konnte. So erfuhr ich von meinem verständnisvollen Vater: „Gott hat dir versprochen, dass er dich immer lieb haben wird." Deshalb hätten die Eltern diesen schönen alten Namen für mich gewählt.

Als ich drei Monate alt war, wurde ich von Pastor Mummsen in der „guten Stube" getauft – Haustaufe fanden die Eltern wohl schöner als in der Kirche. Meine Taufe war das erste Familienfest mit Verwandten und Freunden.
Ich trug ein schönes Taufkleid mit rosa Seidenbändern und wurde nach der Zeremonie in einen Stubenwagen, der aus einem Korbteil mit Himmel und Volants und einem schmückenden Deckkissen aus zartrosa geblümtem Stoff und einem Gestell mit Rädern bestand, zum Schlafen gelegt. Alles, was aus Stoff bestand, hatte die junge Mutter selbst genäht.
Eltern und Großmutter empfanden viel Freude an mir und beobachteten meine Entwicklung. Mutter soll sehr genau Tagebuch geführt haben, aber es hat den Krieg nicht überlebt.

Die Zeiten nach dem Ersten Weltkrieg waren voller Unruhe. Die Monarchie mit Kaiser Wilhelm gab es nicht mehr. Ich kann mir vorstellen, dass unsere Großmutter zu den Kaisertreuen gehörte. Von unserem Vater weiß ich, dass er nicht gerne Soldat gewesen ist und sich eine christlich orientierte Demokratie gewünscht hatte. Er beobachtete mit Männern aus der Gemeinde und in seiner Firma mit Argwohn die Entwicklung der Partei des Nationalsozialismus. Großmutter soll einen Aufmarsch der braunen SA, Hitlers Sturmabteilung, beobachtet und dazu gesagt haben: „Es wird böse Zeiten geben, da marschieren die Bluthunde, sie werden nicht mehr aufzuhalten sein."

Sie und viele Gleichgesinnte sollten Recht behalten. Am 30. Januar 1933 stimmte der alte Reichskanzler Hindenburg der Machtergreifung Hitlers zu. Damit fand die Weimarer Republik ihr Ende.

Jan-Erik schaute mich aufmerksam an, während ich weiter sprach.

1929/30 brach die Weltwirtschaftskrise über uns herein. Das deutsche Volk hatte nach dem Versailler Vertrag hohe Reparationskosten zu leisten, Hunger und Elend griffen um sich. Die Reichsmark war nichts mehr wert. Es herrschte die „galoppierende Inflation", ein merkwürdiges Wort, aber es benannte die Zustände genau richtig. Ein Brot kostete am Morgen noch eine Milliarde Reichsmark und zwei Stunden später ging es bereits um eine Billion. Richtig vorstellen kann ich mir das nicht, du bestimmt auch nicht. Diese schrecklichen Zustände von immer mehr Armut und Arbeitslosigkeit bereiteten den Nazis den Weg an die Regierung. Hitler versprach allen wieder Arbeit und Brot. Es begann dann der Bau der Autobahnen, sehr bald folgte die Aufrüstung.

Ein halbes Jahr nach der Machtergreifung Hitlers und seiner Getreuen wurde das zweite Kind geboren. Hanna Martha Sophie wurde im Sommer 1933 getauft. Ich hatte nun eine kleine Schwester und spielte meiner Mutter mit meiner Babypuppe alles nach, was sie mit dem Baby machte. Oma schenkte mir eine kleine „Negerpuppe", wie wir sie damals nannten. Sie hieß Charly – er war mein geliebter „Schalli". Trotzdem gab ich ihn später meiner kleinen Schwester weiter.

Ich war immer eine schlechte Esserin und ,kaute Prüünche', ich stopfte also meine Backentaschen voll und wollte nichts hinunter schlucken. Grießbrei muss mir sehr zuwider gewesen sein, erst als Oma um den Tellerrand bunte Schokoladenplätzchen legte, ließ ich mich von ihr füttern. Ich esse bis heute nicht alles, was auf den Tisch kommt – mit dem Teller leer essen hatte ich es nie.

Wir beiden Kinder hatten viele Tanten und Onkel, die uns regelmäßig besuchten. Die Männer zogen sich immer in die ,gute Stube' zurück und redeten über Politik, dabei wurden sie oft laut und heftig, weil jeder seine Meinung hatte, mit Hitler und den Nazis lag es wohl doch nicht so eindeutig. Richtig aufgeregt wurde die Diskussion am späten Abend, wenn wir Kinder bereits in unseren Betten lagen und die Frauen das Thema Kirche und Religion anschnitten. Ich verstand natürlich nicht, worum es eigentlich ging, aber dass es etwas Wichtiges war, bekam ich schon mit..

Einmal feierte Tante Martha, Hannas Patentante, Geburtstag. Es waren viele Gäste da, die Wogen über die Nazis gingen wieder einmal hoch. Ich war vier Jahre alt. Niemand von den Erwachsenen – ich selbst genauso wenig – konnte sich erklären, was in mich gefahren war. Ich trug ein weißes Kleidchen mit schöner Stickerei und einem weiten Rock. Onkel Karl nahm mich auf den Schoß und sagte lachend: „Du hast ein hübsches Tanzkleid an, das hat deine Mutti wohl genäht und bestickt."

Das muss wohl das Stichwort gewesen sein, ich rutschte ihm vom Schoß und erklärte selbstbewusst: „Ich, Libeth, kann tanzen, den Nazitanz!"

Und schon wirbelte ich im Marschierschritt los, warf meine Ärmchen zum „Deutschen Gruß" hoch, sang ein Kinderlied und rief zwischendurch so laut ich konnte: „Heil Hitler! Sieg Heil!"

Zuerst wirkte das wohl recht niedlich, als ich dann aber nicht aufhören wollte, verstummten die Erwachsenen. Irgendwas hatte ich angerichtet, Vati nahm mich auf den Arm und ging mit mir auf den Balkon. Er streichelte mir über die Haare und sah betroffen aus. Ich fragte ihn ganz leise: „Bist du mir böse?" Er sah mich mit seinen lieben braunen Augen an und entgegnete mir: „Nein, ich bin nicht böse, aber so etwas tanzt du nie wieder. Es ist nicht gut." Dieser kindliche Tanz wurde so schnell nicht vergessen und oft, allerdings schmunzelnd, erwähnt.

Jan-Erik lachte nun auch und stellte sich die Szene vor: „Die Nazis hatten offenbar schon sehr bald das Volk im Griff!"
„Deshalb hatten unsere Eltern uns auch bei harmloseren Situationen im Griff und hielten dagegen!" Meine Erinnerungen wanderten zurück in meine Kindheit.

Unserem Haus gegenüber wohnte ein älteres Ehepaar, Tante Erna und Onkel Franz. Ihr einziger Sohn war als kleines Kind gestorben. Die Trauer und den Kummer hatten sie nie ganz verwunden. Sie liebten Hanna und mich über alles und waren in der näheren Umgebung überall als Tante Erna und Onkel Franz bekannt. Sie zogen Kinder wie der Rattenfänger von Hameln an, nur ohne Flöte. Die Freundschaft unserer Eltern mit ihnen begann kurz nach meiner Geburt und hielt ein ganzes Leben. Tante Erna winkte aus ihrem Fenster und ließ sich das Baby zeigen. Dann besuchte sie die jungen Eltern und gratulierte ihnen.

Wir haben später in ihrer gemütlichen Wohnung die phantasievollsten und schönsten Kinderfeste erlebt, die man sich erträumen kann. Beide sangen im Chor der Hamburgischen Staatsoper, im Duett passten ihre Stimmen wunderbar zusammen. Sie freuten sich über unsere musikalische Erziehung in einem Blockflötenchor in der Gemeinde der Christuskirche. Onkel Franz gab mir Klavierunterricht, der viel zu früh ein Ende nahm, weil ich dann in die Kinderlandverschickung kam. Onkel Franz spielte nach Noten und konnte auch herrlich improvisieren.

Unsere Nachbarn hießen Herr und Frau Dietrich. Er nannte sie immer „meine Geisha", weil sie herrlich blau-schwarzes, langes Haar hatte, das sie mit Mittelscheitel und gedrehtem Knoten trug. Ihre mandelförmigen, schwarzbraunen Augen und der bräunliche Gesichtsteint vertieften den fremdländischen Eindruck. Herr Dietrich hatte ihr von einer Reise einen Kimono mitgebracht. Darin sah sie zauberhaft aus, wie eine japanische Geisha. An ihrer Person entzündete sich meine Fantasie, ich dachte mir romantische Geschichten aus, in denen sie immer der Mittelpunkt war, und erzählte sie Hanna, die gerne zuhörte und immer wieder nachfragte, was denn die Geisha wieder erlebt hätte.

Frau Dietrich hatte auf ihrer Frisierkonsole viele kleine Parfumflakons mit edlem Kristallschliff und verzaubernden Düften. Wir beiden Kinder standen immer staunend davor, denn unsere Mutter hatte nur Eau de Cologne, das zwar auch duftete, aber nicht in so schönen Fläschchen aufbewahrt wurde.

Herr Dietrich rauchte dicke Zigarren und verbreitete so ebenfalls ein besonderes Aroma in seinem Wohnzimmer. Er nahm die langen Zigarren mit den goldbunten Banderolen aus einem edlen hölzernen Zigarrenkästchen und schnitt sie mit einem Zigarrenschneider an. Dieses kleine Gerät bestand aus einem silbrigen Zylinder, ähnlich wie ein Fingerhut, und war auf einem viereckigen schwarzen Onyxsockel befestigt. Unser Vater rauchte nicht – und so etwas Geheimnisvolles hatte er schon gar nicht. Hanna war von diesem hübschen, kleinen Ding fasziniert und durfte es sogar in die Hand nehmen.

Eines Morgens klingelte Frau Dietrich und fragte unsere Mutter, ob sie Zeit hätte, sie wolle etwas mit ihr besprechen. Wir gingen ins Kinderzimmer und waren bald mit unseren Puppen beschäftigt. Dann erfuhren wir den Grund des Besuchs: In der anderen Wohnung fehlte ein Flakon und der Zigarrenschneider. Wo waren sie abgeblieben? Mutti hatte keine Ahnung, wir beiden Mädchen noch weniger. Am darauffolgenden Freitag putzte Mutti unser Kinderzimmer und fand unter Hannas Bett einen Pappkarton mit den beiden vermissten Gegenständen. Wir mussten beide antreten. „Wer hat diese Sachen mitgenommen?" Sie sah sehr streng aus.

Hanna legte ihr Köpfchen auf ihren Schoß und schluchzte bitterlich. Mutti sah ihr in die Augen: „Du bist noch ein kleines Mädchen, aber du weißt bestimmt, dass man niemandem etwas wegnehmen darf, auch wenn es noch so schön ist. Unsere Nachbarn sind sehr traurig. Es ist gut, dass ich es sobald gefunden habe. Was meint ihr, was nun zu tun ist?"

Ich schaute Hanna an, sie tat mir leid, und Mutti sah so ernst aus. Dann sagte ich sehr bestimmt: „Am besten, wir bringen es zurück und entschuldigen uns." Hanna war beschämt – und erleichtert, dass ich mitgehen wollte.

Wir hatten auf dem Hof unseres Hauses einen kleinen Blumenstrauß gepflückt und klingelten nach Feierabend bei unseren Nachbarn. Sie lasen im Wohnzimmer Zeitung und waren gar nicht böse. „Es ist gut, dass ihr uns das Parfumflakon und den Zigarrenschneider zurück bringt und euch entschuldigt." Hanna sah nun richtig verschmitzt aus und erklärte: „Ich fand beides so niedlich, das passte so schön in meine Puppenstube."

Frau Dietrich schenkte ihr später ein leeres Flakon, das Hanna lange in Ehren hielt.

Im November 1936 stellte sich das dritte Mädchen ein, Christa Erna Erika. Tante Erna meinte, wir seien nun ein „Drei-Mädel-Haus". Ich fand das wunderbar und war stolz, denn niemand von unseren Spielgefährten hatte zwei Schwestern.

Ich legte auch Wert darauf, dass niemand meinen Vornamen verkürzte. Frau Schmüser, die unter uns wohnte, nannte mich immer Lisbeth. Sie hörte erst damit auf, als ich sehr energisch klarstellte: „Ich heiße Elisabeth, und meine Eltern wollen nicht, dass mein Name verhunzt wird!" Vater sagte immer „verhunzt", wenn etwas nicht richtig benannt oder ein Gegenstand zerstört wurde.

Wir besaßen als kleine Mädchen viele der damals beliebten „Schildkrötpuppen", blond mit Haartolle, braunhaarig mit Schnecken, Puppenjungen und auch Babypuppen. Diese hatten einen beweglichen Kopf und einen Wachstuchkörper, in dem eine kleine, runde Box steckte, das war die „Stimme" der Puppe. Wenn wir sie hin und her wiegten, konnte sie „Mama" sagen. Sie verfügte über bewegliche Arme und Beine.

Zu dieser Sammlung kam von Frau Dietrich noch eine ein Meter hohe Gliederpuppe mit Perücke und langen Zöpfen hinzu. Durch die Kniegelenke an den langen Beinen konnte sie, an den Händen gefasst, richtig laufen. Auch sie hatte eine Sprechstimme. Aber das Beeindruckendste waren ihre Schlafaugen.

Unsere kleine Schwester Christa stand vorm Fenster in ihrem Schlafwagen, Hanna und ich ließen sie gerne zusehen, wenn wir im Kinderzimmer unsere „Wohnungen" mit Bauklötzen absteckten, die Puppenmöbel darin mit den vielen Puppen verteilten und „Tante und Tante" spielten. Mutti bestand darauf, dass wir vorm Schlafengehen alles in den Spielzeugschrank einräumten. Dazu hatten wir manchmal keine Lust. Sie wartete ab und mahnte uns energisch. Wenn wir dann immer noch nicht folgten, kam sie mit dem Besen, kehrte blitzschnell alles in eine Ecke und erklärte: „Wenn ihr die Sachen nicht wegräumt, werfe ich sie morgen in den Ofen und verbrenne alles!"

Eine Nacht hatten wir Frist.

Hanna rührte das weniger, vielleicht, weil sie sich darauf verlassen konnte, dass ich die gewünschte Ordnung herstellte. Ich räumte alles in die Schränke und Mutter war zufrieden.

Meine Lieblingspuppe Sonnhild liebte ich innig. Sie erhielt einen festen Platz in meinem Herzen. Die Gliederpuppe war mir wichtig, weil sie ein besonderes Puppenwesen war, das kein anderes Kind besaß. An einem Sonntagmorgen durften wir noch in den Betten unserer Eltern liegen, die bereits in der Küche beschäftigt waren. Hanna tobte plötzlich wild am Kopfende von Vaters Bett und wirbelte meine geliebte Sonnhild herum. Sie war nicht dazu zu bewegen, sie herauszurücken und schleuderte sie mit Schwung über die Betten. Sonnhild landete neben der großen Karaffe und der Waschschüssel auf der Kommode – mit einem riesigen Loch im Kopf. Hanna sprang aus dem Bett und untersuchte durch das Loch den Mechanismus, der die Augen bewegte.

Ich konnte nicht verstehen, wie sie so etwas tun konnte. Ich griff nach dem Kopfkissen, verbarg mein Gesicht und unterdrückte mein Schluchzen. In mir war tiefe Traurigkeit. Keine Wut – kein Ärger.

Mutter kam wegen unseres Getöses herein und erfasste sofort, was los war. Sie nahm Hanna die Puppe weg und schickte sie zum Zähneputzen und Waschen. Für mich zeigte sie liebevolles Verständnis und meinte, praktisch wie sie war, dass der Puppendoktor das schon wieder hinkriegen würde. Hanna müsse eben alles untersuchen.

Ein paar Tage später war die Gliederpuppe spurlos verschwunden. Ich war beunruhigt und suchte möglichst unauffällig. Abends kam dann wieder das Aufräumdrama. Mir war es recht, dass Hanna sich nicht beteiligen wollte. Sie zog es vor, zu Mutti in die Küche zu gehen und half bei der Vorbereitung des Abendessens. Ich öffnete den großen Spielzeugschrank und entdeckte ein verschnürtes, längliches Kissenpaket, dass ich dort nicht hineingeräumt hatte. Ich ahnte Schlimmes, setzte mich auf den Boden und wickelte das geheimnisvolle Paket aus: Es war die Gliederpuppe, aber wie sah sie aus? Die Zöpfe waren aufgeflochten, die Perücke lag lose auf dem Kopf, ich konnte in das Innere des Kopfes sehen. Die Augen waren nach innen gestoßen, der Bewegungsmechanismus abgerissen. Doch das war noch nicht alles! Der Wachstuchbauch war an der Mittelnaht aufgeschnitten, und die Dose, in der die Sprechstimme war, lag in einer Tüte neben der Puppe. Der Wissens- und Untersuchungstrieb meiner neugierigen, kleinen Schwester hatte gründliche Arbeit geleistet. Plötzlich stand Mutter vor mir: „Ich habe dich schon ein paar Mal gerufen, warum kommst du nicht?" Ich zeigte stumm auf die Puppe, dann kullerten die ersten Tränen.

Mutti war erstaunt und wusste sofort, wer da am Werke gewesen war.

„Du bist nun sehr traurig, weißt du was, wir bringen diese große Laufpuppe mit der kleinen Sonnhild-Puppe zum Puppendoktor. Er ist ein sehr netter Mann und wird sie beide reparieren. Hanna wird lernen, dass sie nur ihre eigenen Sachen untersuchen darf." Ich beruhigte mich allmählich und glaubte meiner Mutter.

Am nächsten Tag redete Mutti in der „guten Stube" sehr lange mit Hanna, die danach wirklich Respekt vor meinem kleinen Besitz zeigte. Aber die Neugierde, wie die Dinge funktionieren, hat sie bis heute behalten.

Jan-Erik sah mich nachdenklich an und stellte fest:„Da habe ich eine Erklärung für meine beiden sehr unterschiedlichen Tanten. Hanna war als Kind schon immer darauf erpicht zu wissen, wie die Dinge funktionieren. Sie musste alles untersuchen. Ich erinnere mich, dass sie meine Lego-Bausteine und sogar den Stabilbaukasten von meinem Vater benutzte. Sie war in Bettinas und meiner Kindheit unser Babysitter, wenn unsere Eltern mal ausgehen wollten. Wir haben viel mit ihr gebaut und gebastelt. Es machte ihr riesigen Spaß, mit uns zu spielen. Sogar heute stellt sie noch die schönsten Dinge aus unterschiedlichem Material her. Du bist ganz anders: Lesen und Nachdenken über alle Fragen der Menschheit und der Welt. Es ist aufregend, in unserem Dialog zu erfahren, dass das bereits in eurer Kindheit so war."

Wir waren beide gespannt und neugierig, auf welche Merkwürdigkeiten wir in unseren Gesprächen noch stoßen würden.

An Elbe und Alster

Zu unseren schönsten Familienunternehmungen gehörten die Ausflüge an die Elbe. Wir fuhren mit der S-Bahn und dann mit dem Bus die Elbchaussee entlang bis Teufelsbrück. Wir hielten uns auf der Brücke auf und konnten zu den Werften hinüber sehen, wo die großen Frachtschiffe und Überseedampfer gebaut wurden.

Jan-Erik guckte mich an und freute sich auf das schöne Hamburg: „Ich war zehn Jahre alt, als mein Vater uns seinen Entschluss mitteilte, wegen seiner Karriere Hamburg zu verlassen. Es wurde uns allen schwer, am schlimmsten war es für Bettina. Sie zog es wieder in den Norden und wählte für ihr Studium die Uni Kiel. Sie lebte sich nie wirklich im Rheinland ein. Ich hatte es da ein wenig leichter, weil ich jünger war und bald viele Freunde fand. Es brauchte aber über ein Jahr, bis auch ich mich mit dem Abschiedsschmerz abfinden konnte. Ich stand immer vor meinen Hamburger Erinnerungen. Zum Glück haben wir dort noch viele Freunde, die sich freuen, wenn wir wieder bei ihnen auftauchen. Es stimmt wohl für die Hamburger: Mit der Heimat im Herzen, die Welt erobern!"

„Nun werde bloß nicht traurig", tröstete ich ihn, denn mir fehlt die schöne Vaterstadt manchmal auch.

„Für mich ist das Segeln auf den Weltmeeren ein wunderbarer Ersatz für die Stadt an Elbe und Alster. Der Heimathafen unserer Segelyacht ist ja immer noch Hamburg. Nun wollen wir aber nicht sentimental werden, sondern setzen unseren Dialog fort!"

Dieser energischen Aufforderung war nichts entgegenzusetzen.

Einmal erlebten wir bei Blohm & Voss eine Schiffstaufe mit Stapellauf. Das war ein spannendes Ereignis, als sich das riesige Ungetüm nach der Taufe mit einer Flasche Sekt, die an der Schiffswand zerschellte, langsam und behäbig ins Wasser schob. Wir waren stolz auf unsere Vaterstadt, das Tor zur Welt mit dem größten Hafen und dem größten Umschlagplatz Europas. Wir waren richtige Hamburger Deerns.

Wir spazierten im Jenischpark oder im Hirschpark unter alten Bäumen und lagerten zum Picknick auf der Wiese, die dafür frei gegeben war. An so manchem Osterfest suchten wir dort die von den Eltern geschickt versteckten bunten Schokoladen– und Marzipaneier. Auch Blankenese mit der langen Treppe zum Elbufer hinunter und Schulau waren unsere beliebten Ziele. In Schulau wurden die Ozeandampfer verabschiedet mit Hissen der Deutschlandflagge, der jeweiligen Nationalflagge, mit dem Abspielen des Deutschlandliedes und des Horst-Wessel-Liedes sowie der Hymne des Landes, zu dem das auslaufende Schiff gehörte.

„Ich habe eine Frage, was ist das mit dem Horst-Wessel-Lied?", wollte Jan-Erik wissen.

„Es war ab 1933 zusammen mit dem Deutschlandlied die Nationalhymne des Dritten Reiches." Ich summte die Melodie leise.

„Sag bloß, du kannst das ganze Lied noch?"

Ich sang: „Die Fahne hoch, die Reihen fest geschlossen, SA marschiert mit ruhig-festem Schritt. Kameraden, die Rotfront erschossen, marschiern im Geiste mit!"

„Ist ja irre, nach so langer Zeit fällt dir das einfach so ein!" Er war erstaunt.

„Ich bin nicht sicher, ob der Text so stimmt, ist ja auch lange her. Horst Wessel war einer der frühen Kämpfer der Sturmabteilung, kurz SA genannt, der für die Bewegung des Nationalsozialismus gefallen war. Er ist so eine Art Symbolfigur für viele Kämpfer der ersten Stunde."

Mir wurde ganz mulmig zu Mute, deshalb zog ich es vor, so schnell wie möglich in die Kindheitserinnerungen zurückzukehren.

Unser Vater führte uns auch zum Hafen. Wir liefen an den Landungsbrücken entlang und beobachteten, wie Unmengen von Waren aller Art in die riesigen Frachtschiffe geladen wurden, die nach Übersee fuhren. Fahrten mit der Barkasse waren auch immer sehr lustig, weil der Kapitän Witze und „Döntjes", die typisch Hamburgischen Anekdoten, erzählte. Sehr interessant fanden wir auch den Gang zu Fuß durch die Röhren des Elbtunnels zur anderen Seite des Hafens – das kannst du übrigens noch heute machen! Ich finde immer wieder die Fliesen sehenswert, sie zeigen Fische, Seepferdchen, Seesterne und Seeigel. Uns Kindern erschien der Weg endlos – wir waren froh, als wir wieder den blauen Himmel und die Sonne sahen.

Gern hielten wir uns auch an der Außenalster mit den vielen Segel-
und Ruderbooten und den Schwänen auf, die von Schwanenwik an
wie weiße Tupfen auf den Becken der Außen- und Binnenalster
schaukelten. An der Binnenalster bewunderten wir das Rathaus. Oft
schloss sich ein Besuch an im Museum für Hamburgische Geschichte
oder in der Michaeliskirche, dem Michel – dem Hamburger
Wahrzeichen an. Den Alsterwanderweg lernten wir auch kennen. Er führte entlang der
Alster, wo sie noch ein Fluss ist, durch die ländlichen „Walddörfer".
Unterwegs erzählte uns Vater viel Heimatkundliches und weckte
damit unser Interesse, selbst über Hamburg und seine Umgebung zu
lesen.

Sommerfrische in Mecklenburg

Jan-Erik schenkte mir noch eine Tasse Tee ein.
„Was war mit deiner Mutter? Wart ihr auch mal dort, wo sie
aufgewachsen ist?
„Oh ja! Unsere Mutter liebte ihre mecklenburgische Heimat und
freute sich, den Sommer dort verbringen zu können!"

Für einige Wochen reisten wir nach Wendisch–Waren, das im
Dritten Reich aus ideologischen Gründen nach dem gleichnamigen
Gut in Finkenwerder umbenannt worden war. Vater brachte uns alle
dorthin und hielt auf diese Weise Kontakt zu seiner Schwiegermutter
und den Geschwisterfamilien seiner Frau. Er fuhr immer nach
wenigen Tagen wieder nach Hamburg zurück.
Wendisch-Waren war ein Straßendorf mit vielen kleinen Höfen – an
jedem Ende des Dorfes gab es je einen großen Hof, die den
Großbauern Soltwedel und Plagemann gehörten. Unsere Großmutter
hatte zu dem Gutsbesitzer und dem Großbauern Plagemann und
seiner Familie gute Beziehungen. Das erleichterte ihr die Arbeit ohne
Mann auf dem Hof, denn die Großbauern setzten bereits
Landmaschinen ein. Eine Mähmaschine, von zwei Kaltblüterpferden
gezogen, mähte das Korn und fasste es zu Garben, die dann von
Knechten und Mägden zu Hocken zum Trocknen auf dem
Stoppelfeld aufgestellt wurden. Die Erntezeit war immer mit viel
Arbeit verbunden. Hanna und ich waren immer gern dabei und
beobachteten die Leute. Besonders lustig war es in der Mittagspause,
wenn Großmutter mit dem Essen kam. Für mich sah sie immer sehr

vornehm aus: Gegen die Sonne schützte sie sich mit einem dunkelblauen Schutenhut aus Stroh und trug ein weißblau gestreiftes Kleid mit einer weißen Schürze und derbe Schuhe, in denen sie gut laufen konnte. Die Ernteleute freuten sich immer, wenn diese ernste, aber immer freundliche Bäuerin kam. Es mundete allen gut – Spaß und fröhliches Lachen waren außerdem eine willkommene Beigabe. Dann ging es wieder an die Arbeit. Die reifen und von der Sommersonne und dem warmen Wind getrockneten Getreidegarben wurden mit Forken auf den Wagen geladen, wir beiden Stadtmädchen saßen oben drauf.

„Hüahü! Hü-hott!" unser junger Onkel Martin, der jüngste Sohn, der den Hof erben sollte, schnalzte den Pferden zu – und los ging es im gemächlichen Zuckeltrab von den Feldern durchs Dorf zum Großbauern Plagemann. Unser Boje-Hof war zum Dreschen angemeldet. Die Männer luden die Garben ab und gaben sie in die Dreschmaschine. Vorne banden sie die Säcke an, mit denen die Körner aufgefangen wurden. Die vollen Säcke füllten allmählich den Leiterwagen. Das ausgedroschene Stroh kam am anderen Ende der Maschine gebündelt heraus, wurde in die Scheunen verfrachtet und diente nach Bedarf dem Vieh in den Stallungen. Hanna und ich beobachteten die Arbeitsvorgänge und passten auf, dass die Landarbeiter uns mit den Forken nicht verletzten. Über den Feldern und Wiesen ging die Sonne unter und malte ein zauberhaftes Abendrot an den Himmel.

Feierabend! Wir beiden Mädchen saßen auf den Kornsäcken. Der Leiterwagen, von Onkel Martin gelenkt, zuckelte von den beiden schweren Braunen gezogen durchs Dorf und brachte uns zum Abendessen auf den großmütterlichen Hof. Es schmeckte allen wie immer köstlich, in Mecklenburg fehlten zu keiner Mahlzeit die Kartoffeln, denn: „Meckelborger Büffel et immer Kartüffel!", wie uns lachend erklärt wurde.

Unsere Mutter brachte uns anschließend ins Bett und erzählte uns eine Gute-Nacht-Geschichte. Nach dem Abendgebet schliefen wir sanft bis zum nächsten Morgen – neuen Abenteuern entgegen.

Eines Tages warf die getigerte Hauskatze Junge. Sie schleckte die Kleinen ab und säugte sie. Fünf Kätzchen waren zu viel, um sie zu behalten. Zwei wurden den Nachbarskindern geschenkt, zwei verschwanden einfach. Wohin? Niemand gab uns Auskunft. Das hübscheste Kätzchen mit schwarzweißem Fell blieb bei uns – es sah seiner Katzenmutter „Tiger" gar nicht ähnlich: Auf der Stirn prangte ein weißer Fleck, an den beiden Vorderpfoten trug es weiße

„Schuhchen". Nach neun Tagen öffnete es die Augen und versuchte sich auf allen vier Pfoten von der Mutter fortzubewegen. Hanna liebte die kleine Mieze ganz besonders und beobachtete, wie sie langsam größer wurde. Sie streichelte Tiger und Mieze und gewann das Vertrauen beider Katzen. Ohne Sorge überließ Tiger ihr das Junge zum Spielen. Hanna fuhr es in ihrem Puppenwagen spazieren – einmal zog sie Mieze sogar ein Puppenkleid an. Vor dem Frühstück lockte Hanna die Katzen zu sich mit Milchschälchen, sie schleckten die rahmige Kuhmilch mit Genuss.

Hanna beobachtete auch das Schlüpfen der Küken und war glücklich, als sie die Eierschalen los waren und langsam ein flaumiges Federkleid bekamen. Die braunen Italiener-Hühner und den stolzen Hahn fütterte sie mit Körnerkost, ebenso die Enten und Gänse. Sie nahm sie sogar auf den Arm – der Ganter mochte sie offenbar, denn er zischte sie überraschenderweise niemals an. Der Hahn zeigte eine besondere Vorliebe: Er saß oft auf dem Pfosten des Hoftores und beobachtete die Leute, die sich näherten. War ihm jemand fremd, krähte er laut und flatterte ihm auf die Schulter. Er verhielt sich wie ein Hofhund und bewachte Garten und Hof.

Der Vorgarten des Hauses sah wie ein richtiger Bauerngarten aus mit zwei Obstbäumen als Mittelpunkt. Am hölzernen Jägerzaun rankten zarte Wicken empor, Margeriten und Sonnenblumen wiegten sich im Wind. Viele Rosensorten verströmten betörenden Duft. Löwenmäulchen, Akelei und Sommerastern bildeten schöne Farbtupfer. Bienen, Wespen und viele Schmetterlinge flogen und summten um Bäume und Beerenbüsche. Im Juli hatten sie alle Früchte angesetzt: Klarapfel und Birne Luise, Himbeeren, Brombeeren, Johannisbeeren in rot, weiß und schwarz und raue Stachelbeeren. Die Erdbeerzeit war vorbei. Im Gras zirpten die Grashüpfer, rote Marienkäfer mit schwarzen Tupfen krabbelten auf dem Zaun, bis sie in die laue Luft davon flatterten. Vor der Haustür stand eine weiße Bank nach Gutsherrenart und lud zum Verweilen und Träumen ein. Im Gemüsegarten hinter dem Wohnhaus gediehen Erbsen und Bohnensorten, Wurzeln, Sellerie, Gurken und große Kürbisse. Auch die Küchenkräuter hatten ihr Beet.

Jan-Erik unterbrach meine Schilderung begeistert: „Das war eine heile Welt, als die Landwirtschaft noch nicht industrialisiert war! Ich kann mir richtig vorstellen, wie schön die Gärten waren ..."

„Ja, die Gärten im Dorf waren alle wirklich sehr prächtig und bereiteten damals viel Mühe und Arbeit, aber es lohnte sich, Pflanzen und Erde waren nicht überdüngt. Dennoch erreichten die Bauern gute

Ernten. Ich werde dir jetzt den Hof beschreiben, wie er mir ihn in Erinnerung geblieben ist. "

Hinter dem Wohnhaus standen am Türeingang eine Bank ohne Lehne und ein Hocker, auf dem unsere Großmutter saß, wenn sie Kartoffeln schälte und Gemüse putzte oder auch Geflügel schlachtete. Der Hof war auf dieser Seite mit groben Steinen gepflastert. In der Mitte befand sich ein Misthaufen, um den lief eine Jaucherinne herum, die durch einen etwa 30 Zentimeter hohen Bretterzaun zum Pflasterweg hin abgegrenzt war. Am Ende dieser Rinne standen eine Wasserpumpe und eine riesige Tonne zum Auffangen der Wassertropfen beim Pumpen und des Regenwassers. Damals gingen die Menschen in den ländlichen Gebieten mit der Kostbarkeit Wasser sparsam um. Gegenüber vom Wohnhaus lagen die Stallungen für Kühe und Schweine, aus denen es grunzte und quiekte. Daneben stand die Scheune, die Heu und Stroh aufnahm.

Auf der Wiese hinter diesen Gebäuden standen viele bunte Blumen und Obstbäume, heute nennt man das Streuobstwiese.

Wir Kinder hielten uns gern auf dem Hof auf und wurden auch ermahnt, aufzupassen. In den Ställen half Hanna unserer Großmutter, die Schweine zu füttern. Sie liebte vor allem die Sau mit den kleinen Ferkeln. Im Sommer waren die Kühe auf der Weide. Abends gingen wir mit Großmutter zum Melken. Hanna versuchte das Stripp–Strapp auch und merkte schnell: Mit der Hand zu melken war nicht leicht. Die Kühe gingen zur Tränke, Hanna entdeckte Frösche im Wasser und schnappte sie ihnen vor den Mäulern weg. Schwupp, steckte sie mir einen kleinen Frosch am Nacken in mein Kleid. Ich schrie natürlich laut auf! Auch Feldmäuse sammelte Hanna in ihrer Dirndlschürze und wollte sie mit nach Hause nehmen. Damit kam sie bei Großmutter aber nicht gut an. Sie schlug mit der Hand gegen die Schürze, und alle Mäuse suchten daraufhin das Weite. Ich sah dem Treiben verängstigt zu, machte lieber einen großen Bogen und ging ihnen aus dem Weg.

Onkel Martin und Onkel Erich, der in Rostock studierte und in den Semesterferien auf dem Hof war, beobachteten das unterschiedliche Verhalten ihrer Nichten. Hanna wurde von ihnen eindeutig mehr anerkannt als ich. Das ging so weit, dass sie erklärte, sie wolle, wenn sie groß sei, Bauersfrau werden. Mit mir, der „Stadtdeern", trieben sie ihren Schabernack. Onkel Erich hatte die Ställe ausgemistet und rief mich heran: „Willst du dir zehn Mark verdienen?" Ich guckte ihn misstrauisch an. „Du brauchst nur den Misthaufen zusammen zu treten!" Ich stahl mich davon, denn um keinen Preis der Welt hätte

ich mich auf diesen stinkenden Haufen begeben. Als Onkel Erich mit seiner Arbeit fertig und der Hof sauber war, stolzierte ich auf dem Bretterzaun neben der Jaucherinne herum. Onkel Martin rief mir zu: „Fall da bloß nicht rein!" Ich muss mich ziemlich erschrocken haben – denn schon war es passiert, ich rutschte ab und lag mitten in der Jauche. Onkel Martin griff zu, zog mich an den Armen aus der stinkenden Brühe heraus, tunkte mich in die Wassertonne und stellte mich dann unter die Pumpe. Alle lachten mich aus: „Das hast du von deiner Anstellerei!"
Ich fühlte mich sehr beschämt und hätte mich am liebsten unter dem Erdboden verkrochen.

Mutti nahm mich auf die Arme, trug mich in die Schlafstube, zog mir die triefende Kleidung, kuschelte mich in ein Badelaken und deckte mich zu. Heißer Kräutertee wärmte mich von Innen. Tränen und Heulerei verbiss ich mir, ich war ja schon genug blamiert. Beim Abendessen sprach niemand mehr über diesen Vorfall – es war, als sei nichts passiert.
Offensichtlich hatte ich nicht genug gelernt. Großmutter trug mir auf, den Ganter und die Gänse auf der Obstwiese zu hüten. Ich schaffte es, die Tiere im Gänsemarsch mit einer Weidengerte auf die Wiese zu treiben, wo sie sich sogleich auf die saftigen Wiesenkräutern stürzten. Plötzlich zischte der Ganter mich an – und sofort war meine Angst vor Tieren wieder da. Ich kletterte auf den Baum, suchte mir eine Astgabel und sah dem Treiben lieber aus luftiger Höhe zu.
An einem sonnigen Sommertag schwärmten wir zum Pilze sammeln aus. In den Wäldern um den Goldberger See gab es unglaublich viele Pfifferlinge. Aus Goldberg, der kleinen Stadt, die vier Kilometer von Wendisch-Waren entfernt lag, radelten Tante Klara und ihre Kinder Elfriede, Annemarie, Karl-Ludwig und Siegfried zu uns. Wir hatten die großen Weidenkörbe schnell mit den duftenden, gelben Pilzen gefüllt. Aber auch Bickbeeren, wie die Blaubeeren in Mecklenburg bezeichnet wurden, warteten im Wald darauf, von uns gesammelt zu werden. In den niedrigen Büschen hingen die schmackhaften, säuerlichen Beeren dicht an dicht, waren aber dennoch mühsam zu ernten. Zum Abendessen gab es eine leckere Mahlzeit Pfifferlinge mit Bratkartoffeln und Spiegeleiern, zum Nachtisch Bickbeeren mit frischer, sahniger Kuhmilch.

Jan-Erik grinste: „Deshalb isst du heute noch so gern Pilze, mir ist das auf unseren Segeltörns aufgefallen, wenn wir Backschaft hatten

29

*und für die Crew Lebensmittel eingekauft und gekocht haben. An
Pilzen konntest du nie vorbei gehen ..."*

*„Mag sein, dass diese Vorliebe mit den Mecklenburger Erfahrungen
aus der Kindheit zusammen hängt. Die Sommer waren einfach schön
und abenteuerlich und erlebnisreich!"*

„Was habt ihr noch gemacht?"

*„Nun, ich erinnere mich, dass wir auf der Chaussee Fahrrad fahren
auf Herrenrädern lernten, weil es keine Damenräder gab! Kannst du
dir das vorstellen?"*

Wir landeten oft im Straßengraben, bis wir es dann konnten! Ich war
noch keine fünf Jahre alt, als ich im Goldberger See schwimmen
lernte. Onkel Martin und Onkel Erich hatten mich auf ein Holzfloß
gelegt, das am Ufer festgemacht war, und schoben mich schaukelnd
auf den See, bis ich den Halt verlor und im Wasser landete.

„Nun schwimm man. Wir passen auf, dass du nicht absäufst!"

Ich paddelte wie ein Hund im Wasser und hielt mich auf diese Weise
an der Oberfläche. Sie legten mich schließlich auf ihre Hände und
zeigten mir, wie man Brustschwimmen macht und richtig atmet. Ich
war stolz auf mich und wurde eine richtige Wasserratte. Schwimmen
wurde mein Sport!

*„Toll, das wusste ich ja gar nicht!", meinte Jan-Erik lachend. „Die
ganze Familie ist vom Wassersport begeistert – Schwimmen, Tauchen,
Schnorcheln, Rudern und Segeln – für uns ist das Wasser
Lebenselixier!"*

*„Ja, das hat sich bei uns gehalten. Mir fällt aber noch ein gruseliges
Abenteuer ein, was gar nichts mit Wasser zu tun hat!"*

In der Dämmerung hörten wir Waldkäuze und Eulen schreien. Auf
dem Lande hatten die Rufe der Eulen die Bedeutung, dass sie den
Tod eines Menschen aus der dörflichen Gemeinde ankündigten.
Nach einem heißen Sommertag saßen wir in der Wohnstube und
erzählten. Plötzlich brach ein heftiges Gewitter mit Donnerschlägen
und Blitzen los. Das elektrische Licht wurde ausgeschaltet, um keinen
Blitzschlag auf Haus und Hof zu ziehen. Der Regen rauschte. Alle
schwiegen. Langsam klarte es wieder auf – und dann hörten wir in
der Stille Eulen schreien. Es war unheimlich! Ich sagte leise, aber
bestimmt: „Ich glaube nicht, dass die Eulen den Tod ankündigen und
einen Menschen holen können."

Als der Regen nachließ, ging ich mit Elfriede vor die Tür. Die
Wolken hatten sich verzogen, der Mond stieg auf. Sie blickte hinauf.

„Ich glaube das auch nicht mit den Eulen. Die Menschen sterben, wenn sie alt und krank sind. Wir können nachts mal auf den Friedhof gehen und die Eulenschreie beobachten!" Ich fand diese Idee schaurig und lehnte energisch ab. Elfriede lachte: „Du bist einfach feige. Wir warten noch drei Tage bis zum Vollmond, und dann gehen wir nachts in der Geisterstunde über den Friedhof. Man weiß ja nie, was passiert, deshalb gehen wir vom Eingang nur den Hauptweg entlang und wieder zurück – und halten von den Gräbern Abstand ..."

Ich stimmte Elfriede halbherzig zu und schlug vor, zur Sicherheit ihre beiden Brüder und Hanna mitzunehmen. Sie sollten am Eingang warten – falls wir nicht zurückkämen, könnten sie Hilfe holen.

Schließlich war Vollmond – kein Kauz und keine Eule schrie. Wir schlichen uns leise aus dem Haus, damit die Erwachsenen nicht aufwachten. Kein Mensch befand sich mehr auf der Straße, keine erleuchteten Fenster waren in den Häusern zu sehen. Der Mond warf sein bleiches Licht auf uns. Nach zehn Minuten erreichten wir den Friedhof. Unsere Wächter blieben stehen, wir zwei gingen los. Elfriede tat so, als sei das nur ein lustiger Spaziergang. Mir grauste.

Die Turmuhr der Dorfkirche schlug Mitternacht – Geisterstunde.

„Schuhuu! Schuhuu!" Der Eulenruf erklang ganz in unserer Nähe, fast über unseren Köpfen in einem Baum. Da saßen sie: Zwei Eulen, die mit ihren gelben Augen funkelten.

Elfriede fasste mich am Arm: „Eine von uns nehmen sie mit!"

Ich erschrak mich furchtbar. „Rede nicht so einen Quatsch! Das sind alles Sagen und Märchen. Am besten, wir sprechen überhaupt nichts mehr!", entgegnete ich ihr ärgerlich.

Die Eulen krächzten weiter. Elfriede war auf einmal gar nicht mehr so mutig. Wir drehten um und waren froh, dass nicht die Toten der letzten Beerdigungen oder die Knochengerippe aus alten Gräbern heraus stiegen. Unsere Geschwister waren neugierig. „Schaurig, aber nicht gefährlich. Ihr könnt ja auch mal hingehen!", flüsterten wir heldenhaft. Wir zogen es vor, nach Hause zu gehen. Diesen Gang über den Friedhof haben wir lange nicht vergessen. Elfriede und ich schmückten das Abenteuer schauerlich aus und protzten mit unserem Mut, bis es niemanden mehr interessierte.

So vergingen die herrlichen Sommerwochen – Langeweile gab es nie, es war immer etwas los. Von unserem Vater kam dann irgendwann ein Brief aus Hamburg, der seinen Besuch ankündigte, um uns abzuholen. Nach einem fröhlichen Wiedersehen ging es mit der Bahn nach Hause. Der Abschied fiel uns nicht schwer, denn wir wussten:

Im nächsten Jahr würden wir uns alle wiedersehen und erneut viel erleben.

Der nächste Sommer sollte für mich und die Familie der letzte ohne Verpflichtungen und Rücksichtnahme auf die Schulferien sein. Wir traten jetzt endgültig als Drei-Mädel-Haus auf: Christa war fast ein dreiviertel Jahr alt und wurde in ihrer Kinderkarre gefahren – sie unternahm aber auch schon ihre ersten Laufversuche, ein zartes und liebes Kleinkind. Hanna und ich besuchten ganz eigenständig Onkel Walter und Tante Mining mit ihren Kindern. Sie wohnten auch im Dorf. Onkel Walter besaß ein Pferd, auf das er sehr stolz war. Hanna schloss sehr schnell Freundschaft mit „Lotte" und saß schnell ohne Sattel auf ihrem glänzenden Rücken. Meine Schwester war eine stolze Reiterin.

Mit der Familie von Tante Klara fuhren wir nach Grevesmühlen und besuchten Onkel Karl und Tante Elli, eine wunderhübsche Frau. Sie hatten vier Kinder, mit denen wir uns bald gut verstanden. Ein Sonntagsausflug führte uns nach Waren an der Müritz, wo Onkel Hans eine große Bäckerei und Konditorei führte. Seine Frau nannte er zärtlich „Herzing", beide verwöhnten ihre Tochter Brigitte sehr. Rainer, dein Vater, war nach dem Krieg noch einmal in dieser Familie, um sich dort vor seinem Schulbeginn zu kräftigen, denn er war ein zarter Junge. Bis zum 17. Juni 1953 war das noch möglich. Nach dem Aufstand der Bauarbeiter in der DDR und Ost-Berlin endeten solche Besuchsmöglichkeiten.

„Hatte Onkel Hans einen großen Schäferhund?", fragte Jan-Erik.
„Dann stammt nämlich das Foto, das in unserem Musikzimmer hängt, aus jener Zeit. Alle meinten, ich hätte in dem Alter genauso ausgesehen wie Vati, und die Lederhose habe ich auch mal getragen!"
„Stimmt. Den Hund gab es da. Mir fällt noch eine abenteuerliche Reise ein, die ich mit den Kleinbahnen durch Mecklenburg unternommen habe ..."

Lieselotte Schmalfeld, Braut von Onkel Fritz, stammte aus der Nähe von Neustrelitz. Ihr Vater war Lehrer und Schulleiter einer einklassigen Dorfschule. Es wurde viel von dieser Schule erzählt, das machte mich neugierig – es dauerte ja nicht mehr lange bis zu meiner Einschulung! Ich bettelte bei Mutti und ließ nicht locker: Ich wollte unbedingt diese besondere Schule erleben. Mutti traute mir zu, die Fahrt dorthin allein zu machen. Sie regelte alles mit den Eltern von

Lieselotte. Sie sagten zu und wollten mich in Neustrelitz vom Bahnhof abholen.

Ich musste dreimal umsteigen, von den Stationen weiß ich nur noch Karow. Ich hatte mir die Namen der Bahnhöfe mit Druckbuchstaben auf einen Zettel geschrieben. Mutti hatte mir eingeschärft, auch einmal Mitreisende zu fragen, wenn ich mich unsicher fühlen sollte. Los ging die Reise. Auf jedem Bahnhof verglich ich die Buchstaben auf den Schildern mit denen auf meinem Zettel und kam schließlich an meinem Zielbahnhof an.

Tante Lieselotte entdeckte mich sofort und setzte mich in ihren VW-Käfer. Ich erlebte meine erste Fahrt in einem Auto! Ich fand alles sehr spannend und bewunderte sie als Fahrerin. Lieselottes Eltern nahmen mich freundlich auf. Nach einer Nacht mit vielen Träumen und dem Frühstück ging es nun in die einklassige Volksschule.

„Ich bin wahrscheinlich gerade genauso gespannt wie du damals, denn ich habe keine Ahnung, was das für eine Schulform war", warf Jan-Erik ein.

„Nein, solche Schulen gibt es nicht mehr, sie wurden Zwerg- oder Klippschulen genannt und spätestens in den 70er-Jahren eingestellt. Du erinnerst dich vielleicht noch an meinen Mann, Onkel Gerhard? Er war im Zweiten Weltkrieg Schulamtskandidat an einer solchen Schule in Schlesien. Als wir 30 Jahre später dorthin reisten, erzählte er mir von dieser Schulform."

Es wurden 40 Schulkinder unterschiedlichen Alters in einem Raum unterrichtet. Einer seiner Professoren hatte diese Schulform „die hohe Schule der Pädagogik" genannt. Du kannst dir sicher vorstellen, dass der Lehrer eine sehr gute Beobachtungs- und Einfühlungsgabe haben musste, um den Kindern erzieherisch gerecht zu werden und sie in die Grundkultur des Lernens wie Lesen, Schreiben und Rechnen einzuführen. Sie mussten sehr aufmerksam sein, denn sonst hätte es nicht funktioniert mit dem stillen, schriftlichen Arbeiten und gleichzeitigem mündlichen Unterricht wie Kopfrechnen oder lautem Lesen und Diktat-Schreiben. Als ich so eine Dorfschule als kleines Mädchen in Mecklenburg kennen lernte, wusste ich davon natürlich nichts. Ich war neugierig auf das Lernen in dieser Schule und stolz, dass ich aus der großen Stadt Hamburg mit den Dorfkindern zusammen in ihrer Klasse sitzen konnte. Ich durfte den Vater von Tante Lieselotte „Onkel Herbert" nennen. Die Kinder tobten schreiend auf dem Hof vor der Schule. Onkel Herbert nahm mich an die Hand und schritt zur Schultür: „Guten Morgen, Jungs und

Deerns!", rief er. Vielstimmig antworteten die Kinder: „Guten Morgen, Herr Lehrer!" Und schon reihten sie sich zu zweit vor der Schule ein, gingen leise in die Klasse und nahmen ihre Plätze auf den Bank-Tischen ein.

Herr Schmalfeld, wie die anderen ihn nennen mussten, stellte sich hinter das Lehrerpult und zeigte auf mich: „Wir haben heute Besuch, dieses Mal nicht vom Schulrat, der prüfen will, ob alle fleißig lernen, sondern von diesem Mädchen aus Hamburg, sie heißt Elisabeth und kommt im nächsten Frühjahr zur Schule." Er wies mir einen Platz neben einem blonden Mädchen in der letzten Reihe zu. Und dann ging es mit dem Unterricht los! Der Lehrer rief den Kindern fröhlich zu: „Wie immer beginnen wir den Tag mit einem Lied!" Er nahm seine Geige aus dem Kasten, stimmte sie und spielte eine Melodie. „Wer kennt das Lied?"

Ich rief in die Klasse: „Im Frühtau zu Berge wir ziehn!"

„Stimmt", erwiderte ein Junge mit verärgertem Tonfall. „Wir kennen das alle. Du hast dich nicht gemeldet, einfach so reingerufen!"

Ich war beschämt. Onkel Herbert lächelte mir zu: „Uwe hat Recht, nun weißt du, wie es bei uns zugeht." Der Klasse zugewandt erklärte er: „Man merkt, dass Elisabeth noch nicht zur Schule geht, sie wird in diesen Tagen viel von euch Schulkindern lernen." Alle sangen danach mit hellen Stimmen das schöne Volkslied und setzten sich schließlich hin. Onkel Herbert forderte die einzelnen Jahrgänge auf, sich mir vorzustellen: „Ich bin Helmut, Sprecher für den 8. Jahrgang, alle aufstehen, die dazu gehören!" Fünf Jungen und zwei Mädchen erhoben sich und nannten ihre Namen. „Ich bin Rosemarie und spreche für den 7. Jahrgang, wir sind nur vier Mädchen." Dann folgten die weiteren Jahrgänge bis hin zu den Schulanfängern. Fünf Kinder rannten zum Lehrerpult, stellten sich in einer Reihe auf und riefen fröhlich: „Wir sind die ABC-Schützen: Annemarie, Marlis, Elke, Volker, Manfred!" Und schon saßen sie wieder in ihren Bänken. Der Lehrer ging nun zu den großen Schülerinnen und Schülern und wies sie an, Dreisatzaufgaben zu rechnen. Die nächste Gruppe holte das Lesebuch aus dem Tornister, so nannte man damals die Schulmappen. Sie sollten die ersten Verse von Schillers „Glocke" lesen und sich überlegen, was der Dichter den Menschen damit wohl sagen wolle. Die Anfänger und der zweite Jahrgang sollten ein Bild zum Thema Garten malen. Alle waren begeistert und entwarfen mit Farbstiften auf großen Zeichenblättern bunte Sommergärten. Die Jungen und Mädchen des dritten und vierten Jahrgangs lernten das Einmaleins. Onkel Herbert stellte die Aufgaben, wie der Blitz kamen die Ergebnisse. Wenn sich jemand versah, lachten alle, und weiter ging es. Es läutete zur großen Pause – schon waren zwei Schulstunden herum! Auf dem Schulhof tobten sich alle aus, Bewegung nach der Sitzerei und Konzentration war notwendig. In einer Ecke des Hofes standen zwei Mütter an einem großen Tisch und verteilten Kakao und Milch in kleinen Flaschen, Strohhalme gab es auch dazu. Die Schüler und Schülerinnen ließen sich ihr Pausenbrot schmecken. Die Schulglocke schepperte laut: Aufstellen zu zweit und hinein in die Schule. Stilles Arbeiten und Lernen mit dem Lehrer wechselte für die Jahrgänge. Der Vormittag verging wie im Flug. Die nahe Kirchturmuhr schlug zwölfmal. Alle packten ihre Schultaschen und stürmten heimwärts.

Von 14 bis 16 Uhr waren alle Schüler und Schülerinnen wieder versammelt: Zunächst eine Stunde Musikunterricht. Dazu gehörte Noten lernen und Singen, eine Gruppe lernte Blockflöte spielen, einige ergriffen Triangel und Glockenspiel oder den Schellenkranz. Lehrer und Kinder hatten riesigen Spaß. Ich fand es lustig und machte gern mit.

Nach einer kurzen Pause war Sport angesagt. Alle trugen schwarze Turnhosen, weiße Hemden und leichte Turnschuhe. Sie bildeten auf dem Schulhof zwei Kreise und übten sich in rhythmischer Gymnastik. Der Lehrer schlug auf dem Tamburin den Takt dazu. In der Turnhalle waren ganz schnell die Schwebebänke aufgestellt, und mit Hilfe der älteren Schüler und Schülerinnen lernten die Jüngeren, darauf zu balancieren. Zum Schluss spielten die Großen Völkerball und wurden dazu von den Kleineren lautstark angefeuert. Alle waren begeisterte Sportler, manche gingen neben dem Schulsport in die Kreisstadt in Vereine, um bessere Leistungen zu erzielen. Mein erster Schultag war zu Ende.

Jan-Erik war offenbar erstaunt, was damals ein Lehrer leistete und wie interessant es in einer einklassigen Schule zuging. „Die Schüler waren damals vermutlich disziplinierter und lernwilliger, oder?"

„Nun, es gab ja auch nicht so viel Ablenkung durch Fernsehen und Computer, vergleichen lässt sich das wohl nicht. Für mich sind die Tage in der Dorfschule auf jeden Fall so interessant gewesen, dass ich meine Einschulung nun gar nicht mehr erwarten konnte! Tante Lieselotte fuhr mich in ihrem Auto zurück nach Wendisch-Waren. Ich hatte viel zu erzählen ..."

Jan-Erik nickte. Wir wussten: Für heute war erst einmal Schluss mit meinem Erzählen für ihn. Wir nahmen uns in den Arm und verabredeten uns für das darauffolgende Wochenende.

2. Deutschland verändert sich

E-Mail:

Von: Jan-Erik
An: Elisabeth
Gesendet: Donnerstag, 11. August 2003,
18.05 Uhr
Betreff: Re: Fortsetzung des Dialoges
Hallo, Elisabeth, leider kann ich den
Termin nicht einhalten, deshalb
Vorschlag 20. bis 22.8.2003, 18.05 Uhr
an BS. Hol mich bitte ab. Gruß! Jan-
Erik

Von: Elisabeth
An: Jan-Erik
Gesendet: Freitag, 12. August 2003,
7.45 Uhr
Betreff: Re: Bestätigung des Termins
Lieber Jan-Erik, einverstanden! Freue
mich und grüße dich herzlich!
Elisabeth

Pünktlich rollte der Zug in den Hauptbahnhof Braunschweig ein. Jan-Erik fiel mir sofort mit seinem riesigen Rucksack in der Menschenmenge auf. Wir umarmten uns herzlich. Den Abend nutzten wir für einen Spaziergang in dem nahe gelegenen Museumspark, um uns zu entspannen und auf unseren Dialog einzustimmen.

Das sommerliche, warme Wetter lockte uns am nächsten Morgen schon zum Frühstück auf den blumengeschmückten Balkon. „Wir müssen die Zeit nutzen – erzähle, ich bin gespannt, wie es nach den tollen Ferien in Mecklenburg nun weiter gehen wird!", forderte Jan-Erik mich auf. Ich nickte und fuhr fort.

Herbst und Winter mit frohen Festen gingen rasch vorüber. In Hamburg wehten die Winde schon frühlingshaft. In dem Park der nahe gelegenen Sternschanze läuteten Schneeglöckchen mit zartem Duft die warme Jahreszeit ein, Krokusse blühten pastellfarben. Die Abhänge rund um den Wasserturm, die im Winter für die Kinder Rodelbahnen mit unterschiedlich schwierigen Abfahrten darstellten – und daher auch ihre Namen Todesbahn, Schlangenbahn und Babybahn besaßen – trugen nun nicht mehr das Grau des tauenden Schnees. Aus dem grünen Rasen schossen Gänseblümchen, Hahnenklee, Hundsveilchen und Butterblumen. Die alten Bäume wiegten ihre frischen, lichtgrünen Blätter und lockten die Vögel in ihre Kronen.

Unsere Mutter liebte Blumen und Pflanzen über alles und redete mit ihnen, weil sie überzeugt war, dass sie dann besser grünten und blühten. An meinem siebten Geburtstag entdeckte sie im Wintergarten Knospen an ihrer Clivia, die sie vor Jahren von unserer Tante Erna geschenkt bekommen hatte.

„Kinder, kommt mal her, es ist ein Wunder! Diese Pflanze hat Tante Erna uns zu Elisabeths Geburt geschenkt und gesagt, dass ich Geduld haben müsse, denn sie braucht sieben Jahre, bis sie zum ersten Mal blüht. Schaut euch nur die Knospen an, die in einem Ring zusammen stehen, sie werden bald prachtvolle Blüten haben!" Mein Geburtstag fing also mit diesem Blumenwunder an – es wurde mit vielen Nachbarskindern ein richtig fröhlicher Tag.

„Die Clivien sind unsere Familienpflanzen geworden", warf Jan-Erik ein. „Du hast doch auch einige!"

„Ja, sie haben natürlich auch ihre Geschichte. Hanna besuchte meine Familie und mich später öfter in Berlin. Eines Tages brachte sie mir einen Ableger der Ur-Clivia von Tante Erna mit. Ich teilte sie, setzte sie in zwei sehr große Töpfe und versorgte sie nur mit Wasser und Dünger. Jetzt zeigt die eine Pflanze neun, die andere sieben prachtvolle Blüten, die mit ihrer orangefarbenen Schönheit meinen sommerlichen Balkon schmücken!"

„Nach all der Zeit? Das ist kaum zu glauben – aber vielleicht redest du ja auch mit deinen Pflanzen wie Oma!" Jan-Erik lachte verschmitzt, und ich bestätigte ihm, dass ich das manchmal tatsächlich tun würde.

37

Erste Schuljahre

Am 20. April war die Stadt mit Hakenkreuzfahnen zum Geburtstag des Führers geflaggt. Das war seit einigen Jahren Pflicht für alle „Volksgenossen". Wir besaßen eine winzige Fahne, so groß wie drei Taschentücher. Sie war von der Straße kaum zu sehen, aber unsere Familie war der Aufforderung nachgekommen.

Für mich und auch für die Eltern und Schwestern hatte dieser Tag im Jahre 1938 noch eine andere Bedeutung: Endlich konnte ich zur Schule gehen, ich freute mich riesig! Vati und Mutti nahmen beide an der Einschulung in der Volksschule Hoheweide teil.

Wir ABC-Schützen saßen in der Aula wie verloren und sehr aufgeregt in den ersten beiden Stuhlreihen und konnten auf der Bühne alles gut beobachten: Die Schülerinnen der 2. Klasse, nun nicht mehr die Kleinsten, stellten einen Blockflötenchor, der schon sehr ansprechend miteinander musizierte. Der Schulchor sang fröhliche Lieder.

Der Rektor, ein sehr ernster, schlanker Mann in dunklem Anzug, stieg gemessenen Schrittes die Stufen hoch auf die Bühne, stellte sich hinter das Pult und hielt eine Rede: „Nun beginnt der Ernst des Lebens mit fleißigem Lernen für die neuen Schülerinnen, aber es wird auch viel Freude geben. Kostproben haben wir eben schon gehört."

Vorfreude kribbelte in unseren Fingern. Einige Mädchen sagten noch ein paar Gedichte auf, zum Schluss erhoben sich alle und sangen das Deutschland- und Horst-Wessel-Lied. Dann gingen die Lehrerinnen endlich auf ihre Schülerinnen zu und führten sie in die Räume auf der unteren Ebene. Die Stockwerke hießen nicht Etagen, sondern Ebenen. Deutsche Wörter sollten die Fremdwörter zur „Reinhaltung der Sprache" ersetzen. Unser nach Osten ausgerichteter Klassenraum war lichtdurchflutet, die Morgensonne schickte ihre wärmenden Strahlen durch die hohen Fenster. Die gelb-orange gestreiften Vorhänge sollten Schutz im Sommer bieten.

Da standen wir nun – 22 Kinder – und beschauten uns gegenseitig. Unsere Lehrerin hieß Fräulein Rudel, eine junge Frau mit blonden Haaren, die zu einem Nackenknoten geschlungen waren, und von schlanker, kräftiger Gestalt. Mit klarer Stimme forderte sie ihre Schülerinnen auf, in den Bänken Platz zu nehmen. Ich saß in der ersten Reihe, neben mir Ingrid Buntrock mit blonden Zöpfen. Sie wurde meine erste Schulfreundin. Frau Rudel sang mit uns ein Frühlingslied und meinte, wir sollten uns auf die Schule freuen, wir würden viel Spaß miteinander haben und ganz viel lernen.

Am nächsten Tag brauchten wir erst um 9 Uhr zur zweiten Stunde zu kommen: „Für heute ist für euch der erste Schultag beendet – auf dem Flur warten eure Eltern auf euch!", verabschiedete sie uns mit freundlichem Lächeln. Die Eltern hatten bunte Schultüten für die ABC-Schützen mitgebracht und freuten sich mit ihnen über den ersten Schritt in den Ernst des Lebens.

Vater verließ uns und fuhr in seine Firma. Hanna und Christa hingegen warteten schon ungeduldig auf uns. Sie merkten meine Begeisterung, besonders, als ich von meiner netten Lehrerin und von meiner Schulkameradin Ingrid erzählte. Hanna linste zu meiner Schultüte und sagte: „Du hast ja noch nicht einmal oben hinein geguckt. Nun mach sie schon auf!" Aufgeregt zurrte ich an dem Papier. Allerlei Süßigkeiten kamen zum Vorschein, davon bekamen meine kleinen Schwestern die Hälfte ab, sie naschten beide so gern. Buntstifte, ein Tuschkasten mit Pinseln und ein neues Buch, der „Trotzkopf" von Magda Trott, behielt ich natürlich für mich. Messer und Gabel mit der Gravur meines Vornamens und des Einschulungsdatums ergänzten ab jetzt meinen Tauflöffel. Ich war überglücklich und erklärte strahlend: „Mein neues Buch braucht Mutti mir jetzt nicht mehr vorzulesen, das kann ich bald selbst!"

Mutti lachte: „Ich denke, du wirst bald lesen können, aber bis es zu einem so dicken Buch reicht, wirst du wohl Geduld aufbringen müssen."

„Die Fibel beginnt mit UWE und leichten Wörtern, das weiß ich von unseren Nachbarskindern."

Hanna und Christa wünschten sich viele Geschichten, die ich ihnen erzählen und vorlesen sollte – die Einschulung ist ein Ereignis mit hohen Erwartungen!

Der nächste Schultag begann mit einer Geschichte über die Osterhasenschule. Wir bekamen alle einen großen Zeichenbogen, jede Schülerin malte mit Buntstiften eine Hasenschule nach ihrer eigenen Fantasie. Es entstanden ganz unterschiedliche Bilder, die wir an eine Leiste an der Seitenwand neben der Tür befestigten. Die Klasse hatte ihren ersten Schmuck und sah gleich viel freundlicher aus.

In den ersten Wochen machten wir viele Lernspiele und prägten uns die Wortbilder aus der Fibel ein. Fräulein Rudel verteilte Schultafeln und erklärte uns, wir seien der erste Schuljahrgang, der keine Schiefertafel mehr mit einem Griffel bekäme. Die Tafeln seien aus Blech, das mit Emaille überzogen sei. Es gehörten immer drei Linien dazu, weil die Buchstaben nicht nur eine Mitte, sondern auch Ober– und Unterlängen hätten. Die Schreibstifte seien so leicht zu führen wie Bleistifte, das sei für unsere kleinen Hände viel einfacher. Wir durften aus der Fibel die Wörter abschreiben, die uns am besten gefielen. Das war die erste Aufgabe. In der großen Pause stürmten wir die Treppen hinunter auf den Schulhof. Es gab Kakao und Milch zum Pausenbrot.

Jeden Tag standen 15 Minuten Gymnastik auf dem Lehrplan. Wir bildeten drei große Kreise auf dem Schulhof und los ging`s. Die beiden Sportlehrerinnen zeigten uns die Übungen und wir turnten begeistert mit. Ich suchte mir meistens einen Platz neben Fräulein Rudel. Ich hatte sie vom ersten Tag an lieb gewonnen und vertraute ihr immer mal meine Gedanken an. Nach dem Unterricht wartete ich oft an der nächsten Straßenecke auf sie und wollte sie zum U-Bahn Schlump begleiten. Ich war neugierig und wollte wissen wie weit sie fahre. Sie lachte: „Ich wohne in den Walddörfern."

Nun wusste ich die Richtung – aber immer noch nicht, wo sie wohnte, schließlich gab es mehrere Walddörfer.

Jan-Erik unterbrach mich: „Du warst ja richtig kiebig, deine Lehrerin so direkt zu fragen. Wir hatten auch so eine tolle Lehrerin. Sie unterrichtete Musik – ihr habe ich zu verdanken, dass ich schon sehr früh Geige spielen lernte."

„Wir haben beide offensichtlich mit unserer ersten Lehrerin Glück gehabt! Ich wollte wohl deshalb immer Lehrerin werden, ging dann ja aber, wie du weißt, einen ganz anderen beruflichen Weg. Du, mir fallen auch meine Musiklehrer ein: Herr Tusibeck war ein komischer Kauz. Er spielte auch Geige." Ich sah den Mann wieder vor mir.

Er legte seinen Geigenkasten auf das Lehrerpult und erklärte uns: „Die Geige ist meine Braut, ihr werdet hören, wie zart sie singen kann!" Dann fiedelte er fröhliche Weisen. Wir hörten aufmerksam zu. Er riss alle drei Fenster weit auf und spielte ein Lied, das wir erraten mussten, dann sangen wir es.

„Nicht so schüchtern, Mädels, ihr schmettert jetzt so richtig los, dass der Kirchturm von der Christuskirche wackelt!"

Wir brüllten so laut wir konnten. Er ging mit seiner singenden Geige durch die Reihen, neigte sein Ohr und horchte, ob wir die Töne richtig trafen. Plötzlich setzte er die Geige ab und lachte: „Da sind ein paar tolle Brummbären dazwischen, ab nach hinten!" Mit dem Geigenbogen zeigte er auf einzelne Kinder und setzte sie in die hintere Reihe.

„Das Ganze noch einmal. Klingt schon viel sauberer, die Brummbären bitte leiser. Hört sich noch falsch an. Ich spiele noch einmal die Melodie auf der Geige und ihr hört gut hin. Jetzt singt noch einmal nur auf La – La." Wir sangen, und er war tatsächlich zufrieden. Ich hatte immer Angst, als Brummbär erkannt zu werden. Natürlich passierte es. Ich schämte mich und hatte überhaupt keine Lust mehr zum Singen. Zum Glück spielte ich ja in der Christuskirchen-Gemeinde im Blockflötenchor. Da gab es keine Brummbären. Sonst hätte ich wohl die Freude an der Musik verloren.

„Meine Güte!" Jan-Erik tat entrüstet. „Das ist ja ein unmöglicher Lehrer! Bei dem hätte ich mich bestimmt geweigert, Geige zu lernen ..."

„Zum Glück hatte ich später auf der Oberschule einen sehr lieben und freundlichen Musiklehrer, Herrn Dr. Theeßen."

Als ich mich weigerte zu singen und ihm erklärte, ich sei ein musikalischer Brummbär, lachte er und sagte, es gibt keine unmusikalischen Menschen. Die Begabung sei nur unterschiedlich. Bei ihm habe ich viel über Musiktheorie und die Geschichte der Musik, schließlich auch Hören und Singen gelernt. Ich sang mit im Nachtigallen-Chor aus den Klassen der Unter- und Mittelstufe und war im Blockflötenchor. Meine Begeisterung für Musik habe ich ihm zu verdanken. Er ging mit uns in die Hamburger Musikhalle zu Schülerkonzerten, die er sorgfältig vor- und nachbereitete. An Dr. Theeßens wunderbaren Musikunterricht denke ich gern zurück.

Schon die Grundschule machte mir Spaß. Ich lernte sehr schnell lesen und entwickelte so etwas wie eine Lese-Leidenschaft. Bücher und alles Gedruckte üben bis heute Anziehungskraft auf mich aus. Ich besaß schon bald sehr viele Bücher und bekam einen kleinen, abschließbaren Bücherschrank, der meine Schätze barg.

Diktat und Grammatik und später Aufsatzschreiben waren meine liebsten Fächer, dann kamen Geschichte, Erdkunde und Biologie hinzu. Nur Rechnen und Mathematik mochte ich nicht und hatte dafür auch keine besondere Begabung.

Fräulein Rudel wurde ohne Ausnahme von ihren Schülerinnen geliebt. Zum Geburtstag schenkte sie jedem Kind einen Kranz aus Wiesenblumen, den sie selbst fertigte. Ich hatte ja schon vor der Einschulung Geburtstag gehabt und war daher ganz traurig, ich wünschte mir auch diese Auszeichnung! Sie merkte sich meinen kindlichen Wunsch. Am Ende des Schuljahres war wieder Frühling – und ich war die letzte Schülerin, die einen wunderschönen Kranz aus

Buschwindröschen erhielt. Du kannst dir nicht vorstellen, wie glücklich mich dieses Geschenk machte!

Menschen werden beobachtet und verschwinden

„Habt ihr eigentlich den Nationalsozialismus auch in eurer Familie gespürt? Wie hast du das als kleines Mädchen erlebt?"
Ich schaue Jan-Erik nachdenklich an.

€s war nun nicht mehr zu übersehen, dass der Nationalsozialismus und die ideologischen Folgen das Leben aller deutlich beeinflusste und veränderte. In unserer Familie war die christliche Erziehung wichtig – wir gehörten zu einer großen Gemeinde, der Christuskirche mit drei Pastoren, die mit ihren Frauen und Kindern in den drei Pastoraten wohnten. Ein Teil des Gemeindelebens fand auch in ihren Pastoraten statt.
Das war eben noch Tradition. Unser Pfarrer, Pastor Mummsen, war mit meinem Vater gut befreundet, treue Gemeindeglieder stellten eine wichtige Stütze für die Kirche dar. Pastor Mummsen wurde schon sehr früh von der Gestapo überwacht. In der ersten Bankreihe saßen immer zwei Männer in schwarzen Ledermänteln. Ich kann mich daran gut erinnern, weil ich oft mit Vater allein, auch mit Oma oder Mutter im Gottesdienst saß und zu Hause manchmal geäußert wurde, wie gefährlich das sei. Vater war im Kirchenvorstand und erfuhr dort mehr als andere Gemeindeglieder.
Eines Tages wurde Pastor Mummsen in eine kleine Gemeinde im Hamburger Stadtteil St. Pauli versetzt. Unser Vater ging nun sehr oft dort zum Gottesdienst – die lederbemäntelten Männer fehlten auch da nicht. Pastor Mummsen wurde nicht inhaftiert. Er starb allerdings plötzlich, wenige Monate nach Kriegsende. Der ständige Druck und das Durchhalten hatten offenbar von diesem starken Mann ihren Tribut gefordert.

Am 9. November 1938 wurden jüdische Geschäfte und Kaufhäuser zerstört und viele Juden verhaftet. In der Nacht waren die Schaufensterscheiben von SA-Trupps eingeworfen worden, am nächsten Tag feierten die Zeitungen die so genannte Reichskristallnacht. Die Nachrichtenübermittlung durch die Medien war jedoch damals noch nicht so schnell wie heute – wir hatten kein Radio gehört und keine Zeitung gelesen.

Unsere Mutter nahm Hanna und mich mit zum Einkaufen von Winterkleidung. Unsere Großmutter achtete auf unsere kleine Schwester.

„Wir gehen zum Kaufhaus Bucky am Schulterblatt", erklärte Mutti.

„Kriegen wir Teufelsmützen?", fragten wir beide voll Vorfreude. Das waren Strickmützen, die auch die Jungmädel und BDM-Mädel in dunkelblau mit weißen Längsstreifen zu ihren Uniformen trugen. Als wir das Kaufhaus erreichten, stockte uns der Atem: Vor dem Eingang lagen Glasscherben, SA-Männer in ihren braunen Uniformen hielten Wache und beobachten die Leute. Mutti dachte aber gar nicht daran, nicht ins Kaufhaus zu gehen. Sie nahm uns an die Hände und schritt auf einem bereits durch die Scherben getretenen Gehstreifen hinein. Dort stand ein Weihnachtsmann und gab uns Marzipanbrote, der Chef des Kaufhauses begrüßte uns freundlich. Hanna strahlte ihn an: „Wir kaufen Teufelsmützen, Elisabeth eine rote und meine soll braun sein!" Herr Bucky ging mit uns an den Warentisch mit den vielen Mützen. Es waren keine Verkäuferinnen mehr da.

„Ich schenke euch die Mützen", sagte er mit leiser Stimme und raunte Mutti etwas zu. Wir verließen das Kaufhaus ganz schnell.

Ein SA-Mann herrschte uns an: „Sie dürfen hier nichts mehr kaufen!"

Ich sagte keck: „Haben wir auch nicht, die Mützen hat Herr Bucky uns geschenkt!"

„Mitkommen!", befahl er barsch, „da drüben ist die Polizei!"

Mutti ließ sich nichts anmerken. Im Polizeirevier saßen schon andere Frauen mit Kindern. Mutti flüsterte uns zu: „Ihr haltet euren Mund. Nur ich werde antworten, wenn die Polizei fragt."

Die Atmosphäre war bedrückend, Angst und Totenstille umgaben uns.

Endlich wurden wir ins Dienstzimmer gerufen. Ein Polizist nahm unsere Personalien auf. Danach ging es in einen Nebenraum. „Setzen Sie sich", sagte ein anderer Polizist, „dies ist ein Verhör."

Hanna und ich drückten uns an Mutti. An der Wand im Hintergrund des Raumes standen drei SA-Männer und beobachteten die Szene.

„Sind Sie Kundin bei Bucky?", fragte der Polizist. „Was wollten Sie kaufen? Wissen Sie, dass das ein jüdisches Kaufhaus ist?"

Mutti bejahte schnell hintereinander die an sie gerichteten Fragen.

„Sie wissen, dass Juden subversiv und zerstörerisch für das deutsche Volk sind. Warum sind Sie trotzdem Kundin geblieben? Es gibt hier in der Nähe auch arische Geschäfte."

Mutti atmete durch und sagte dann sehr bestimmt: „Mir war nicht bekannt, dass es verboten ist, in solchen Geschäften zu kaufen. Außerdem ist die Ware sehr gut, das Sortiment vielfältig und das Personal kinderfreundlich."

„Das alles finden Sie auch in vergleichbaren arischen Geschäften! Betrachten Sie das heutige Verhör als Warnung und suchen Sie sich ein anderes Geschäft."

Ein SA-Mann stand plötzlich neben Mutti und sah sie mit durchdringendem Blick an: „Wenn Sie noch einmal erwischt werden, machen Sie sich strafbar und werden in Haft genommen. Ihre Einstellung zu dem Juden Bucky ist für das deutsche Volk nicht erträglich und macht keinen guten erzieherischen Eindruck auf Ihre Kinder. Also nehmen Sie sich künftig in Acht!"

Der Polizist brachte uns zur Tür und rief die nächste Mutter mit drei Kindern zum Verhör auf. Wir standen auf der Straße. Muttis Hände zitterten. Wir eilten so schnell wir konnten nach Hause.

Unsere Großmutter sah uns erschrocken an. Wir beiden Mädchen weinten plötzlich los, Mutti war kreidebleich und konnte kaum noch Luft holen.

„Ich habe es im Radio gehört, ‚Reichskristallnacht' nennen die Nazis ihr Werk", flüsterte Oma. „Sie werden zu ‚Judenfressern' und die SA zu ‚Bluthunden'. Wir werden uns mit unserer Meinung sehr zurückhalten müssen. Die Scherben sind erst der Anfang ..."

Erst jetzt fühlten wir unsere Angst und die Bedrohung, der wir bei der Polizei ausgesetzt waren.

Jan-Erik war sehr nachdenklich: „So hautnah haben es alle normalen Bürger erlebt? Das konnte ich mir nie vorstellen ..." Er atmete tief ein: **„Nun wird mir langsam klar, warum es so schwer war, Widerstand zu leisten. Ohne Rücksicht auf Kinder und Familien konnte ja jeder festgenommen werden und im Gefängnis landen. Oder im Konzentrationslager ..."** *Mein junger Zuhörer und Frager war sichtlich betroffen. Ich fasste ihn vorsichtig am Arm.*

„Es war in diesen Jahren vieles zu ahnen und dennoch nicht zu wissen. Du wirst das bestimmt immer besser nachvollziehen können. Nach dieser schlimmen Judenprogrom-Nacht gab es viele weitere Begebenheiten, die darauf hinwiesen, dass die Regierung des Dritten Reiches mit den Juden nichts Gutes im Schilde führte ..."

Der Judenstern wurde eingeführt – der fünfzackige Davidsstern in gelb mit schwarzen Linien, in dessen Mitte in merkwürdigen

Buchstaben „Jude" stand. Alle Menschen, die von den Nazis als jüdisch klassifiziert wurden, mussten diese Kennzeichnung tragen. Die Menschen wurden in Juden und Arier eingeteilt. Wir Kinder waren erstaunt, wie viele Juden in unserer nächsten Umgebung lebten.

Da gab es einen zauberhaften, zarten, dunkel gelockten zehnjährigen Jungen, Edgar, mit dem wir immer gern spielten, weil er so fantasiereiche Ideen hatte. Seine Mutter war Pianistin und übte fleißig auf dem Klavier in der Parterrewohnung des Hinterhauses, das zu dem Grundstück des vierstöckigen Vorderhauses gehörte, in dem Onkel Franz und Tante Erna wohnten. Wir spielten gern auf dem Hof, weil die Bewohner sich hübsche Blumengärten angelegt hatten und es auch einen Spielplatz mit Sandkiste, Schaukeln und Wippe gab. Ich mochte Edgar sehr gern, freundete mich jedoch mit Horst an, einem zwölfjährigen, pfiffigen Jungen. Er fragte mich eines Tages verschmitzt lachend: „An oder ab, willst du meine Freundin sein?"

Ich antwortete natürlich: „An!"

Horst war mein erster Freund – wir heckten allerlei Dinge aus und bezogen viele Spielgefährten mit ein. Horst und ich wurden selbsternannte Dichter, schrieben ein Theaterstück für Kinder und suchten uns unsere Schauspieler und Schauspielerinnen zusammen. Horst als Regisseur machte mich zur Hauptdarstellerin. Ich spielte die Prinzessin. Er wusste gut über Theater Bescheid, weil seine Mutter Schauspielerin am Thalia-Theater war. Auch die anderen Kinder hatten Edgar sehr gern, und weil er so ein hübscher, zarter Junge war, machten wir ihn in unserem Theaterstück zum Prinzen. Die anderen Kinder bekamen auch ihre Rollen zugeteilt.

Wir übten tagelang. Unerbittlich bestand der Herr Regisseur darauf, dass alle ihre Rollen auswendig lernten und mit Betonung sprachen. Wir holten uns aus den Ladengeschäften Bananen- und Apfelsinenkisten und zauberten daraus die Möbel und die Requisiten für die Bühne. Horst und ich suchten uns zwei Mädchen und Edgar aus und entwarfen in unserem Kinderzimmer Theaterkarten, Programme und Einladungen.

Wir verteilten unsere Werbung in der Apotheke, der Drogerie, in dem großen Kolonialwarenladen an der Ecke, in Frau Schröders Bäckerei und im Süßwarenladen, wo es immer leckere Sachen zum „Schnopen" gab: Für zwei Pfennig gab es zwei kleine Schaufeln voll Salmis, so nannten wir die rautenförmigen Salmiakpastillen, die wir wie einen Stern auf den Handrücken klebten und genüsslich lutschten. Manchmal kauften wir auch bunte Liebesperlen oder für einen Groschen Marzipankartoffeln oder Bruchschokolade oder

Kuchenkrümel in einer großen Tüte. Alles herrlich billige Leckereien. Damals war ja noch nicht alles so verpackt, wie wir es heute kennen. An Hygienevorschriften dachte man damals nicht wirklich. Auch im Milchgeschäft, wo wir Milch in einer Aluminiumkanne und lose Butter aus dem Fass einkauften, legten wir unsere Theatereinladungen aus. Nur der Gemüseladen ließ es nicht zu. Der große, vierschrötige Herr Dickmann befahl uns mit seiner mächtigen Stimme: „Den Kram nehmt man wieder mit, das kommt bei mir nicht in die Tüte!"

Horst war in seiner Theaterdirektor-Ehre gekränkt, raffte alles zusammen und sagte richtig frech: „Dann nicht, dann kommt es eben in den Sack, und am Sonnabend spielen wir trotzdem Theater!" Er verließ den Laden hoch erhobenen Hauptes, wir anderen alle hinterdrein.

Am Sonnabend 14.00 Uhr war auf dem Hof für die Zuschauer mit Stühlen, Bänken und Vorhang an einer Leine von Wand zu Wand vor der Bühne ein einladendes Theater entstanden. An der Kasse verkaufte meine Schulfreundin Ingrid Buntrock die Theaterkarten. Stehplätze kosteten zehn Pfennig, Sitzplätze zwanzig Pfennig. Das Theater war sehr schnell ausverkauft, die vielen Kinder aufmerksame Zuschauer. Wie beim Kasperspiel fragten sie immer laut nach und klatschten begeistert. Es war ein tolles Stück – ähnlich dem Märchen von Schneewittchen mit Zwergen, einem Jäger, der bösen Königin, dazu einem guten Zauberer mit einer Riesenkugel, durch die er alles in der Welt beobachten konnte. Hexen und Elfen tanzten ein ausdrucksvolles Ballett. Die Prinzessin und der Prinz mussten viele Abenteuer bestehen, bis der alte König und seine Königin die Hochzeit ausriefen.

Riesenapplaus für ein erfolgreiches Theaterstück!

Ich war vor unserer Aufführung so aufgeregt und konnte nachts kaum schlafen. Mir fiel immer noch etwas Neues ein, was ich mit Horst besprechen wollte. In der Schule konzentrierte ich mich nicht mehr auf den Unterricht und war mit meinen Gedanken immer bei meiner Rolle und dem Text. Sobald ich mich alleine wähnte, deklamierte ich und fühlte mich wie eine richtige Schauspielerin. Nach der ersten Aufführung umarmte ich den stolzen Regisseur und auch Edgar, meinen Prinzen. Am liebsten hätte ich vor Erleichterung geheult, aber das passte nun überhaupt nicht zu der Hauptdarstellerin! Deshalb riss ich mich zusammen.

Wir führten das Stück am folgenden Sonnabend noch einmal auf. Horst war sehr glücklich. Mir schenkte er als Festschreibung für unsere Freundschaft einen Anhänger mit einem großen und vielen kleinen Amethysten. Ich wollte diese Kostbarkeit nicht annehmen. Er war fast beleidigt, da ließ ich mir die Kette mit dem Schmuckstück umhängen.

Abends entdeckte unsere Mutter den Schmuck. Streng und redlich wie sie war, wollte sie wissen, woher Horst diesen Schmuck hatte. Ich wusste es nicht. Horst meinte, es sei Schmuck von seiner Mutter, die würde den aber zwischen ihren ganzen Ketten und Brillanten-Anhängern gar nicht vermissen.

Es war klar, was Mutter von mir erwartete, deshalb sagte ich sehr entschieden: „Ich werde heute noch mit Horst zu seiner Mutter gehen und den Anhänger mit Kette zurück geben. Sei bitte nicht böse mit Horst, er wollte mir für die erfolgreiche Theateraufführung eine Freude machen und mir zeigen, dass wir eine richtige Freundschaft haben."

Damit war Mutter einverstanden. Der Besuch bei Frau Strecker war gar nicht schlimm. Sie lachte und schenkte mir den Schmuck: „Trag ihn in Gesundheit und mit viel Freude, er passt gut zu dir." Zu ihrem Sohn gewandt, sagte sie belustigt: „Frag mich das nächste Mal, dann brauchst du kein schlechtes Gewissen zu haben."

Sie zog sich in ihr Zimmer zurück, um ihre Rolle für die Abendaufführung im Thalia-Theater noch einmal zu sprechen.

„Oma achtete aber sehr auf Ehrlichkeit! Hast du den Schmuck noch?" Jan-Erik schaute mich neugierig an.

„Ja, aber ich habe ihn wenig getragen. Du, es stimmt aber: Auch kleine Unredlichkeiten sind nicht gut! Doch zurück zu Edgar ..."

Obwohl die Aufführungen so gut gelaufen und wir „Schauspieler" ein richtig enger Freundeskreis geworden waren, verdunkelte die Zeit unsere Freude. Der schreckliche gelbe Stern an Edgars Jacke besaß für einige Kinder Aufforderungscharakter, sie ärgerten ihn und schrieen hinter ihm her: „Oller, doofer Judenlümmel!"

Er verbiss sich den Schmerz und war fast immer bei seiner Mutter. Wir hörten ihr wunderbares Klavierspiel. Edgar erschien in der Tür seines Hauses und rief uns zu: „Da staunt ihr, wie wunderbar eine Judenmutter die Sonaten von Beethoven spielen kann, oder? Besser als die deutschen Arier!" Er schlug die Tür zu und verschwand.

Horst und ich waren zutiefst beschämt und beschlossen, Edgar nicht mehr zu ärgern. Wir hätten auch keine Gelegenheit mehr dazu gehabt, denn Edgar und seine Familie waren bald spurlos verschwunden.

Eines Nachmittags klingelte es an unserer Wohnungstür.

Eine stattliche, dunkelhaarige Frau stand da und fragte mit tonloser Stimme: „Sind eure Eltern da?"

Ich verneinte, bat sie höflich ins Wohnzimmer und bot ihr einen Sessel an.

„Meine Familie und ich wollen nach Übersee verreisen und möchten euch unser Herrenzimmer verkaufen. Euer Vater würde es bestimmt schön finden."

Hanna war wissbegierig: „Kommen Sie denn gar nicht wieder?"

Sie streichelte Hanna die Wange und meinte traurig: „Das kann man in der heutigen Zeit nicht wissen. Es ist besser für euch, wenn ich jetzt gehe."

Auch diese Familie verschwand bei Nacht und Nebel.

Dann gab es noch einen alten Mann, der armselig auf einem Hof mit zwei Droschkengäulen lebte. Er trug immer ein schwarzes Käppi, darunter schauten seine Schläfenlocken hervor, die die orthodoxen Juden „Peitjes" nennen. Außerdem zierte ihn ein grauweißer Spitzbart. Sein Gesicht war durch hässliche Warzen verunstaltet. Auch er war durch den Davidstern nun für jedermann erkennbar als Jude gezeichnet.

Einige Kinder unter uns ritt der Teufel, sie rannten hinter ihm her und riefen: „Doofer, blöder Warzenkönig, du wäscht dich wohl mit Pferdewasser!"

Der Alte war verunsichert und erschrocken und wagte sich aus seinem Hof nicht mehr heraus. Viele Kinder schlossen sich uns an, drangen auf den Hof ein und ärgerten ihn.

Als unser Vater von der Firma nach Hause kam, sah er eines Tages den Pulk vor dem Hoftor. Er rief Hanna und mir sofort zu, dass wir ablassen sollten, und nahm uns mit in unsere Wohnung.

„Geht bitte in die gute Stube, ich muss mit euch reden."

Er ließ sich die Vorkommnisse sehr genau erzählen und schüttelte dann traurig seinen Kopf.

„Ich habe so etwas von euch nicht erwartet. Würdet ihr hinter Onkel Franz herrufen und ihn ärgern, weil er alt ist und auf dem Kopf einen weißen Haarkranz hat?"

„Nein, er ist ja auch kein Jude!", verteidigte ich uns.

Vater erklärte uns, auch Juden seien Menschen mit guten und schlechten Eigenschaften. Niemand habe das Recht, sie zu ärgern: „Die Nazi-Regierung hat das Tragen des gelben Sterns angeordnet, auch das ist Unrecht. Ihr seid verständige Kinder, und ich erwarte, dass ihr euch an solchen Sachen nicht mehr beteiligt und die jüdischen Menschen, die hier noch wohnen, freundlich grüßt, wie es sich gehört."

Dann nahm er uns rechts und links in seine Arme und schaute uns sehr ernst mit seinen gütigen, braunen Augen an: „Dieses Gespräch mit euch war notwendig, aber ihr dürft mit niemandem darüber reden, auch nicht in der Schule, auch nicht mit euren Lehrerinnen." Wir hatten verstanden und hielten uns daran.

Es war zu merken, dass uns immer weniger Menschen mit dem Davidsstern begegneten – eines Tages waren sie alle verschwunden, die staatlich angeordnete „Säuberung", die später als „Endlösung" bezeichnet wurde, zeigte ihre Wirkung.

Jan-Erik wusste aus der Schule über diese Ereignisse, aber die Erlebnisse von seiner Zeitzeugin gingen ihm unter die Haut. Mir ging es nicht anders. Dennoch beschlossen wir, keine Pause zu machen, sondern weiter zu erzählen und dem dunkelsten Kapitel der deutschen Geschichte nachzuspüren.

3. Der Zweite Weltkrieg beginnt

Am 1. September 1939 setzte der „Blitzkrieg" gegen Polen ein – in 18 Tagen waren Volk und Staat überrollt. Der von Hitler-Deutschland entfachte Weltenbrand nahm seinen nicht mehr zu bremsenden Lauf. Am 3. September erklärten Großbritannien und Frankreich Deutschland den Krieg.

Ich erinnere mich, dass unsere Eltern in dieser Zeit die Nachrichten oft und mit mehr Aufmerksamkeit hörten. Es war die Rede von Premierminister Winston Churchill, noch mehr von Chamberlain, Englands Außenminister, der noch kurz vor Ausbruch des Krieges in Deutschland gewesen war und einen Krieg für ausgeschlossen gehalten hatte.

Auf den Straßen und in der Schule kursierten viele Gassenhauer wie dieses Lied: „... und wenn die ganze Erde brennt und Chamberlain im Nachthemd rennt ... keine Angst – keine Angst – Rosmarie!"

Später tönte dann noch das von Lale Andersson gesungene Lied „Vor der Kaserne, vor dem großen Tor stand eine Laterne und steht sie noch davor..." im Radio; dieses Lied reiste um die Welt und wurde von vielen Soldatensendern gespielt.

„Merkwürdig, dieses Lied kenne ich auch, obwohl ich nie bei der Bundeswehr war", meinte Jan-Erik.

„Eins der vielen Lieder des Krieges ... Krieg – ein Wort, das Angst und Schrecken verbreitete", fuhr ich fort.

Es gab nun Lebensmittelkarten, die für die Bevölkerung alles, was zum Leben notwendig war, rationierten. Immer mehr Männer wurden in die Wehrmacht einberufen. Es gab keine Familie, die nicht Väter, Söhne oder Brüder in den Krieg verabschieden musste. Die Bahnhöfe der Großstädte waren Sammelplätze und Orte der tränenreichen Abschiede geworden.

Aus unserer Familie traf es die Söhne aus der Verwandtschaft unseres Vaters, also unsere Cousins. Kurt hatte sich bei der Fliegerstaffel gemeldet, Hugo wollte zur Kriegsmarine. Auch in Mecklenburg wurden die jungen Brüder unserer Mutter einberufen. Onkel Erich hatte sich für die Offizierslaufbahn entschlossen und war der erste in der Familie, der von den Ideen des Nationalsozialismus überzeugt war. Der letzte Sohn, der noch auf dem Hof bei unserer Großmutter blieb, war der 17-jährige Martin.

Unser Vater, mit über 50 Jahren bereits zu alt, wurde deshalb nicht mehr zum Frontdienst eingezogen. Ich glaube, er war darüber erleichtert, denn er hatte im Ersten Weltkrieg gedient und war damals als junger Mann nur sehr ungern Soldat gewesen.

„Es gibt ein Foto von ihm, auf dem er als Soldat mit Helm und Gewehr abgebildet ist!", erinnerte sich Jan-Erik. „Er sieht da wirklich nicht wie ein kämpferischer Soldat aus."

„Er war aber immer gegen den Krieg – ich weiß, dass er von sich selbst sagte, er sei ein Mann des Friedens. Damit meinte er nicht nur den Frieden in der Welt, sondern auch in der Familie und im Umgang mit anderen Menschen."

Jan-Erik war sehr nachdenklich geworden. „Opa war für mich immer wirklich Christ gewesen und hielt zur Kirche. Ich glaube, er war in seiner Glaubenstreue für uns alle Vorbild, auch wenn wir heute manches anders sehen ..."

Ich nickte ihm zu – ich mochte Vater sehr gerne.

Zunächst war in der Heimat nicht viel Veränderung zu merken. Die Propaganda, besonders durch den Minister Dr. Josef Goebbels, sorgte dafür, dass die Menschen davon überzeugt wurden, an den großen Sieg des Nationalsozialismus zu glauben. In der Propaganda hieß es, die Deutschen seien als Germanen eine besondere Rasse und lebten als Volk ohne Raum – sie hätten daher ein natürliches Recht, ihren Lebensraum zu erweitern. Heute wissen wir, dass dies bereits Hinweise auf den bevorstehenden Krieg waren. Besonders durch die Schaffung von Arbeitsplätzen hatte sich das Nazi-Regime schnell eine breite Zustimmung erworben und ein neues „Wir-Gefühl" hergestellt.

„Das war sehr geschickt", warf Jan-Erik ein, „aber ich verstehe nicht, warum dann dieser Rassenwahnsinn möglich wurde. Du hast doch selbst erzählt, dass du als kleines Mädchen viele Juden kanntest und Opa euch immer anhielt, diese Menschen nicht zu missachten. Außerdem hat Hitler doch „Mein Kampf" geschrieben. Das Buch war doch weit verbreitet, jeder konnte es lesen ...!"

„Ja, schon, aber nimm nur mal mich: Ich selbst habe mich erst Ende der 50er-Jahre, während meines ersten Studiums am Sozialpädagogischen Institut in Hamburg zum ersten Mal mit diesem Buch und den Fragestellungen dazu auseinander gesetzt."

„In deiner Schulzeit hast du im Geschichtsunterricht nichts davon gehört?", fragte Jan-Erik ungläubig.

„Das war nach dem Krieg lange nicht möglich, aber so weit sind wir noch nicht."

Kinder machen Erfahrung mit Sterben und Tod

In unserer Familie gab es keine wesentlichen Lebensveränderungen. Wir gingen in die Gottesdienste der Christuskirche zu Pastor Mummsen. Wir Kinder besuchten jeden Sonntag den Kindergottesdienst und gehörten zur Flötengruppe und zum Bastelkreis, beides wöchentliche Angebote der Diakonisse Schwester Zita, die mit ihren vielfältigen Aufgaben in der Gemeinde sehr beliebt war. Unsere Mutter arbeitete in der Frauenhilfe mit, unser Vater war im Männer-Bibelarbeitskreis.

Vaters Mutter war nach der Geburt von Hanna aus der gemeinsamen Wohnung ausgezogen und wohnte in einem Damenstift „Zum Heiligen Geist". Endlich hatten unsere Eltern mehr Zeit füreinander, außerdem wurde das Zimmer unser Kinderzimmer.

Wir besuchten Oma oft in ihrem Damenstift – manchmal gingen Vati und ich am Sonntagnachmittag auch allein zu ihr. Darauf war ich mächtig stolz, denn die Damen des Stiftes freuten sich immer, wenn ich dabei war. Oma war mit ihrer Zimmernachbarin Frau von Ballheimer befreundet. Die war immer sehr freundlich zu mir, ich mochte sie fast so gern wie meine Oma. Ich war auch sonst von der Vornehmheit dieses Stiftes beeindruckt und fand es toll, dass meine Oma dort wohnte. Ich glaube, sie fühlte sich in dieser Umgebung sehr wohl. Wir Kinder erwarteten immer aufgeregt ihren Besuch – sie brachte uns Braune Kuchen oder Lebkuchenmänner mit, beides waren leckere Hamburger Spezialitäten.

Eines Tages erzählte Vati uns nach dem sonntäglichen Mittagessen, dass unsere Oma sehr krank sei und ins St. Georg–Krankenhaus eingeliefert werden müsse. Wir waren erschrocken und konnten gar nichts dazu sagen. Da Oma nie die ganze Familie an ihrem Bett im Krankenhaus aushalten konnte, nahm Vater mich oder Hanna mit, oder Mutti und Vati gingen gemeinsam zu ihr. Christa war selten dabei, weil sie noch zu klein war. Ich erinnere mich an die Besuche mit Vati, bei denen ich erlebte, wie Oma immer dünner und schmächtiger wurde und auch immer weniger sprechen konnte. Es tat ihr gut, wenn ich ihr die schmalen Hände streichelte. Sie bat immer um ein gemeinsames Gebet. Zunächst für ihre Gesundung, dann aber recht bald wohl um eine Heimholung in Gottes Reich. Wir beteten immer zum Schluss das Vaterunser. Sie konnte irgendwann nicht mehr sprechen. Nach einem der Besuche wurde Vati von der Oberschwester der Station um ein Gespräch beim Arzt gebeten. Ich saß vor dem Arztzimmer, baumelte mit den Beinen und hatte kein gutes Gefühl. Als Vati mich dann an die Hand nahm, spürte ich eine tiefe Traurigkeit, die auch auf mich übersprang.

Ein paar Tage später fuhr unsere Familie ins Krankenhaus, auch Onkel Hugo, der Bruder unseres Vaters, seine Frau, Sohn und Tochter waren gekommen. Das war der Abschied von unserer Großmutter. Pastor Mummsen war bei ihr und feierte mit der Sterbenden und der ganzen Familie das Abendmahl. Oma lächelte allen freundlich zu. Ihre beiden Söhne blieben bei ihr, bis sie in dieser Nacht in Frieden eingeschlafen war.

Jan-Erik und ich waren sehr still geworden. Auch für ihn gab es die Erfahrung – wie in meinem Lebensalter damals – mit dem Sterben und Tod seiner Großmutter.

Viele Familien wurden mit dem Tod konfrontiert, da der Krieg seine Opfer forderte. Martin, der jüngste Bruder unserer Mutter, war nur eine Woche an der Ostfront, als er dort sein junges Leben verlor. Sein Bruder Erich, der Offizier, hatte ihn identifizieren müssen und teilte seiner Mutter in Mecklenburg in einem kurzen Heimaturlaub, der ihm wegen einer leichten Verwundung zugestanden worden war, den Tod des 19-jährigen Bruders mit. Sie war zutiefst getroffen, hatte sie doch ihren Ehemann im Ersten Weltkrieg hergeben müssen und danach mit ihrer ganzen Lebenskraft die neun Kinder zu Menschen erzogen, die sich in dieser Welt behaupten konnten. Sie war stolz darauf, dass alle Söhne einen Beruf erlernt hatten, Erich studiert und sich für die Offizierslaufbahn entschlossen hatte. Die Töchter verdingten sich als Mamsell auf einem Gut oder hatten geheiratet, die zarte Anna hatte sich in der großen Stadt Hamburg behauptet und lebte mit ihrer Familie in guten Verhältnissen. Der jüngste Sohn Martin hätte den Hof erben und weiter fortführen sollen.

Es hieß, der Kummer über den frühen Tod dieses geliebten Sohnes hätte die alte Frau sehr nachdenklich gemacht. Sie verspürte bereits im dritten Kriegsjahr nach dem siegreichen Frankreich-Feldzug ihre Zweifel. Spätestens nach der Aufhebung des Nichtangriffspaktes mit Stalin und der darauf folgenden Eröffnung der Ostfront fragte sie sich, ob das alles so stimme und richtig sei, wovon der Sohn Erich und viele Mecklenburger ihrer Umgebung überzeugt waren. Sie schluckte Trauer und Zweifel in sich hinein und starb 1942. Ich habe nur eine unklare Erinnerung an ihre Beisetzung auf dem sehr gepflegten Dorffriedhof in Wroosten...

Jan-Erik und ich schwiegen noch lange und trennten uns eine Weile bis zur Fortsetzung unseres Spiels aus Fragen und Erzählen.

Politik bedeutet Streit

Die junge amerikanische Geigerin Hilary Hahn gab in der Braunschweiger Stadthalle ein Konzert mit dem polnischen Penderecki Festival Orchestra. Das von ihr meisterlich gespielte Violinkonzert E-Dur von Johann Sebastian Bach und die Romanze für Violine und Orchester „The Lark Ascending" von Ralph Vaughan William begeisterten ihre Zuhörer. Sie war so alt wie Jan-Erik, der ihre Kunst bewunderte. Das Konzert war ein wunderbarer Anlass zu einem Wiedersehen. Bis spät in die Nacht saßen wir am Kaminfeuer.

1942 war es soweit, meine Volksschulzeit ging zu Ende. Ich hatte von meiner Klassenlehrerin die Empfehlung als A-Schülerin zur Aufnahmeprüfung für die Oberschule erhalten, die dem heutigen Gymnasium entsprach. Die einwöchige Prüfung beinhaltete schriftliche Arbeiten aller Fächer, auch die mündliche Beteiligung im Prüfungsunterricht wurde bewertet. Ich hatte es geschafft und war auf meine Leistung stolz, die Eltern freuten sich mit mir. Mit dem neuen Schuljahr im April kam ich auf die Emilie-Wüstenfeld-Oberschule, ein ganz neues Schulgefühl.

Aus dem Deutschunterricht fällt mir etwas ein, was dich interessieren könnte. Wir hatten eine junge Lehrerin mit üppigem blonden Haarschopf und blauen Augen, eben so richtig germanisch und damit „arischer Abstammung", was damals, wie du weißt, sehr wichtig war. Unser erstes großes Thema, an dem sie mit uns arbeitete, hieß: „Wie ich mir den Aufstieg eines Juden vorstelle." Für die Sexta wirklich ein seltsames Thema, was sollte man dabei wohl lernen? Sie regte unsere Fantasie an, uns einen Juden vorzustellen, der aus Osteuropa nach Deutschland käme und hier mit einem schwunghaften Handel beginne. Mir fiel das schwer, denn solch einen Juden kannte ich nicht. Ich hatte vor einigen Jahren noch mit dem Jungen Edgar gespielt und auch nette erwachsene Juden gekannt. Trotzdem wussten wir alle, was von uns verlangt wurde, und die Beschreibung unseres „Klassen-Juden" war dementsprechend hässlich und gemein ... wir hatten ihn uns wie folgt vorzustellen: Seine Stirnlocken schauten unter dem Käppi hervor, er trug einen dreckigen Kaftan, seine schmutzigen Füße steckten in ausgelatschten Schuhen. Um seinen Hals hatte er einen Bauchladen mit Kurzwaren und sonstigem Krimskrams gebunden, die er den Deutschen andrehen wollte. Schließlich wurde er dann auf undurchschaubare Art steinreich und gründete Banken, mit denen er Deutschland und ganz Europa beherrschte. Diese Vorgaben reichten für das Schreiben hasserfüllter und von negativer Fantasie getragener Aufsätze. Als mein Vater meinen Aufsatz las, der dann auch noch mit einer 1 zensiert wurde, nahm er mich still zur Seite. Er führte dieses Gespräch mit Sorgfalt und Vorsicht und erzählte über Martin Luther und wie es damals im Mittelalter gewesen war und wie wenige Möglichkeiten den Juden in Europa zum Fristen ihres Lebens eingeräumt worden waren. Nur Handel durften sie betreiben, und Ghettos habe es damals auch schon gegeben. Luther hatte leider auch nicht die beste Meinung von den Juden, aber Fehler mache auch so ein Reformator. Ich begriff nicht so richtig, warum er mir diese alte Geschichte erzählte. Ich sagte schließlich: „Jesus ist doch auch ein Jude gewesen. Deshalb haben wir jetzt das deutsche Christentum." Ich glaube, dieses Gespräch war für meinen Vater mit seiner kleinen Tochter nicht einfach. Ich hatte nur verstanden, dass die „Rassen" in dieser Welt eine merkwürdige Bedeutung hatten – und ich fühlte mich nun in der Schule nicht mehr so sicher. Das Thema „Jude" war dann zum Glück vorbei.

Dann kam das nächste Problem. Onkel Erich bekam Heimaturlaub und kündigte seinen Besuch an. Die Eltern führten vor diesem Besuch ein Streitgespräch, das in dem einen Satz gipfelte: „Anna, mit Erich keine Politik!"

Onkel Erich war der erklärte Lieblingsonkel in der ganzen Familie, weil er ein studierter Mann und bereits Offizier im Range des Hauptmannes war. Sein Auftreten war selbstsicher und überzeugend. Wir drei Mädchen bewunderten ihn, erzählten ihm gern von unserer Schule und zeigten ihm unsere Aufgaben und Zeugnisse. Ich war nun schon ein Jahr bei den Jungmädeln, JM abgekürzt, der Vorstufe für die 10- bis 14jährigen Mädchen für den BDM, den Bund Deutscher Mädel.

Wie hat denn der Aufbau der nationalsozialistischen Jugendorganisationen genau funktioniert?" Jan-Eriks Interesse war geweckt. „Und was habt ihr in diesen Einrichtungen gemacht oder gelernt?"

Ich überlegte kurz. „Für Jungen und Mädchen gab es eigentlich keine
Unterschiede. Ich erzähle dir, wie ich es erlebt habe ..."

In jeder Woche gab es einen Sportnachmittag mit
Mannschaftsspielen und Leichtathletik, einen Heimatabend mit
Singen und Musizieren, Erarbeiten der germanischen Heldensagen,
ausgewählten Balladen und Basteln. Zu diesen Veranstaltungen ging
ich regelmäßig und hatte viel Spaß mit den Kameradinnen. Ich
mochte die blonde und blauäugige Führerin Hilde sehr gern. Ich
bewunderte ihr patentes Dirigieren beim Singen – sie hatte, wie ich
heute sagen würde, affektierte Handbewegungen. Damals fand ich
das toll und übte es in unserem Kinderzimmer mit Hanna und
Christa und den vielen Puppen ein. Ich arbeitete von den
Heimatabenden immer ausführliche Berichte aus, um ja nichts zu
vergessen, und erhielt von Hilde viel Lob dafür.

Alle vierzehn Tage gab es einen Schulungsabend. Ich war selten
dabei, obwohl diese Veranstaltung damals die wichtigste war. Daran
hatte meine Mutter Schuld. Ihr fiel immer eine scheinbar
unaufschiebbare Arbeit ein, die sie mir auftrug und die ich unbedingt
erledigen musste. Dadurch wäre ich zu spät gekommen und getadelt
worden und hätte mich vor den Kameradinnen und meiner Führerin
geschämt. Also ging ich lieber gar nicht hin. Ich ahnte nicht, was das
für Folgen haben würde. Eines Tages stand die hübsche Hilde in
Uniform vor der Tür. In Kletterweste, das war eine tabakbraune,
taillenkurze Jacke aus Stoff, der so ähnlich wie Leder aussah und mit
fünf echt ledernen Knöpfen geschlossen wurde. Manche nannten
diese Jacke auch „Affenjacke". Dazu trug sie einen gerade
geschnittenen, dunkelblauen Rock von einer Länge bis über die
Waden und eine weiße, sportliche Bluse mit kurzen Ärmeln. Unter
dem Blusenkragen war das schwarze Dreieckstuch zu einem
schmalen Schlips gefaltet und wurde von einem runden, braunen
Lederknoten gehalten. Am rechten Blusen- und Jackenärmel prangte
eine Raute in den Farben schwarz-weiß-rot und dem Hakenkreuz,
darüber war ein schwarzes Dreieck genäht, auf dem die
Zugehörigkeit zum Bann, der höchsten Stufe der Organisation
Hitlerjugend, gedruckt war. Zu den dunkelblauen Schnürschuhen
passten die weißen Rollsocken. Hilde trug am Revers ihrer Jacke eine
grün-weiße Kordel, ein Erkennungszeichen ihres Ranges – sie war
bereits Gruppenführerin. Die Rangfolge begann mit einer schmalen
roten Kordel für die Schaftführerin und einer rotweißen Kordel für
die Scharführerin. Es ging dann weiter bis zum Bannführer und den
obersten Jugendführern der Stadt. Einer davon hatte einen tollen

Namen, den ich bis heute nicht vergessen habe. Er hieß Baldur von Schirach.

„Wie kam der denn zu diesem nordischen oder germanischen Namen?", lachte Jan-Erik.

„Das weiß ich nicht, aber er hieß eben so richtig ‚arisch' – und das war damals ja sehr wichtig. Nun aber zurück zu Hildes Besuch."

Sie klingelte und fragte energisch nach meiner Mutter. Diese bat sie höflich in unser Wohnzimmer und bot ihr einen Stuhl an. Sie blieb stehen und befahl mir, bei dieser Unterredung dabei zu bleiben. „Ich komme zu Ihnen, weil Ihre Tochter fast nie an den Schulungsabenden teilnimmt. Diese sind sehr wichtig, weil ihr sonst wichtige Informationen über den Aufbau des Dritten Reiches und die Bedeutung des Nationalsozialismus fehlen. Sport und Heimatabend sind wichtig, aber die Hauptsache ist die Schulung. Ihre Tochter hat auch noch keine Uniform und fällt dadurch in der Gruppe unangenehm auf. Ich wünsche, dass sich das ändert, da ich sonst Maßnahmen veranlassen müsste, die für Sie unangenehm werden könnten."

Ich sah, dass Mutter erschrocken war, sich dann sehr schnell wieder im Griff hatte. Ich weiß nicht, was für Entschuldigungen sie für meine Versäumnisse hatte. Aber der Besuch der Führerin zeigte Wirkung. Ich nahm in den nächsten Wochen immer an den Schulungsabenden teil und musste dafür schriftliche Arbeiten anfertigen, die von Hilde mit Strenge kontrolliert wurden. Da sie dann aber mit mir zufrieden war, wurde sie auch wieder freundlich.

Meine Mutter schien nicht viel gelernt zu haben. Nach den Schulferien fiel ihr wieder viel ein, und ich versäumte wieder die Schulungen. Damit es nicht so auffiel, fehlte ich auch mal beim Sport oder Heimatabend. Die angekündigten Folgen blieben nicht aus.

Eines Tages standen zwei Polizisten vor der Tür und forderten Einlass. Sie hatten ein Schreiben dabei, aus dem erkenntlich war, dass es strafbar sei, wenn Mutter mich weiter an der Teilnahme der Veranstaltungen hindern würde. Dieses Dokument musste sie unterschreiben und erhielt davon die Durchschrift. Ich besuchte nun alle Veranstaltungen und war auch gern dabei.

„Ich konnte mir nie vorstellen, wie das mit der Hitlerjugend war. In der Schule sprach kein Lehrer darüber. Ich habe jetzt endlich ein besseres Bild davon. Und Onkel Erich, war der ein richtiger Nazi?"
Jan-Erik war sichtlich beeindruckt.

„Na, du hast ja wohl schon bemerkt, dass unsere Eltern nicht gerade
für den Nationalsozialismus waren und auf ihre Weise Widerstand
leisteten. Das war manchmal auch innerhalb der Familie ein Problem
..."

Es dauerte nie lange – wenn Onkel Erich und die Eltern ins
Gespräch kamen, ging es um Politik, und die lautstarken
Auseinandersetzungen zwischen Bruder und Schwester arteten oft in
Streit aus. Unser Vater blieb immer ruhig und besonnen und
beschwichtigte die beiden.

Sobald ich Onkel Erich, den gut aussehenden, schneidigen Offizier,
voller Stolz auf der Straße begleitete und wir in einem Eis-Café
bewundernde Blicke beobachteten, ermahnte er mich, in der Schule
fleißig zu sein, denn nur mit guten Leistungen könne man es im
Leben zu etwas bringen. Damit meinte er, nur die intelligentesten
und besten Mädel würden Führerin im BDM werden. Ich versprach
ihm, dass ich dieses erstrebenswerte Ziel erreichen wollte und war
froh, dass er von Mutters listigen Hinderungen nichts wusste. Er
schrieb mir von der Front feurige Briefe und erklärte mir immer
wieder, was notwendig für unser Volk sei, wenn wir den großen Sieg
errungen hätten und die Welt überzeugen wollten, dass Deutschland
für alle Völker ein Vorbild sei.

Für mich war er das Vorbild an Klugheit und Tapferkeit. Er muss
auch für seine Soldaten Vorbild gewesen sein, denn er bekam das
Eiserne Kreuz II. und das Eiserne Kreuz I. Klasse, beides
Tapferkeitsmedaillen, und für seine schweren Verwundungen das
Verwundetenabzeichen in Gold. Da Mecklenburg im Gegensatz zur
Metropole Hamburg nur Hinterland war, besuchte er uns immer,
wenn er Fronturlaub hatte.

Dieses Mal kündigte er uns seine Braut Ursula Hagedorn an. Sie war
Lehrerin und stammte aus Greifswald. Sie war natürlich wie ihr
Verlobter vom Nationalsozialismus überzeugt. Wir gewannen sie
sehr bald lieb, sie besuchte uns oft. Mit unserer streitbaren Mutter,
die immer die Gegenposition vertrat, geriet sie in viele Gespräche
und wurde dabei sehr nachdenklich.

In den Sommerferien war sie zum Ernteeinsatz in Ostpreußen
eingesetzt. Auf den Gütern und Höfen arbeiteten Kriegsgefangene
und Fremdarbeiter. Es war auch ein Franzose dabei. Da Ursula
Französisch studiert hatte, konnte sie sich mit ihm verständigen. Sie
übergab ihm eine Schachtel Zigaretten und wurde dabei beobachtet.
Im Erntedienst waren auch Arbeitsmaiden, die zur Organisation des
Reichsarbeitsdienstes gehörten, eingesetzt. Sie waren über Ursulas

Verhalten einem Kriegsgefangen gegenüber empört und meldeten es ihrer Führerin. Die wenigen französischen Worte und das Chanson „Parlez-moi d`amour", das sie abends immer vor sich hinsang, und die Zigarettenschachtel wurden ihr zum Verhängnis. Sie wurde verklagt und hatte sich vor Gericht zu verantworten. Sie erhielt keine Freiheitsstrafe, wurde aber aus dem Schuldienst entlassen.

Wir hörten lange nichts von ihr, bis Mutter eines Tages einen Brief von ihr aus Greifswald, wo sie bei ihren Eltern wohnte, erhielt. Vater und Mutter beratschlagten sich und luden sie zu uns ein. Onkel Erich war noch in Mecklenburg und wurde über Ursulas Besuch informiert. So trafen die beiden jungen Menschen sich noch einmal in Hamburg.

Ich war neugierig, was da nun los war, und als die beiden in der guten Stube verschwanden, hockte ich mich auf den Flur vor die Tür und lauschte. Sie flüsterten, ich konnte nicht verstehen, worum es ging. Ursula weinte bitterlich, und Onkel Erich schien auch sehr traurig zu sein.

Plötzlich stand Mutter hinter mir: „Schämst du dich nicht, das geht dich gar nichts an – ab ins Bett!"

Ursula hatte sich von uns verabschiedet. Onkel Erich erklärte den Eltern, dass er sie nach dem Vorgefallenen, der Vorstrafe und ihrer Entlassung aus dem Schuldienst, nun als deutscher Offizier nicht mehr heiraten könne.

Ich grübelte lange über ihr Verbrechen nach und dachte zum ersten Mal, dass nicht alles, was durch den Führer Adolf Hitler in Deutschland passierte, gut sei. Zwei Menschen, die sich liebten und verstanden, konnten doch nicht wegen einer Schachtel Zigaretten als Geschenk an einen Franzosen auseinander gerissen werden! In unserer Familie wurde jedoch über Ursula keine Silbe mehr gesprochen.

„Was war denn nun das Verbrechen – ich verstehe das nicht, und habt ihr Ursula nie wieder gesehen?" Mein Zuhörer war sehr nachdenklich.

„Das Verschenken einer Schachtel Zigaretten an einen Franzosen und ein Wortwechsel in seiner Sprache stellten in dieser Zeit bereits ein Verbrechen dar. Im Krieg waren die gefangenen Franzosen die besiegten Feinde. Ursula als junge deutsche Frau durfte nicht einmal mit ihm flirten. Das wurde als Annäherung an einen Feind gewertet und war deshalb strafbar. Er hätte ja auch ein Spion sein können, dem sie irgendwelche geheimen Daten zuspielte. Überall an den Wänden der Bahnhöfe und Häuser in Städten und Dörfern hingen

riesige Plakate mit dem Schattenriss eines schwarzen Mannes mit
Schlapphut, darüber eine Sprechblase mit dem drohenden Slogan:
,Achtung! Feind hört mit!' Also wussten alle Leute, dass
Kriegsgefangene und Zwangsarbeiter auch Spione sein könnten und
man sich in keiner Weise auf sie einlassen durfte. Deshalb zog Ursula
als Strafe den Entzug ihrer Berufszulassung als Lehrerin auf sich. "
„So ernst war das alles im Krieg zu nehmen? Das kann sich heute
niemand mehr vorstellen ..." Jan-Erik schüttelte ungläubig den Kopf.

Ein Jahr später, an einem heißen Sommertag in den großen Ferien,
fuhren Hanna und ich ins Freibad und sprangen vom Rand und von
den Startblöcken herunter. Ich stieg sogar bis zum 10-Meter-
Sprungturm, hielt mir die Nase zu und verkniff die Augen, um die
Höhe nicht zu sehen, rannte bis zum Ende und segelte hinab in das
blaugekachelte Schwimmbecken. Als ich aus der Tiefe auftauchte und
fast nicht mehr Luft holen konnte, stand der Schwimmmeister am
Beckenrand und brüllte auf mich ein: „Du bist wohl total verrückt,
komm sofort heraus!"

Er schob mir eine Stange zu und zog mich bis zur Treppe. Als ich an
Land war, schüttelte er mich und schrie: „Du ziehst dich sofort an
und verschwindest. Damit du es weißt, ich will dich hier in diesem
Freibad nie mehr sehen, du hast vorläufig Zutrittsverbot!"

Ich wusste nicht, warum er so wütend war, ich war doch nur
herunter gesprungen, erst 1 Meter, dann 5 Meter, dann 7,50 Meter –
schließlich die 10 Meter, und jedes Mal hatte es mir riesigen Spaß
gemacht. Neben mir stand eine junge Frau und nahm mich an die
Hand: „Du bist doch Elisabeth, wir setzen uns auf mein Handtuch
und reden erst einmal miteinander. Bist du allein hier?"

„Hanna ist auch hier, wir kennen ja das Freibad und haben hier oft
die Turm– und Kunstspringer gesehen. Das will ich auch können, da
muss man früh anfangen und keine Angst haben!"

Die Frau war nicht wenig erstaunt. Da kam Hanna auf uns zu:
„Hallo! Tante Usch!", rief sie. Erst jetzt erkannte ich Tante Ursula,
sie lachte und meinte, ich hätte wohl doch so eine Art Schock gehabt,
als der Bademeister mich aus dem Wasser fischte und anschrie. Wir
gingen zu ihm, und sie erklärte, sie würde uns gut kennen – wir seien
eben so richtige deutsche Kinder und hätten keine Angst vorm
Turmspringen. Außerdem könnten wir auch gut schwimmen.

„Na, denn", erwiderte er nun nicht mehr wütend, „wenn eine
erwachsene Frau dabei ist, ist es nicht ganz so schlimm. Du kannst
weiter in unser Freibad kommen, aber nur vom Block oder vom 1-
Meter–Brett springen. Für die anderen Abstufungen bist du noch zu

klein. Vielleicht gehst du einfach in einen Sportverein und lernst bei einem guten Trainer Schwimmwettkampf und Turmspringen." Ich war sehr erleichtert und hatte ein neues Ziel. Wir bettelten, dass Tante Ursula mit uns nach Hause kommen möge, die Eltern würden sich bestimmt freuen. Wir waren überglücklich, als sie einwilligte. Vater und Mutter waren überrascht und umarmten Ursula vor Freude. Sie war nach Lunzenau in Sachsen in eine Munitionsfabrik versetzt worden und arbeitete dort. Inzwischen habe sie sich an die körperliche Arbeit gewöhnt und guten Kontakt zu vielen netten Frauen, die dort an der „Heimatfront" ihren wichtigen Dienst leisteten. In dieser Fabrik seien auch viele Kriegsgefangene aus allen Ländern eingesetzt, mit denen Deutschland Krieg führe, sie lebten in Baracken in erbärmlichem Zustand. Sie hüte sich mit ihnen auch nur eine Silbe zu reden, denn sie könne nicht wissen, ob sie beobachtet würde.

„,Bespitzelt' sollte man das lieber nennen!" Mutter schluckte ihren Zorn hinunter. Später erzählte Ursula ihr, dass sie an einer der Maschinen Jacques, den Franzosen getroffen habe. Sie hätten sich nur verstohlen zugeblinzelt. Ihm sei bestimmt klar, warum sie als Lehrerin hier arbeiten musste.

Ursula versprach uns beim Abschied, uns zu schreiben und auch gelegentlich mal wieder nach Hamburg zu kommen. Nach Onkel Erich fragte sie nicht. Mir war das ein Rätsel, denn sie liebten sich doch. Meine Fantasie ersann später eine Liebesgeschichte, die ich aufschrieb.

„Eine Liebesgeschichte!", lachte Jan-Erik. „Gibt es die noch?"

„Nein, du weißt doch, dass wir durch die Ausbombung fast alles verloren haben. Diese Geschichte war sicher auch nicht so bedeutsam."
Ich war richtig verlegen.

Im Herbst erkrankten wir drei Schwestern an Scharlach und lagen fiebernd und matt in unseren Betten. Wir waren überall mit kleinen, roten Pusteln übersät. Der Kinderarzt Dr. Krützmann verordnete Medikamente und Wadenwickel. Es dauerte nicht lange, da konnten wir unsere Haut pellen. Am schlimmsten hatte es mich erwischt. Hanna und Christa waren schon wieder putzmunter – bei mir stellten sich jedoch auch noch Mittelohrentzündung und Bindehautentzündung der Augen als begleitende Symptome ein. Dadurch versäumte ich im ersten Jahr auf der Oberschule viel Unterricht..

Tante Ursula nahm ihren Jahresurlaub und kam zu uns. Sie unterrichtete mich in Mathe und Englisch. Als die Schule wieder begann, hatte ich mit ihrer Hilfe alle Lücken geschlossen.

Mir fällt noch ein besonderes Ereignis ein: Es war im Frühjahr 1942 nach dem siegreichen Frankreichfeldzug. Deutschland befand sich lange in einer Art Siegestaumel. Onkel Erich hatte Heimaturlaub und seinen Besuch angekündigt. Wieder einmal setzte ich meine Bettelei um eine Uniform bei Mutter an. Sie erklärte, ich hätte dazu keine Kleiderpunkte, denn damals waren auch Textilien rationiert. Doch wenn man einem geliebten Onkel imponieren will, findet man als Kind immer Mittel und Wege. Cousine Lieselotte hatte von ihrem Bruder, der in Frankreich Soldat war, wunderbaren Kleiderstoff geschickt bekommen. Ich besuchte sie und bat sie um Kleiderpunkte, die sie ja nicht so nötig brauchte. Sie überließ mir ihre Kleiderkarte – Mutter konnte sich nun nicht mehr weigern, mit mir die heiß ersehnte Uniform zu kaufen.

Wir gingen in ein großes Kaufhaus, dort gab es eine Abteilung für die entsprechende Gattung der verschiedenen Uniformen und Sportsachen. Wir schlenderten beide im Erdgeschoss zwischen den Tischen mit unterschiedlichen Stoffen. Mutti zog an einem Ballen hübschen Schottenstoffes, denn diese Muster bevorzugte ich bis in mein Erwachsenenleben hinein, zudem hatte ich eine Vorliebe für alles Karierte. Wir standen vor warmen Mantelstoffen. Innerlich war ich schon ganz ungeduldig wegen der Uniform – leider musste ich aber gerade in diesem Augenblick notwendig ein bestimmtes Örtchen aufsuchen. Als ich nach einer Weile zurückkam, wollte ich in den dritten Stock.

„Dahin brauchen wir nicht mehr", erklärte Mutter, „du brauchst dringend einen warmen Wintermantel und keine Uniform." Ich konnte vor Schreck nichts sagen und fühlte mich überrumpelt. Natürlich fand ich den Stoff absolut doof und war wütend, Tränen nützten nun auch nichts mehr.

Jan-Erik lachte: „Ja, so war Oma – wenn sie von etwas überzeugt war, setzte sie es durch. Aber ich kann auch dich verstehen, denn nun war es ja wieder nichts mit der Uniform ..."
In Gedanken an meine kindliche Enttäuschung musste ich mitlachen.

Dann kam Onkel Erich! Und weißt du was? Ich hatte, als er am Nachmittag erschien, eine Uniform an, komplett mit Kletterweste, Bluse und Rock, auch mit „Dreieck und Salmi" an den Ärmeln. Nur ein wenig zu weit war mir alles. Onkel Erich lobte mich – meine

Mutter war sprachlos. Zunächst – dann brach ein Sturm los. Sie war so ärgerlich und konnte sich nicht mehr beherrschen: „Erich, du beeinflusst die Kinder, sonst wäre das hier nicht passiert, Elisabeth, woher hast du die Uniform?"

Ich hielt meinen Mund zu, aber sie sah mich so streng an, dass ich ganz leise antwortete: „Wegen Onkel Erich habe ich mir die Uniform von Inge Hoffmann geliehen." Inge war meine Schulfreundin. Mutter forderte mich auf, mich sofort umzuziehen und die Uniform zurück zu bringen. „In unser Haus gehört dieses Nazizeug jedenfalls nicht, und von dir, Erich, will ich meine Kinder für diesen Adolf-Nazi, diesen Verbrecher, nicht mehr erzogen wissen!"

Totenstille.

Schließlich sagte Erich mit fester Stimme: „Anna, wenn du nicht meine Schwester wärest und drei Töchter hättest, müsste ich dies bei meiner Offiziersehre anzeigen. Ich warne dich, mit deiner Ansicht gegen den Führer und den Nationalsozialismus vorsichtiger umzugehen, denn sonst könnte sich ein überzeugter Volksgenosse veranlasst sehen, dich zu melden. Ich brauche dir wohl nicht zu erklären, was dann passiert."

Mutter sah ihren Bruder mit blitzenden Augen an: „Das haben wir ja bereits mit deiner Braut Ursula erlebt."

Ich stand jetzt am Fenster, fühlte mich verloren und wünschte mir unseren Vater herbei, aber der kam ja erst am späten Abend. Ich stellte mich dann neben Mutter und flüsterte: „Bitte vertragt euch doch!"

Onkel Erich strich mir über den Kopf und gab seiner Schwester die Hand: „Ich denke, du hast mich verstanden, also sei vorsichtig. Du wirst auch noch einsichtig werden ..."

„... oder du. Für dieses Mal lassen wir es gut sein."

Nach diesem beängstigenden Ereignis gab es nie mehr eine Auseinandersetzung zwischen Onkel Erich und Mutter. In seinen Briefen ermahnte er mich dennoch weiter, durch gute Schulleistungen später BDM-Führerin zu werden.

„Ich bin überzeugt, dass Vater und Mutter über diesen Nachmittag ausführlich gesprochen haben. Mit mir und den beiden Schwestern haben sie jedoch nicht geredet. Ich dachte viel darüber nach, konnte aber nicht einschätzen, was nun richtig oder falsch war. In meinem Inneren fühlte ich mich verwirrt."

Mein junger Gesprächspartner fand das alles schwierig und kompliziert. „Ich merke einmal mehr, wie wichtig es daher ist, dass

wir Vertreter zweier Generationen über diese Zeit immer wieder
unseren Dialog führen!"
Dankbar schauten wir uns an.

Mutter wurde mit uns Mädchen zu einer Reihenuntersuchung ins Gesundheitsamt geladen. Da wir von dem überstandenen Scharlach geschwächt waren, wurden wir in ein Erholungsheim nach Büsum verschickt.

Hanna hatte furchtbares Heimweh und weinte in den Nächten vor sich hin – es nützte auch nicht, dass ihre große Schwester in ihrer Nähe war. Sie kannte nur eine Sehnsucht: Nach Hause. Am schlimmsten war die Esserei: Wir mussten die übervollen Teller immer leer essen, weil wir an Gewicht zunehmen sollten. Ich schrieb an Mutti, besorgte mir eine Briefmarke und warf den Brief heimlich in den Briefkasten. Am Sonntag erschienen beide Eltern und holten uns heim.

Mit Christa passierte dann noch etwas ganz Schlimmes: Meine zarte, zerbrechliche, kleine Schwester war gerade erst nach einer feuchten Rippenfellentzündung aus dem Krankenhaus entlassen worden und wollte mit ihrem Puppenwagen, in dem sie ihre Lieblingspuppe verpackt hatte, auf die Straße. Da es Sonntag war und wenig Verkehr auf der Straße herrschte, erlaubte Mutti es und schickte mich zum Aufpassen hinunter. Trotz meiner Aufmerksamkeit passierte es aber dann: Ein großer Junge raste auf Rollschuhen die Straße hinunter, übersah sie und stürzte mit ihr gegen einen Laternenpfahl. Sie fiel zu Boden, der Kopf schlug auf den Bordstein. Christa schrie erbärmlich. Mutti hörte es und eilte so schnell sie konnte zu ihr. Vati rief den Doktor, Mutti wiegte Christa auf ihren Armen und beruhigte sie. Sie wurde wieder ins Krankenhaus eingewiesen. Dieser schlimme Sturz war später die Ursache für traumatische Anfälle, die ihre gesamte Kindheit überschatteten. Zum Glück verschwanden sie mit der Pubertät. Christa war ein fröhliches, verspieltes Kind und blieb auch im Erwachsenenleben immer positiv eingestellt.

„Ich kann mich an Tante Christa auch nur als fröhlichen und temperamentvollen Menschen erinnern", sinnierte Jan-Erik.
„So war sie, es ist nichts hinzuzufügen, eine Bereicherung für ihre kleine Familie und auch für die große Familie."

Christa war ein tief gläubiger Mensch und ihrer Kirche treu verbunden. Sie sang im Chor und nahm auch an Arbeitskreisen der Gemeinde teil. Neben ihrem Frohsinn und ihrer Heiterkeit konnte sie aber auch ernsthaft sein und vertrat entschlossen ihren

Standpunkt. Sie lernte, sich mit ihrem Mann auseinander zu setzen, was ihr dann in anderen Bereichen zugute kam. Ihren Kindern war sie eine liebevolle Mutter.

„Warum fällt dir so viel von ihr ein?"
„Es hängt damit zusammen, dass ihr Leben so früh und für uns alle überraschend im Alter von nur 49 Jahren vollendet war – und sie uns manchmal heute immer noch fehlt ..."

Bombardierungen der deutschen Städte und die Folgen

Jan-Erik und ich legten eine längere Pause in unserem Dialog ein. Wir wollten uns zu den anstrengenden Gesprächen etwas gönnen, was uns beiden etwas Entspannung verschaffen würde. In Braunschweig und Bonn gab es viele kulturelle Veranstaltungen, die für jüngere und ältere Menschen gleichermaßen interessant waren. Ich schlug den Besuch der Oper „Carmen" von George Bizet auf dem Burgplatz in Braunschweig vor. Nach vielem Hin und Her per Mail und Telefon entschieden wir uns für Bonn. Auch da wurde diese Oper auf dem schönen Platz zwischen den Museen als Freilichttheater aufgeführt. Beschwingt durch die Musik und die gute Inszenierung landeten wir in einem Studentenlokal am Rhein. Die Stimmung blieb weiter fröhlich; über den Bäumen, die uns den Blick auf Vater Rhein verstellten, stieg der Vollmond honiggelb auf, langsam wurden Sternbilder erkennbar. Bei leckerem Essen und köstlichem Rheinwein plauderten wir über Carmens Geschichte.
Da fiel Jan-Erik ein, dass es an der Zeit sei, unseren Dialog fortzuspinnen – er sei neugierig, wie es damals weiter ging. Natürlich ließen sich die Ereignisse und Erlebnisse der Kriegsjahre nicht aussparen – aber waren wir zum Nachspüren an diesem fröhlichen Abend bereit?
„Ach, wir werden es gemeinsam schaffen, die Zeit zurück zu drehen!"
In seiner Studentenbude bereitete Jan-Erik eine Kanne Früchtetee und stellte seine großen Teeschalen auf den Boden. Wir setzten uns entspannt auf seine Matratze. Ich erzählte weiter.

In der Heimat hatten die Menschen noch nicht so viel vom Krieg gemerkt. Onkel Karl und Tante Martha waren Verwandte unseres Vaters. Tante Martha, die Patentante von Hanna, besuchte uns jeden zweiten Freitag im Monat. Sie brachte uns immer kleine Geschenke mit, Bücher oder Gesellschaftsspiele. Mir waren ihre Besuche trotzdem unbehaglich, weil sie gerne Fisch aß und Mutti immer zum Mittagessen eine Fischmahlzeit zubereitete. Da Fisch frisch sein muss, schickte sie mich gleich nach der Schule zu Fisch-Meier. Die in meinen Augen ekelhaften Fische lagen auf großen Eisbrocken oder schwammen noch munter in einem großen Bassin. Die Hausfrauen wählten sie sich selbst aus. Herr Meier oder seine Frau schlachteten dann die Fische, nahmen sie aus und machten sie auf diese Weise kochfertig. Schließlich wickelten sie sie noch in Pergament- und Zeitungspapier ein. Ich bat immer um eine dicke Hülle und bezahlte – Herr Meier kam daraufhin hinter seiner Theke hervor und legte mir den Fisch auf den Arm. Ich hielt das Päckchen so weit ich konnte von mir weg und war froh, wenn ich zu Hause dem penetranten Geruch nach Meer und Fisch entgangen war.

Eines Tages schlich ich langsam die Treppen in unserem Haus hinauf – plötzlich fiel der Fisch aus seiner Umhüllung und rutschte mit seinem glitschigen Körper die Stufen hinunter. Ich klingelte verstört und erzählte betreten das Vorgefallene. „Na und", sagte Mutti, „hol ihn bitte herauf." Sie hatte für meine Abneigung gegen die Meerestiere kein Verständnis. Ich gehorchte.

Jan-Erik lachte: „So war das also mit dem Fisch, du isst ja bis heute keinen!"

„Du kannst dir nicht vorstellen, was Mutti sich alles einfallen ließ, um mich dazu zu bringen, dieses damals billige Volksnahrungsmittel endlich zu essen, zumal es so gesund sei ...! Unser Kinderarzt Dr. Krützmann erlöste mich schließlich von diesem Zwang. Ich finde bis heute alle Nahrungsmittel aus dem Meer ekelhaft, dazu gehören auch Krabben, Muscheln und Austern. Damals hatte ich fantasiereiche Vorstellungen, was mit diesen Tieren los sei, sie waren wie Giftschlangen für mich oder gefährliche feuerspeiende Meeresdrachen."

Jan-Erik schüttelte sich nun vor Lachen: „Das ist also der Grund, der dich am Fischessen hindert – du hast es ja bisher immer geschickt geheim gehalten"

Ich schüttelte gespielt angeekelt den Kopf und nahm den Erinnerungsfaden wieder auf.

Tante Martha und Onkel Karl versuchten unseren Eltern nahe zu bringen, dass sie nun endlich und sofort beim Heulen der Sirenen, die auf vielen Dächern angebracht waren und den Fliegeralarm ankündigten, in den Luftschutzkeller oder in einen der in der ganzen

Stadt gebauten dicken, rechteckigen Betonbunker oder einen turmartigen Rundbunker Zuflucht mit den Kindern suchen sollten. Mutti war unbekümmert und meinte, bis jetzt sei nichts passiert und sie habe keine Angst, es sei alles noch friedlich. Die beiden erzählten, ihr Sohn Kurt sei Offizier der Luftwaffe und habe mit seinem Kampfgeschwader London bombardiert. Er dürfe nichts Genaues erzählen, weil das Verrat sei. Aber seine Andeutungen wiesen daraufhin, dass die Engländer nun auch deutsche Städte bombardieren würden. Sie hatten beide große Angst und fuhren spätestens am Sonnabendmittag in die Lüneburger Heide, um sich auf ihrem kleinen Grundstück mit einem hübschen Häuschen zu schützen.

Wir Kinder hatten aufmerksam zugehört. Mutter nahm die Ermahnung von Tante Martha nun doch ernst – wir gingen bei Fliegeralarm sofort in den Luftschutzkeller. Unser Vater war der Luftschutzwart des Hauses, musste aber auch im Wechsel mit seinen Angestellten in seiner Firma „Brandwache" halten. Wenn er nicht in unserem Hause anwesend sein konnte, hatte ein Hitler-Junge die Funktion des Luftschutzwartes wahrzunehmen.

Bis in den Sommer hinein blieb alles friedlich. In den letzten Julitagen 1943 begannen dann die schweren Luftangriffe auf Hamburg und legten die schöne Stadt in Schutt und Asche. Wir hatten uns rechtzeitig in den Luftschutzkeller retten können und blieben dieses Mal von der totalen Ausbombung verschont – die Brandbomben auf unser Haus konnten rechtzeitig gelöscht werden. Die Stadtteile Hamm, Hammerbrook und Rothenburgsort jedoch waren am schlimmsten getroffen, auch die Hafenviertel waren völlig zerstört.

Das Schicksal ist manchmal unerbittlich. Onkel Karl und Tante Martha waren an diesem schrecklichen Wochenende ausnahmsweise nicht in die Heide gefahren. In einem Luftschutzkeller der Schule, die ihrem Mietshaus gegenüber stand, kamen sie durch Phosphorbomben ums Leben. Noch sieben andere Verwandte unseres Vaters überlebten den Angriff nicht. Unser Vetter Kurt wurde von seinem Geschwader beurlaubt und musste seine Eltern, die von Rettungsmannschaften aus den Trümmern geborgen worden waren, identifizieren. Er konnte sie nur an den Trauringen erkennen, die beide am rechten Ringfinger trugen. Er saß hinterher in unserer Wohnstube und starrte wortlos vor sich hin. Der Himmel über Hamburg war durch Rauch und Feuer in glutrotes Dunkel getaucht. Alle waren entsetzt und hielten den Atem an. Schließlich hob Kurt seine beiden Arme hoch, hielt sie etwa einen Meter auseinander und sagte: „So klein und zusammengeschrumpft sind die Menschen, man kann sie nicht einmal als Leichen ansehen ... es sind viele auf diese ungeheuerliche Weise getötet worden." Er ergänzte dann mit leiser Stimme: „Der Krieg ist Mord, aber jetzt habe ich keine Skrupel mehr, Bomber gegen England zu fliegen."

Jan-Erik war stumm vor Betroffenheit und brauchte Zeit. Wir fassten uns an den Händen und sahen uns in die Augen. Wir beschlossen, einen Spaziergang an der Rheinpromenade zu unternehmen, um nach der inneren Erschütterung unser Gleichgewicht wieder zu finden. Als wir zurückkehrten, setzten wir unseren Dialog fort.

In Hamburg wurde die Ordnung so weit wieder hergestellt, dass die Bevölkerung in der Stadt leben konnte. Unsere Mutter war mit Hanna und Christa in ihre mecklenburgische Heimat evakuiert worden. Auf dem Lande und in den Kleinstädten war es friedlich, vom Grauen der Brände durch Bombardierungen nichts zu merken. Ich war seit Anfang des Jahres das erste Mal in der Kinderlandverschickung bei einer Familie im Emsland. Es dauerte Wochen, bis ich von den Eltern Nachricht hatte. Meine liebevollen Pflegeeltern sorgten dafür, dass ich über das Rote Kreuz mit der Bahn nach Goldberg reisen konnte. Ich war sehr glücklich, wieder bei Mutti und den Schwestern zu sein.

Da Hamburg nach der Heimsuchung im Juli und August vorerst nicht mehr bombardiert wurde, kehrten wir kurz vor Weihnachten zu unserem Vater zurück. Onkel Franz und Tante Erna freuten sich über unsere Rückkehr.

Weihnachten feierten wir wie immer mit Gottesdienst in der Christuskirche und unter dem geschmückten und mit Wachskerzen besteckten Christbaum in unserer gemütlichen Wohnung. Tante Erna und Onkel Franz luden uns drei Mädchen, ihre beiden Nichten und einige Kinder, die sie von der Straße gut kannten, im Januar zum Tannenbaumplündern ein. Das war ein fröhliches Kinderfest mit Kakao und Weihnachtskeksen, einem Glücksrad und vielen Losen, mit denen man Tannenbaumkringel und andere süße Sachen gewinnen konnte. Bis die Kerzen im Baum verglommen waren, sangen wir fröhliche Lieder, die Onkel Franz auf dem Klavier begleitete.

Seit dem Sommer 1943 waren die Schulen geschlossen. Von der Emilie-Wüstenfeld-Schule, meiner Oberschule, erhielten wir die Aufforderung, uns für die Kinderlandverschickung zu entscheiden. Nach reiflicher Überlegung meldete mich mein Vater an. Wieder einmal – zum zweiten Mal innerhalb eines Jahres – hieß es für mich Trennung von der Familie. Aber Lernen war wichtig. Ich kam mit sieben anderen Schülerinnen aus unserer Schule in ein Lager der Caspar-Voigt-Schule nach Niederbayern. Wir neuen Schülerinnen hatten unglaubliche Lücken in allen Schulfächern und erhielten Förderunterricht, um so schnell wie möglich auf den Wissensstand unserer Schulkameradinnen zu kommen. Es war für mich ein ganz neues Leben und brauchte Anpassung in vieler Hinsicht. Wir begriffen sehr bald, dass neben dem Lagerleiter und den drei Lehrerinnen die Lagermädelführerin und die Lagerunterführerin viel mit zu bestimmen hatten. Lernen nahm die meiste Zeit in Anspruch, auch Schulungen zu Themen des Dritten Reiches gehörten zum täglichen Arbeitspensum. Sport war immer eine willkommene Abwechslung, die allen Spaß machte.

Hanna sollte auch auf die Oberschule wechseln. Dafür musste sie in ein sogenanntes Auslese-Lager der KLV in den Böhmerwald. Dort wurden ihre intellektuellen Fähigkeiten und Schulleistungen überprüft. Sie litt schrecklich unter Heimweh. Ich durfte sie eine Woche besuchen – ich erinnere mich an eine schöne Mittelgebirgslandschaft mit herrlichem Waldbestand und an eine Wanderung auf den Dreisesselberg mit allen Schülerinnen und zwei Lehrerinnen, der Lagermädelführerein und der Lagerunterführerin. Von der Kuppe bot sich uns ein wunderschöner Blick ins Tal, wir nahmen ein leckeres Picknick ein. Nach bestandenen Prüfungen in allen Schulfächern war Hanna schließlich für meine Schule vorgesehen und kam in unser Lager. Wir waren glücklich, und Hanna fühlte sich bald nicht mehr fremd in der neuen Umgebung.

Wir erlebten auch, wie wichtig für unsere Ernährung eine wenigstens teilweise Selbstversorgung war. So wurden im Stall zwei Schweine gehalten. Damit die Großstadtkinder Interesse an den Tieren entwickelten, wurden sie geradezu vermenschlicht. In einem feierlichen Akt erhielten sie Namen: Monika und Annika. Wir lernten die Schweine zu füttern und den Stall sauber zu halten. Diese nicht gerade beliebte Aufgabe ging reihum, niemand konnte sich drücken.

An einem schönen, sonnigen Herbsttag war es so weit: Schlachtfest. Wir Mädels wurden ins Haus verbannt. Es gab viel in der großen Küche und im Speisesaal zu tun. Die Arbeit war aufgeteilt: Gemüseputzen, Kartoffeln waschen, Salatsoßen herstellen, Obstsalat und Pudding für den Nachtisch zubereiten. Wir schoben die Tische im Speisesaal zu zwei langen Tafeln zusammen, holten aus den Klassenräumen mit viel Getöse Stühle und stellten sie an die Tische. Frau Tobel, unsere immer freundliche Haushälterin, eine bayrische, mütterliche Frau, gab uns mehrere weiße Bettlaken, die jetzt als Tischdecken dienten, und wies uns an, sie faltenlos über die langen Tische zu breiten. Mit Blumen aus dem Vorgarten unseres KLV-Lagers schmückten wir die Tafel – sogar Kerzen gab es, sie sollten ein sanftes Licht verbreiten. Aus den großen Schränken holten wir Porzellan, Besteck und Gläser, auch gemusterte Papierservietten hielt Frau Tobel bereit. Wir waren alle mit großem Eifer dabei, das Schlachtfest zu gestalten.

Ich hatte mich mit zwei Klassenkameradinnen zurückgezogen. Wir saßen in unserem Schlafraum zwischen den zwei- und dreistöckigen Hochbetten auf dem Boden und dichteten ein Lied über unser Schwein Monika mit vielen Versen, die wir vortragen wollten, und einem Refrain, in den der Lagerchor und der Lagerleiter, die Lehrerinnen und Lagermädelführerinnen einstimmen sollten. Dazu malten wir lustige Bilder, mit denen wir das Lied szenisch illustrieren wollten. Mit Heftzwecken wollten wir sie an den Wänden festpinnen. Dann kamen wir sogar noch auf die Idee, für jeden Platz eine kleine Karte mit einer lustigen Zeichnung und einem witzigen Vers zu versehen. Uns bereitete die Arbeit viel Spaß, wir kicherten und lachten unbekümmert. Dabei hörten wir nicht das Kommen der Lagermädelführerin. Unser erster Schreck war unbegründet – sie hatte uns schon eine Weile beobachtet und lobte unsere tollen Ideen. Sie holte ihr Schifferklavier und begleitete unseren Gesang. Es klappte sehr schnell. Wir schrieben alles auf einer kleinen Reiseschreibmaschine und vervielfältigten die Texte mit Matrizen.

Jan-Erik staunte. „Das ist ja damals alles viel mühsamer gewesen! Heute geht das so schnell ...“

„Die kleine Schreibmaschine war eine Dienstschreibmaschine der Führerinnen, die sie uns ausnahmsweise liehen. Wir tippten mit Zwei-Finger-Suchsystem – oder von oben gesehen mit einem Stukasystem, wie es damals scherzhaft genannt wurde ...“

„Was war das denn für ein System?“

„Stuka war die Abkürzung für Sturzkampfflugzeuge, die sehr steil aus der Höhe nach unten flogen und ebenso schnell nach oben wieder aufsteigen konnten. Wir sausten mit den Fingern aus etwa zehn Zentimetern Höhe auf die einzelnen Buchstabentasten der Schreibmaschine mit Zischlauten begleitet nieder und ahmten so ein Stuka nach. Natürlich nur, als wir wieder unbeobachtet waren, und schneller ging das Schreiben dadurch bestimmt nicht.“

Mein Zuhörer lachte nun auch über uns albernen Mädels von damals.

Wir hörten auf dem Flur Geflüster und schleichende Schritte. Wir öffneten die Saaltür einen Spalt und sahen die „Kleinen" die Treppe hinaufeilen.

„Hallo, wohin wollt ihr?"

„Pst! Wir steigen auf den Dachboden und gucken zu, wie das Schwein geschlachtet wird!", flüsterten sie. Wir drei schlossen uns neugierig an – und standen gerade noch rechtzeitig an den Dachluken. Monika war mit Stricken festgebunden und wurde von einem Mann gehalten, ein anderer schoss ihr mit einem Pfeil vor die Stirn, sie plumpste um und lag leblos da. Wir Stadtkinder waren erschrocken, aber rückten nicht von unseren Beobachterposten weg. Die Neugier ließ uns ausharren. Dann wurde Monikas Hals angestochen, das Blut lief in einen riesigen Bottich und wurde von einer Frau mit den Armen umgerührt. Zum Glück für uns verschwanden sie mit Monika in der Scheune, aber unsere Fantasie malte uns aus, wie sie das Schwein durchsägten und zerteilten, kochten, die Schinken in den Rauch hingen, Blut- und Leberwürste und andere Würste herstellten und viele Koteletts und Schnitzel schnitten. Ich konnte nicht mehr zusehen und verschwand in meinem Hochbett. Mit Lesen versuchte ich mich abzulenken. Ich fühlte mich richtig elend, musste mich übergeben und war froh, dass es niemand gesehen hatte.

Der Abend kam schnell heran, der festliche Saal stimmte alle fröhlich. Ich setzte mich neben Hanna. Die vollen Schüsseln mit Sauerkraut und Rotkohl und vielen Pellkartoffeln und die riesigen Schlachtplatten standen auf den Tischen. Unser Lagerleiter, Herr Krüger, hielt eine Rede und wünschte uns allen einen guten Appetit. Hanna langte sich zwei Würste und ein Stück fetten Speck und schmauste mit Genuss. Auch den andern Mädchen schien es zu munden. Hanna hatte mir ein Würstchen auf den Teller gelegt, ich hatte mir Sauerkraut dazu genommen. Aber in meinem Magen grummelte es leise. Ich bekam keinen Bissen hinunter. Da kam ich auf die rettende Idee: Ich pellte mit rasender Geschwindigkeit eine Kartoffel nach der anderen und versorgte unseren ganzen Tisch damit. Alle waren mit dem Schmausen beschäftigt und freuten sich, dass sie nicht diese lästige Arbeit übernehmen mussten. Der zweite Tisch fand das toll und wollte auch gepellte Kartoffeln haben. Ich heimste für meine Schnelligkeit auch noch Lob ein. Niemand merkte, dass ich nichts aß.

Als der Hauptgang beendet war, räumte ich eifrig ab, stellte Stapel von benutzten Tellern und Besteck, Schüsseln und Platten in den Küchenaufzug und hievte ihn hinunter. Ich blieb stehen, bis der

Nachtisch im Aufzug stand, zog hoch und verteilte mit einem Mädel vom anderen Tisch Obstsalat, Pudding und Himbeersaft. Das Grummeln in meinen Eingeweiden hatte aufgehört. Die leckere Süßspeise konnte ich mir nun doch nicht entgehen lassen. Dann liefen wir vier Mädels aus der 6. Klasse voll auf und schmetterten unser gedichtetes Lied über unser Schwein Monika, die Lagermädelführerin spielte dazu gekonnt die Begleitung – und alle Mädels, Lehrerinnen, Lagerleiter und das Küchenpersonal sangen mit ohrenbetäubender Lautstärke den Refrain, der wie ein Ohrwurm einging: „Lebewohl, du kleine Monika, in den Kochtopf geht`s hinein!"

Es war ein gelungenes Schlachtfest, das die Schülerinnen aus der Großstadt bestimmt nie vergessen werden.

Jan-Erik lachte Tränen und fand das ganze urkomisch: „Diese Story werde auch ich nicht vergessen. Erzähl bloß weiter, du bist ja richtig in Fahrt gekommen!"

Gerne kam ich seiner Aufforderung nach.

Zur Getreide- und Kartoffelernte wurden wir den bayrischen Bauern als Helferinnen zugeteilt. Sie waren zunächst skeptisch und trauten den Kindern aus Hamburg, der Großstadt im für sie fernen Preußen, Landarbeit nicht zu. Nach langsamer Annäherung waren sie dann erstaunt, wie fix und fleißig wir waren.

Auch zur Dorfjugend entwickelten wir freundschaftliche Beziehungen, tanzten mit ihnen auf dem Erntefest und luden sie dann in unser Lager zum Nikolausfest ein. Wir verstanden uns immer besser mit ihnen, und auch ihr für uns merkwürdiger, bayrischer Dialekt stellte uns vor immer weniger Rätsel.

Eines Tages nach dem Morgenappell sollten wir uns im Festsaal einfinden und waren gespannt, was der Lagerleiter uns mitzuteilen hatte: „Liebe Mädels, Führerinnen und Kolleginnen, wir sind nun schon fast zwei Jahre im KLV-Lager. Viele von euch haben in dieser Zeit immer mal wieder nach Heimaturlaub gefragt. Nun ist es so weit: Zur Wintersonnenwende seid ihr alle wieder in Hamburg bei euren Familien!"

Unbeschreibliche Jubelschreie und Klatschen hoben an: Endlich wieder nach Hause! Uns blieb nur wenig Zeit zum Packen, weil nur das Nötigste mitgenommen werden durfte. Wir würden im Januar des neuen Jahres wieder im Lager sein.

Sonderzüge nahmen auf vielen Stationen Schülerinnen und Schüler für die Reise in den Norden auf. Nach zwei Reisetagen erreichten wir unsere Vaterstadt und wurden mit Bussen auf unseren Schulhof gefahren. Unsere Mütter, Großeltern und wenige Väter nahmen uns in Empfang. Das war eine Freude! Unser schönes Wohnhaus war in der Zwischenzeit durch Brandbomben getroffen worden. Gezielte Löscharbeit hatte es vor dem Schlimmsten bewahrt. Die Wohnung war aber nur notdürftig wieder hergerichtet. Hanna und ich streichelten unseren kleinen Bruder, der in seinem Bettchen hin- und herschaukelte und fremdelte. Auch unsere kleine Schwester Christa war sehr scheu. Mit Hilfe von Vater und Mutter waren wir jedoch zu Weihnachten wieder eine richtige Familie. Onkel Franz und Tante Erna verzauberten das Fest mit schönen Liedern und Duetten aus der Oper „Hänsel und Gretel."

Es war wie im Frieden. Die Bombengriffe waren eingestellt. Aber im neuen Jahr ging es dann auf viele deutsche Städte wieder los – ohne Erbarmen für Frauen und Kinder. Auch Dresden, die schöne Barockstadt, das deutsche „Elb-Florenz", in dem sich die Stadtbevölkerung und Tausende von Flüchtlingen aufhielten, die vor der russischen Armee gen Westen geflohen waren, wurde in eine Ruinenstadt verwandelt. Dieser Angriff forderte viele tausend Menschenleben – es war mörderisch, was sich über Deutschland durch die alliierten Luftangriffe abspielte. Ihr Ziel war Hitler-Deutschland, aber es war die Zivilbevölkerung, die zu leiden hatte. Im Krieg kennt niemand Erbarmen.

Zuhörer und Erzählerin saßen still beisammen.
„Es ist für mich unvorstellbar", begann Jan-Erik nach einer Weile.
„Für mich auch", ergänzte ich leise, „dennoch ist es gut, darüber zu reden."

Wir fuhren dann Anfang Januar 1945 noch einmal in die KLV, aber nicht in unser Lager nach Bayern, sondern an die Ostseeküste. Dort waren aus Hamburg, Hannover und Berlin 5000 Jungen und Mädchen in Hotels und Pensionen, die in KLV-Lager umgewandelt waren, untergebracht. Auch Christa musste mit, weil sie in die Volksschule eingeschult wurde. Wir blieben nicht zusammen, sondern kamen in verschiedene Orte und Lager.
Trotz der Vereidigung der 14-jährigen Jungen und Mädel am 20. April 1945 und die Übernahme in die Hitlerjugend und in den Bund Deutscher Mädel glaubten immer weniger der jungen Menschen an den Endsieg des Großdeutschen Reiches. Viele Gruppen trafen sich

an heimlich gehaltenen Orten und redeten über die nähere Zukunft. Ein paar Berliner Jungen brachen bei Nacht und Nebel auf, um sich in Berlin beim Volkssturm zu melden. Sie waren die ersten, andere machten sich auf den Weg nach Hamburg oder Hannover. Schließlich wurde nachts von den Führern und Führerinnen Wache geschoben.

Unser Lagerleiter rief uns alle zusammen und eröffnete uns, dass wir in den folgenden Tagen mit georderten Bussen nach Hamburg zurückkehren würden. Wir waren alle aufgeregt, dann ging es früh morgens um vier Uhr los – wegen der Tieffliegerangriffe tagsüber. Wir wurden leider trotzdem von zwei Tiefffliegern entdeckt, die unsere Busse überflogen und in den Boden schossen. Sie ließen dann aber von weiteren Angriffen ab. Wir zitterten vor Angst und waren erleichtert, als wir gegen Abend Hamburg erreichten. Durch die immer noch hervorragende Organisation nahmen die Angehörigen mit großer Erleichterung auf dem Schulhof ihre Kinder in Empfang. Nur Hanna und ich standen noch da und ließen die Köpfe hängen. Christa war nicht in Grömitz, sondern in Dahme untergebracht. Sie reiste nicht mit uns. Da unser Haus noch am 8. April durch eine Sprengbombe total zerstört worden war, und die Anschrift der Eltern uns nicht bekannt war, konnten sie nicht benachrichtigt werden.

Wir kamen auf die Idee, dass Onkel Franz und Tante Erna wissen müssten, wo unsere Eltern abgeblieben waren. Der Schulleiter wickelte noch einige Formalien mit dem HJ-Führer in der Schule ab, dann marschierten wir tapfer los. Ich glaube, der immer freundliche Herr Dr. Krüger war erleichtert, als er uns bei unserer Tante und unserem Onkel abgeben konnte. Sie schmierten uns Brot, gaben uns Milch und erzählten, dass die Eltern mit unserem kleinen Bruder in einer Barackenunterkunft von Vatis Firma Wohnraum gefunden hätten. Sie brachten uns zur S-Bahn. Leider fuhr sie nur bis zur Haltestelle Hammerbrook. Da war Schluss und Sperrgebiet für die Stadtteile, die nach den Angriffen mit Phosphorbomben 1943 verseucht und von den Hamburgern lange als „Tote Stadt" bezeichnet wurden. Das Glück war mit uns – ein älteres Ehepaar hatte den gleichen Weg und nahm uns ins Schlepptau. Endlich sahen wir Vatis Firma. Wir dankten den beiden netten Leuten – standen plötzlich vor der verschlossenen, eisernen Tür. Wir schrieen mit vereinten Kräften:

„Vati! Vati! Mach auf!"

Es rührte sich nichts, kein Laut, kein Licht. Plötzlich stand unser Vater hinter uns. Wir fielen ihm stürmisch um den Hals und weinten vor Erleichterung. Vati standen auch Tränen in den Augen. „Gott sei

Dank, da seid ihr. Nun gehen wir zu eurer Mutter und eurem kleinen Bruder."

Wir überquerten den Alten Teichweg und erreichten die Barackensiedlung, Nummer 5 war nun unser zu Hause. Mutti hatte uns vom Fenster aus gesehen und stand in dem winzigen Flur. Rainer saß in seinem Korbwagen. Mit seinen großen, blauen Augen sah er uns erstaunt an.

Muttis erste Frage war: „Wo ist Christa?"

Ich erzählte ihr von meinem Besuch vierzehn Tage zuvor in ihrem KLV-Lager in Dahme: „Es geht ihr gut, und sie wird bestimmt auch bald kommen. Wir konnten sie nicht mitnehmen."

Wir mussten uns alle noch bis zum 3. Mai in Geduld üben, Vati stärkte uns mit seinem Gottvertrauen. In der Dämmerung klingelte es an unserer Tür. Christa stand verschüchtert hinter ihrer Lehrerin. Keiner konnte ein Wort hervorbringen. Die Lehrerin brach das Schweigen und erklärte, ich hätte ihr bei meinem Besuch Anschrift und Telefonnummer von Vatis Firma gegeben, da war es nicht schwer für sie, uns zu finden. Sie hatte ihre Erstklässler in der Volksschule Hoheweide den Eltern übergeben und sich dann mit Christa auf den beschwerlichen Fußweg durch das Trümmerfeld der Stadt gemacht. Beide waren erschöpft, Mutti stärkte sie mit warmer Milch. Christa klammerte sich immer noch an die Hand ihrer Lehrerin, bis Vati sie auf den Schoß nahm. Sie schlief sofort sanft ein. Mit großer Dankbarkeit verabschiedeten wir die liebevolle Lehrerin.

„Die Familie war gesund und heil wieder beisammen!" Jan-Erik atmete hörbar auf. „Hat Christa ihre Lehrerin später wieder gesehen? In der ersten Klasse lieben die Kinder ihre Lehrerin doch immer besonders, das ging uns doch auch so ..."

„Es dauerte lange, bis das Leben sich wieder normalisiert hatte, erst im Oktober 1945 wurden die Schulen wieder eröffnet. Ich weiß nur, dass Christa in die Schule Von-Essen-Straße ging und dort eine andere, kleinwüchsige und sehr sanfte Lehrerin hatte, die Fräulein Schädel hieß. Diese hat sie sehr geliebt – und umgekehrt sie Christa auch."

Inzwischen waren die Engländer einmarschiert. Zum Glück hatte der Gauleiter Karl Kaufmann die Stadt kampflos übergeben. Adolf Hitler wollte Hamburg zur Festung erklären. Dann wäre wohl nichts mehr von ihr übrig geblieben, so wie in Berlin durch die Straßenkämpfe auch das noch zerstört wurde, was die Bombenangriffe nicht geschafft hatten. Und Menschenleben hätte es auch noch mehr gekostet.

Die Erinnerungen an das Hitler-Deutschland mit seiner menschenverachtenden Ideologie, dem schlimmsten Krieg aller Zeiten und der Niederlage für Deutschland hatten Jan-Erik und mich angestrengt. Es war gut, dass wir uns beide wieder unserem Lebensalltag in Bonn und Braunschweig zuwenden mussten. Zum Abschied hörten wir von Schostakowitsch aus der 7. Sinfonie, der „Leningrader", den 3. Satz – das Adagio-Largo.

4. Leben in den ersten Jahren nach dem Krieg

Die nächste Begegnung fand in dem geräumigen und schönen Elternhaus von Jan-Erik in einer Kleinstadt am Niederrhein statt. Wir erlebten eine Familienfeier mit wenigen Gästen und hatten Gelegenheit, während eines ausgiebigen Spazierganges durch die Auen eines kleinen Flusses unseren Dialog fortzusetzen.

„Durch den Besuch in unserem Museum in Bonn weiß ich, dass du viele persönliche Kommentare zu den Exponaten und einzelnen Zeitabschnitten geben konntest. Wie ging es denn nach der Kapitulation weiter?"

Ich brauchte nicht lange nachzudenken.

In der Wohnung Nr. 5 der Betonbaracken hatten wir eine Unterkunft erhalten. Sie war bescheidener in der Ausstattung als die unserer Nachbarn, da unser Vater kein handwerkliches Geschick besaß. Mutter meinte, wenn er einen Nagel in die Wand schlagen müsse, träfe er bestimmt seinen Daumen. Das hört sich übertrieben an, aber es war so. Außerdem brauchte man dafür einen Schlagbohrer und Dübel. Die hatten wir nicht, und die gab es auch nicht zu kaufen. In dieser Zeit war es wichtig, genug zu essen zu haben und nicht zu erfrieren. Die Winter 1945/46 und 1946/47 waren grausam kalt. Vielleicht war es eine normale Kälte und wurde nur so schlimm erlebt, weil der Mangel allgemein groß war.

Zum Überleben ist fast alles erlaubt

Nun musste den Menschen viel einfallen, damit sie nicht verhungerten und erfroren. Es gab sehr bald den „Schwarzen Markt", auf dem ein lebhafter Tauschhandel entstand, die Rationen der Lebensmittelkarten reichten einfach nicht. Zigarettenkarten gab es auch – da beide Eltern nicht rauchten, kauften wir die Zigaretten und gingen damit auf den Schwarzmarkt. Gelegentlich nahm Mutti mich mit, ich wunderte mich, wie es da zuging. Männer kamen vorbei und flüsterten: „Tausche Brot gegen Amis oder Tommys, tausche Speck gegen Schuhe "

Jan-Erik war verwirrt: „Wollten die Leute Brot gegen Soldaten tauschen, oder was waren die Amis und Tommys?"

Ich musste lachen: „Es handelte sich dabei um amerikanische oder britische Zigarettenmarken, die besonders begehrt waren, und die es manchmal auch in den Kiosken auf Zigarettenkarten gab."

Die Zigaretten hatten wirklich jeden Tag einen anderen Wert, so gab es mal für 20 Zigaretten ein Schwarzbrot oder nur ein Maisbrot, für 40 Zigaretten Butterschmalz – das war ein vermengter Brotaufstrich, der sich auch zum Braten oder Kochen verwenden ließ, mal gab es für ebenso viele Zigaretten Eipulver oder Milchpulver.

Auf dem Schwarzmarkt musste man aufpassen, dass man nicht von Polizisten erwischt wurde, denn sie traten nicht immer uniformiert mit Tschako, eine Art Helm, auf, an dem sie gut zu erkennen waren. Plötzlich leerte sich die Straße, Männer verschwanden in Hauseingängen, dann war es höchste Zeit, die Beine in die Hand zu nehmen und nach Hause zu rennen. Die Lebensmittel vom Schwarzmarkt waren zum Überleben wichtig. Es passierte auch, dass Mutti und ich nicht schnell genug waren und Polizisten uns erwischten – sie wollten natürlich die mühsam erstandenen Lebensmittel beschlagnahmen. Mutti schaffte es meistens, die Ordnungshüter zu überzeugen, dass sie vier Kinder versorgen müsse, und durfte dann alles behalten. Aber eine strenge Verwarnung bekam sie mit: „Die Kleine wollen wir hier nicht wieder sehen, für Kinder ist das schädlich, sie werden sich das nie mehr abgewöhnen können."

Noch schlimmer war die Beschaffung von Brennmaterial. Mit Mutti sammelte ich auf den benachbarten Trümmergrundstücken Bauholz oder Holz von zerstörten Möbeln, das obenauf lag. Wir beluden unseren Bollerwagen und sägten mühsam mit einer halbverrosteten Fuchsschwanzsäge das Holz zum Anheizen unseres Küchenherdes und eisernen Ofens.

Vormittags standen Hanna und ich beim Schlachter an. In zwei große Kannen ließen wir uns Fleischbrühe einfüllen, wir kauften Wurst und, wenn es das gab, Fleisch auf Lebensmittelkarten. Einmal stand ich in der Schlange vor der Kasse, um zu bezahlen, als ich sah, dass Hanna vor dem Haublock stand und sich talgiges, fettes Fleisch klaute. Ich war ganz entsetzt – sie stahl sich unbeobachtet aus dem Laden, verschwand um die Ecke und futterte gierig das Fett in sich hinein. Ich hatte eine Abneigung gegen alles Fette, und die berühmte graue Fischpaste, die es manchmal als „Delikatesse" gab, fand ich auch ekelhaft. Lieber schob ich Kohldampf. Ich ermahnte Hanna: „Bitte klau nicht noch einmal etwas beim Einkaufen. Wenn das jemand aus der Schlange gemerkt hätte, wären wir rausgeworfen worden und hätten dann nicht mal diese olle Brühe bekommen!" Hanna maulte und kaute weiter auf ihrem Fett herum: „Mein Hunger ist eben größer als deiner."

Ich schwieg lieber, denn das war ein unschlagbares Argument.

„Du hast trotz Hunger lieber nichts mit diesen Fetten gegessen? Gab es überhaupt etwas, was dir schmeckte?"

„Oh, ja! Ich aß gern Süßes, aber das war noch rarer als alles andere ..."

Mutter hatte ein Weckglas mit Rübenkraut, das wir Sirup nannten, erstanden. Zum Frühstück wurde für jeden eine Scheibe von dem harten, gelben Maisbrot damit bestrichen. Lecker! Dieses Glas stand auf einem Küchenbord über dem Herd und lachte mich die ganze Zeit an. Am Nachmittag war ich allein. Mein Magen knurrte, mir lief das Wasser im Mund zusammen. Ich kletterte auf einen Stuhl, langte mir das Glas mit der dickbraunen Flüssigkeit herunter und schleckte mit einem Esslöffel die begehrte Süßigkeit heraus. Schließlich hielt ich inne – ich war erschrocken, wie leer das Glas geworden war. Was sollte ich bloß machen? Mutti würde bestimmt traurig sein, wenn sie das entdeckte! Also füllte ich das Glas mit Wasser auf, rührte alles um – und schon war nichts mehr zu sehen!

Als unsere Mutter abends am Herd stand und Steckrübenkuchen in Rapsöl briet, fiel ihr Blick auf das Glas. Sie holte es herunter, hielt es gegen das Lampenlicht und stellte es auf den Esstisch. Vater war aus seiner Firma gekommen, wir nahmen gemeinsam unsere kärgliche Abendmahlzeit ein. Ich räumte beflissen ab und machte mich über den Abwasch her. Mutti lobte ihre fixe, große Tochter.

Dann las sie aus dem großen Märchenbuch die Geschichte von der „Hexe Kaukau" vor. Sie legte unseren kleinen Bruder in seinen Kinderwagen und schaukelte ihn in den Schlaf. Sie sah ihre drei Mädchen an und fragte mit leiser Stimme: „Wer hat die Hälfte von dem Sirup aus dem Glas gegessen?"

Betretenes Schweigen. Schließlich gab ich schweren Herzens zu, davon genascht zu haben. Ich hatte natürlich nicht bedacht, dass der schwere Sirup sich nach unten absetzen würde. Mutti schickte die kleinen Schwestern ins Bett. Sie war nicht böse und bestrafte mich auch nicht. Sie erklärte mir, bei den knappen Lebensmitteln müsse alles geteilt werden, niemand dürfe sich selbst versorgen. Wir hätten alle Hunger. Viel später ging mir auf, dass unsere Mutter für ihre

Kinder am meisten gehungert hat und sich nie beklagte. Ich habe nie wieder heimlich genascht.

„Das war ja eine tolle Reaktion von Oma! Hut ab!" In Jan-Eriks Stimme klang Bewunderung mit. „Ich glaube, ich kann mir nicht wirklich vorstellen, wie schlimm Hunger nach dem Krieg in Deutschland war ..."
„Es kam alles zusammen. Dein Vater erlitt, als er ein Jahr alt war, eine schwere Ernährungsstörung, wodurch sein Leben wirklich bedroht war. Er hatte Durchfall und erbrach, was er gerade gegessen hatte. Auf dem kleinen Kopf konnte man die noch nicht geschlossene Fontanelle nicht nur fühlen, sondern auch sehen. Er war ein schmächtiges Baby, unsere Mutter in großer Sorge um ihn. Sie hatte auch Angst, er würde in seinem Kinderwagen erfrieren, weil wir oft kein Brennmaterial hatten und nur die Wohnküche heizen konnten".

Du kennst ja noch die Wohnung deiner Großeltern, unsere Baracke lag in der Nähe zwischen zwei S-Bahnhöfen. Es ging da erheblich bergauf, was man in der S-Bahn als Fahrgast nicht merkte. Aber einige Jungs hatten das herausgefunden, weil die langen Güterzüge mit Kohlen ihre Fahrt verlangsamten. Sie kletterten den Bahndamm hoch und zogen die Bremsen an den Güterwagen. Zischen und Pfeifen! Schon stand der lange Zug, und sofort krabbelten Männer und Frauen auf die Waggons, ließen sich alte Zinkwannen, Taschen und Rucksäcke heraufwerfen, füllten sie in affenartiger Geschwindigkeit, schleuderten die Beute runter. Unten standen immer Frauen, die nicht so gelenkig waren, dass sie auf die hohen Güterwagen steigen konnten, rafften die vollen Behälter an sich und rutschten damit den Bahndamm hinunter. Gleichzeitig war dann das junge Volk auch unten – und ab ging es in die kalten Wohnungen!
Für ein paar Tage reichte die Bunkerkohle, die höheren Brennwert als Briketts hatte und deshalb immer besonders begehrt war. Viermal in der Woche kam so ein Zug mit Gepfeife und Getöse um die Mittagszeit. Draußen großes Geschrei: „Kohlenzug!", und aus allen Türen stürzten die Leute, um sich mit dem Wärme spendenden „schwarzen Gold" einzudecken.
Die Polizei war immer in Sicht, denn alle Kohlenklauer waren Diebe, und Diebstahl war strafbar. Aber sie drückten immer alle Augen zu, niemand wurde mit zur Wache genommen. Ich hasste diese „Sportart", sie war nicht ungefährlich. Ein Nachbarjunge hatte nicht gewartet, bis der Zug stand – er wurde mitgerissen und verlor seinen Fuß. Nun kam zu diesem Hassgefühl bei mir auch noch Angst.

Zu Hause waren Mutti und ich immer die Aktiven, es wurde richtig behaglich, wenn der kleine Kanonenofen bullerte und Wärme verbreitete. Zum Kochen brauchten wir Briketts und Eierkohlen, die wir auch holten, es war ja Auswahl da. Wir hatten herausgefunden, in welcher Reihenfolge die Wagen mit welchen Kohlen bestückt waren. Wenn die Beute groß war, heizte Mutti auch den Schlafraum. Die gekalkte Betondecke und die Wände glitzerten mit gefrorenen Eiskristallen bis zu den Betten hinunter. Auch die kleinen Fenster waren mit Eissternen geschmückt. Wir bibberten und froren schrecklich und waren froh, wenn der Ofen seine Wärme verbreitete – aber was dann passierte, war sehr unbehaglich ... nun stell dir mal vor, was...

„Dazu gehört nicht viel Fantasie", grinste Jan-Erik. „Tropf – tropf – tropf, es taute in eurem Eispalast!"

„Genau, und dabei wurden die Betten nass und stockig! Der Mensch ist ja erfinderisch, sogar unser unpraktischer Vater hatte eine tolle Idee ..."

Eines Abends kam er freudestrahlend mit einer rostroten Rolle nach Hause – es war Ölpapier, das er aus der Firma mitgenommen hatte, wie er sich vorsichtig ausdrückte: „Aber bevor ihr hier durch die Nässe alle krank werdet, habe ich es mir angeeignet."

Wir merkten durch seine Umschreibung deutlich, wie schwer es ihm fiel zu klauen! Rainer war schon in Muttis Bett gekuschelt, sie wärmte ihn nachts mit ihrem immer magerer werdenden Körper. Hanna und Christa legten sich auch in ihre schmalen Bettgestelle und zogen sich die Decken über den Kopf. Die Eltern und ich rollten das Ölpapier über den Betten aus und schnitten es zu. Auch für mein Bett hatten wir die Oberdecke fertig. Nun konnten die Kalkwassertropfen kleckern, sie schadeten den Bettdecken und den darunter liegenden Menschen nicht mehr.

Ich setzte mich oft in die Wohnküche neben den Ofen und las, denn Vati hatte immer noch Bücher für mich, die ich nicht kannte. Die Eltern unterhielten sich noch eine Weile, dann wünschte Vati uns eine gute Nacht. Er schlief in dem ausgebrannten und notwendig wieder hergerichteten Obergeschoss seiner Firma in einem Luftschutzbett. Ihm war das lieber, weil er Ruhe für sich brauchte. Mutti ließ ihn gewähren, es war eng genug in der Baracke. Zum Frühstück stellte Vati sich wieder ein.

„Mir fällt noch etwas Wichtiges aus der Zeit ein!" Jan-Erik sah mich grinsend an.

„Lass mich raten – meinst du die Hamstertouren?"

Er nickte zustimmend.

„Die waren für die darbenden Menschen in den Großstädten überlebensnotwendig. Die Frauen und ihre älteren Kinder trafen sich in Baracke Nr. 3 bei Frau Schütt, einer kleinen, knorrigen Frau, die richtig pfiffig war. Sie legte Karten ..."

„Na, jetzt wird's ja richtig spannend, mir kommt das wie ein Hexenritual vor!" Jan-Erik konnte gar nicht an sich halten und lachte aus vollem Herzen über diese denkwürdige Zeit.

Alle waren in der Wohnküche versammelt, Frau Schütt blätterte die Karten auf. Geheimnisvoll und mit dunkler Stimme erzählte sie, was die Karten ihr mitteilten. Wenn es erfolgversprechend war, schwärmten Frauen und Mädchen mit Rucksäcken und großen Taschen aus, in die einige Tauschobjekte verstaut waren. Auch bei den Bauern zählte die „Naturalienwährung", die Reichsmark war nichts mehr wert. Mit der S-Bahn fuhren alle bis zum Hauptbahnhof und suchten sich noch Platz in der vollen Vorortbahn. Schließlich pfiff der Bahnhofsvorsteher ab. Die Türen wurden geschlossen. Innen war es gestopft voll, die Luft so verbraucht, dass das Atmen schwer fiel. Auf den Trittbrettern hingen die Menschen wie Trauben, sogar auf den Wagendächern hatten sich Männer und Jungen flach hingelegt, um bei Tunneldurchfahrten nicht vom Zug gerissen zu werden. Die Stadt mit ihren zerborstenen Kirchtürmen und Trümmern war bald nicht mehr zu sehen, das flache Land empfing uns mit Getreide- und Kartoffelfeldern.

An den Haltestellen ergossen sich die „Hamsterer" aus dem Zug und verteilten sich schnell. Mutti, ich und eine Nachbarin, deren Mann in russische Kriegsgefangenschaft geraten war, kannten in der Nähe eines bekannten Gutes einen großen Bauernhof mit einer netten Bäuerin, die uns bisher immer Kartoffeln, Gemüse und manchmal sogar eine Seite Speck oder ein Stück Schinken gegen Muttis kostbare Handarbeiten getauscht hatte. Für mich hielt sie immer frische Milch bereit, für die beiden Frauen manchmal echten Bohnenkaffee. Ihr taten die Städter leid, aber sie erklärte auch, sie seien nun mit Flüchtlingen aus Ostpreußen belegt. Die seien auch elend dran und hätten Bauernhöfe oder sogar Rittergüter in ihrer fernen Heimat verlassen, als die Russen hinter ihnen her waren. „Aber das ist bestimmt geprahlt", meinte sie kopfschüttelnd.

Mutti entgegnete ihr, dass es ja auch in Mecklenburg und hier in Schleswig-Holstein Güter und Herrenhäuser gäbe, warum sollte das also nicht auch im deutschen Osten so sein? Die Bäuerin ärgerte sich, weil Mutti ihr nicht zugestimmt hatte. Sie verschwand im Haus und knallte die Tür zu. Unsere Nachbarin war zutiefst erschrocken: „Hier können wir uns nicht mehr sehen lassen!"

Zum Glück hatten wir für heute noch volle Taschen. Auf der Rückfahrt überboten sich die Leute mit unglaublichen Geschichten, sogar im Zug wurde noch getauscht. Wir ergatterten Tomatenpflanzen und Samen. Mutti teilte mit uns ihre märchenhaften Vorstellungen, wie schön im Sommer der Vorgarten mit den reifenden Tomaten und Blumen aussehen würde. Und, tatsächlich: Genauso schaffte sie es dann auch. Das schmale Stück Garten verwandelte sich in eine sommerliche Pracht. Die Tomaten waren zwar klein, aber wohlschmeckend.

Wir besaßen auch zwei Kaninchen. Wie in der KLV gaben wir Kinder den possierlichen Tierchen Namen: Armin und Tusnelda. Sie sollten zu Weihnachten köstliche Braten sein. Wir sammelten in den Trümmern Gras und kräuterartiges Futter und fütterten die beiden. Für Rainer und Christa waren sie geliebte Spielgefährten. An einem heißen Sommertag dachte Rainer, Armin und Tusnelda hätten wie er großen Durst – er steckte ihnen durch das Stallgitter eine von ihm angebissene Tomate. Am Abend sah Mutti, dass die armen Tiere einen dicken, geschwollenen Bauch hatten, in der Nacht segneten sie das Zeitliche. Sie lagen mit ausgestreckten Pfoten im Stall. Wir waren alle sehr traurig und begruben Armin und Tusnelda feierlich hinter dem Haus. Im Spätsommer standen zwei große Sonnenblumen auf den Gräbern. Ich war insgeheim froh – denn die Vorstellung, sie wären unsere Sonntags- oder Festbraten geworden, war so schrecklich für mich wie jene vor noch nicht allzu langer Zeit in Bayern, als das Schwein Monika zum fleischlichen Genuss am Schlachtfest wurde. Kaninchenbraten wäre sicher mal etwas anderes auf dem bescheidenen Speisezettel gewesen, aber nun waren wir alle froh, dass die possierlichen Tiere nicht von unserer Mutter geschlachtet werden mussten.

Ich holte unseren Vater eines Mittages aus der Firma ab und war erstaunt, dass er so betrübt aussah. Er hatte von Kunden zwei große Papiersäcke mit Trockenkartoffeln und Trockengemüse erhalten und daraus abgefüllt. Er wollte uns damit überraschen. Da seine Hände sehr schmal und die Finger dünn geworden waren, war ihm jedoch sein Trauring abgerutscht und hing nun wohl irgendwo in den Nahrungsmitteln fest. Ich hatte sofort eine Idee: „Hast du

Zeitungspapier?" Er zeigte auf einen Packen. Ich breitete einige Bögen auf dem großen Schreibtisch aus und kippte die Kartoffeln darauf. Wir wühlten vorsichtig die Schnipsel durch. Nichts. Alles wurde wieder eingesackt, die Prozedur wiederholte sich beim Gemüse. Wieder nichts. Wir schüttelten den geleerten Sack durch – da klirrte es, und der schmale Goldreif purzelte heraus. Vater strahlte und drückte mir einen Kuss auf die Stirn. Wir füllten noch schnell alles zurück in den großen Sack, kleinere Portionen in die alte Aktentasche.

In Baracke Nr. 5 warteten alle schon und freuten sich auf das Abendessen. Es dauerte etwa eine Stunde, da schmausten wir alle und genossen das köstliche Gemüse und die Kartoffeln – endlich mal wieder etwas anderes als das tägliche Einerlei.

> *„Kartoffeln und Gemüse! Es ist für mich so spannend, die Verhältnisse, auch im Vergleich zu heute, kennen zu lernen – was sind heute Kartoffeln und Gemüse? Das ist unglaublich wichtig für mich zu erfahren ..."*
>
> *„Ich danke, dir, dass du das sagst!"*
>
> *Jan-Erik lächelte gedankenverloren. „Wann ist denn das Leben wieder normal geworden?"*

Es ging ganz langsam wieder aufwärts. Die abendlichen Sperrzeiten wurden auf 22 Uhr verlegt und schließlich ganz aufgehoben. Die britische Militärregierung und der Stadtkommandant hatten angeordnet, dass sich ab 19 Uhr die Zivilbevölkerung nicht mehr auf den Straßen aufhalten durfte, es war ja alles unsicher. Der Weg vom Bahnhof wurde von manchen durch Trampelpfade abgekürzt – auch das war im Dunkeln nicht ratsam. Die Menschen gewöhnten sich trotz allem nach und nach an die Tommys, einige Frauen und Mädchen freundeten sich sogar ganz offen mit den Soldaten an.

Christa hatte mit Anke-Lore eine nette Spielkameradin gewonnen. Sie liebten beide Puppen und entdeckten in einem Trümmergrundstück wahre Schätze. Dort musste mal eine Knopffabrik gestanden haben, denn sie fanden viele hübsche Knöpfe, die sie, je nach Größe, in Tassen, Teller und anderes Puppengeschirr zum Spielen umwandelten.

Die Eltern verboten ihnen aber irgendwann, das Trümmergrundstück weiter aufzusuchen, da sie sich durch herabrollendes Gestein verletzten konnten. Die Trümmer hatten sich im Sommer mit einem Pflanzenkleid aus rotvioletten Weidenröschen-Stauden geschmückt. Wir nannten sie

„Trümmerblumen". Rainer buddelte manchmal auch in den Trümmern, wurde aber ebenso streng zurück gepfiffen. Für die Kinder war das zuerst schwer einzusehen. Da Mutter es ihnen mit Geduld erklärte, gingen sie nicht mehr auf Schatzsuche in die Trümmer.

„Menschen gewöhnen sich wohl auch an solche Lebensbedingungen, oder?", stellte Jan-Erik fest.
„Es ging ja ums Überleben, da war alles erlaubt."

Schulbeginn – Lernen und vieles mehr – Berufswahl

Im Oktober 1945 wurden die Schulen wieder geöffnet. Endlich! Wir Mädchen freuten uns alle riesig. Hanna und ich fuhren mit der Hamburger Hochbahn zur Helene-Lange-Schule, einem düsteren, älteren Gebäude. Sie lag nur zehn Minuten von unserer alten Emilie-Wüstenfeld-Schule entfernt, in der nun das Einwohnermeldeamt, das Standesamt und das „Junge Theater" untergebracht waren.

„Theater gab es schon im Herbst nach dem Kriegsende?" Jan-Erik war erstaunt.
„Ja, zu den berühmtesten Schauspielern dieses kleinen Theaters zählte Will Quadflieg, für den wir alle schwärmten. Die Aufführungen fanden in der Aula statt. Wir besorgten uns nach dem Unterricht Karten für das erste Schauspiel ‚Draußen vor der Tür' von Wolfgang Borchert."
„Will Quadflieg? Der hat doch später mit Gustaf Gründgens im Hamburger Schauspielhaus Faust und Mephisto gespielt!" fiel Jan-Erik ein.
„Genau der! Ich habe ihn geliebt! ... Doch zurück zum Alltag".

Die britische Militärregierung bestimmte, was erlaubt wurde. Wir durften Lyrik und Balladen lesen und schrieben die Gedichte in Sütterlin-Schrift. Englisch lernten wir auch, Mathematik folgte bald. Es war ein bescheidener Anfang. Die Klassen waren kalt, weil nur spärlich geheizt wurde, wir saßen dick angezogen in Pullovern und Mänteln und waren froh, wenn wir in der großen Pause in die Turnhalle stürmten und in geordneter Schlange unsere Kochgeschirre mit Schulspeisung füllen lassen konnten. Es gab dicke Suppen, die gut sättigten. Ich mochte die Grünkernsuppe und die

Suppe aus dicken Graupen, die wir „Kälberzähne" nannten, nicht so gern. Aber wenn es die Milchsuppe aus Zwiebackkrümeln mit Rosinen gab, holte ich mir immer noch einen Schlag nach. Ich wartete, bis alle ihre Portionen gegessen hatten, stellte mich noch einmal an und ließ mir zwei Kellen einfüllen. Die waren dann für unsere Eltern, die ja auch immer noch Hunger litten. Christa ging in die Volksschule in der Von-Essen-Straße und bekam dort ihre Schulspeise. Für Rainer gab es in einem Kindergarten Schwedenspeise, eine gute Milchsuppe, die für Kleinkinder vom Land Schweden gespendet wurde. Bereits kurz nach dem Kriege nahmen schwedische Familien deutsche Kinder zur Erholung auf.

Unsere Lehrerinnen waren sehr um uns bemüht. Meine Mathe-Lehrerin, Frau Dr. Rosenkranz, sah immer verhutzelt aus und hatte sehr dünne Haare. Sie bot mir eines Tages Nachhilfeunterricht an, da sie meinte, ich könne so bessere Leistungen erzielen. Ich sei allerdings ein bisschen langsam im Kapieren mathematischer Zusammenhänge. Sie ahnte ja nicht, dass ich überhaupt keine Lust für dieses logische Fach hatte. In ihrer düsteren Altbauwohnung bemühte ich mich und erreichte dann tatsächlich bei den Klassenarbeiten Zensuren zwischen 2 und 3. Ich schaffte dafür in Deutsch und in den Sprachen Ausgleich.

Unsere Klassenlehrerin, Frau Mohrenberg, war sozial sehr engagiert und regte uns zu Kleider– und Schuhsammlungen für das große Durchgangslager Friedland bei Göttingen an. Wir brachten unglaubliche Mengen zusammen: Pullover, Hemden, Blusen, Röcke und sogar Stiefel. Trotz des Mangels war die Spendenbereitschaft groß, um Menschen zu helfen, denen es noch schlechter ging. Wir packten nach dem Unterricht riesige Pakete. Eines Tages unternahmen wir eine Klassenreise nach Friedland und erlebten Frauen, Mütter und Kinder, die auf Heimkehrer aus der Kriegsgefangenschaft warteten. Es kamen immer noch Flüchtlinge aus dem Osten. Sobald ein Sonderzug angekündigt wurde, läutete die Friedlandglocke: Suchen und Fragen, Glück und Freude, wenn die Menschen sich nach den Zeiten der Unsicherheit wieder fanden. Aber auch Trauer, wenn der Ersehnte nicht dabei war!

Gefeiert wurde das Wiedersehen mit ökumenischen Gottesdiensten, dann erst ging es in die Baracken zur Einnahme warmer Mahlzeiten – trotz des Hungers wollten alle Gott für die glückliche Heimkehr danken.

Die Männer sahen erbärmlich aus in ihren alten, abgetragenen Uniformen und den schäbigen Pelzstiefeln. Sie hatten die Pelzmützen mit Ohrenklappen von den Köpfen gezogen.

Über den Suchdienst des Roten Kreuzes waren viele Kinder aufgegriffen worden, die auf der Flucht ihre Angehörigen verloren hatten und zusammengerottet in kleinen Gruppen den Weg nach Westen suchten. Viele fanden in Friedland Verwandte, die sie in Empfang nahmen. Es blieben aber auch Kinder allein und wurden in Heimen untergebracht.

Friedland war nicht das einzige Durchgangslager im Nachkriegs-Deutschland, in dem sich Freud und Leid und wahre Tragödien abspielten.

Ich schaute meinen Gesprächspartner an:
„Friedland nimmt ja noch heute Asylanten und Flüchtlinge aus Kriegsgebieten in aller Welt auf. Das 20. Jahrhundert ist ein Jahrhundert der Flucht gewesen, und auch im neuen Jahrtausend setzen sich immer noch Ströme von Menschen in Bewegung, weil sie in ihren Heimatländern keine Lebenssicherheit haben ..."
Wir wurden beide sehr nachdenklich und hingen unseren Gedanken nach. Afghanistan und Irak waren uns sehr gegenwärtig.

Der Unterricht fand in zwei Schichten statt, da ja die Schülerinnen zweier großer Schulen in einem Gebäude untergebracht waren. Einige Lehrer waren nach der Heimkehr wieder im Schuldienst, aber sie fanden sich nach den Kriegserlebnissen nicht so richtig zurecht. Wir Mädchen nützten das aus. Unser Französisch-Lehrer, Herr Dr. Schumacher, hatte seinen rechten Unterarm nach einer Verletzung verloren und trug nun eine Prothese. Er ließ uns aus französischen Erzählungen seitenlange Texte auswendig lernen und schlug mit dem Lineal den Sprachrhythmus, was wir äußerst albern fanden. Er traktierte uns mit den unregelmäßigen Verben, sein Unterricht war völlig langweilig. Wir hatten immer in anderen Klassenräumen Unterricht, da nur sieben Schülerinnen „seine" schöne Sprache gewählt hatten. Die Mehrheit zog das große Latinum vor und blieb in der angestammten Klasse.

Wir beschlossen, ihn zu ärgern. Wir gaben vor, dass der Klassenraum angeblich nicht am Schwarzen Brett stehen würde oder wir den Anschlag in unserer Klasse nicht gesehen hätten. Die Sucherei kostete Zeit und wir kamen zu spät. Es dauerte eine Weile, bis Dr. Schumacher sich durchsetzte. Er tat es mit schwierigen Klassenarbeiten und strengen Zensuren. Wer will schon dauernd eine

5 haben? Also lernten wir fleißig und hatten – trotz unseres Lehrers – schließlich auch Spaß an der französischen Sprache.

Ganz anders gingen wir mit Dr. Hagemann um. Er sah gut aus und kam immer in seiner ausgebuchteten Uniformhose und karierten Hemden in die Schule. Er unterrichtete Biologie und Chemie und verstand es, uns im Unterricht zu interessieren. Wir albernen Gänse umschwärmten ihn – schließlich fanden einige von uns sein Zimmer heraus, in dem er in der Nähe der Schule zur Untermiete wohnte. Also besuchten wir ihn unaufgefordert und brachten ihm selbst gebackenen Kuchen mit – das war natürlich eine Leckerei! Er bedankte sich dafür und erklärte, er würde seine Frau und seine kleine Tochter besuchen, die bei Verwandten im Deister wohnten. Die würden sich freuen und sich den Kuchen schmecken lassen. Wir waren geschockt – denn wir hatten ihn uns in unseren Träumen ja als Single vorgestellt! Schließlich wurden wir aber vernünftig und kicherten nicht mehr herum.

Eines Tages verabschiedete er sich von uns, er habe sich an eine Jungen-Schule versetzen lassen, da er noch nie Mädchen unterrichtet hätte und mit uns auch nicht so richtig klar käme. Das traf uns hart, aber wir hatten es uns durch unser Benehmen selbst zuzuschreiben. Unser Bemühen um ihn grenzte an Aufdringlichkeit – und das war ihm bestimmt nicht recht.

Dann gab es wieder eine Neuigkeit: In unserer alten Schule wurden vier Klassenräume frei gegeben. Unser Direx hatte unsere Klasse ausgewählt, dort wieder einzuziehen, weil wir als vorbildliche und disziplinierte Klasse angesehen wurden. Der Einzug in unsere Schule war Vertrauenssache, weil die vier Klassen in den Pausen nicht immer durch Lehrkräfte beaufsichtigt werden konnten. Es war also eine Auszeichnung.

„Du wirst dich bestimmt wundern, wie wir dieses Vertrauen missbraucht haben!"
„Ihr wart ja Teenager – da kommt man auf die verrücktesten Ideen! Ich bin gespannt, was ihr angestellt habt!"
Wir mussten beide grinsen, als ich fortfuhr.

Im Untergeschoss unter unseren vier Klassenräumen befand sich das Standesamt. Brautleute mit Trauzeugen und Familienangehörigen, Freunden und Bekannten liefen aufgeregt draußen vor der Tür hin und her, bis ein frisch getrautes Ehepaar heraus kam und der Beamte das nächste Paar zu dem bedeutsamen Schritt herein bat. In der

Schule herrschte Stille. Die Pause war bereits zehn Minuten beendet, und Fräulein Dr. Winkel, jetzt unsere Deutschlehrerin, ließ auf sich warten. Uns erfasste eine alberne Stimmung, wir lehnten uns zum Fenster hinaus, und Ingrid machte sich über das Brautpaar lustig: „Habt ihr die beiden gesehen, so ein alter Knacker heiratet so ein junges Mädchen. Die ist nicht viel älter als wir, wie kann man bloß so blöd sein!"

Heidi lachte sich kringelig und erklärte, wir könnten die mal so richtig stören. Dann stimmte Sigrid das Deutschlandlied an, und alle brüllten mit, natürlich folgte auch das Horst-Wessel-Lied.

Marion schrie plötzlich in einem Anfall von Vernunft: „Aufhören – aufhören, seid ihr verrückt!"

Dann war Totenstille – aber es war zu spät. Die Klassentür wurde aufgerissen und der Protokollant des Standesamtes stand kreidebleich vor uns, er brachte vor Entsetzen kaum ein Wort heraus. Zwei Polizisten standen hinter ihm. Wir dreizehn Schülerinnen waren mit einem Schlag über uns selbst erschrocken und fühlten eine tiefe Scham. Der grauhaarige Standesbeamte erklärte, dass wir die Trauungszeremonie so gestört hätten, dass sie unterbrochen werden musste. Der Direktor sei telefonisch benachrichtigt und erwarte uns in Begleitung der beiden Polizisten in der Helene-Lange-Schule in seinem Dienstzimmer.

„Das wird für euch schlimme Folgen haben!", meinte er drohend.

Das konnten wir uns nun auch denken. Judith und Helen, unsere beiden jüdischen Mitschülerinnen, waren empört und erklärten: „Sie waren nicht zu bremsen, aber wir haben damit nichts zu tun. Unsere Familie musste nach Amerika emigrieren, viele unserer Angehörigen sind im KZ ermordet worden. Unser Vater wird das an die Öffentlichkeit bringen!"

Der Standesbeamte nahm die beiden Mädchen mit in sein Amtszimmer und überließ uns den Polizisten. Inzwischen war die „Grüne Minna", so nannten wir den Polizeitransporter, vorgefahren. Wir stiegen mit beklommenen Gefühlen und schrecklicher Angst ein.

Der Empfang beim Direx steigerte unsere Beschämung, niemand von uns konnte ihm erklären, was in uns gefahren war. Ich konnte mich nun nicht mehr beherrschen und fragte unter Tränen: „Werden wir von der Schule verwiesen?" Das wäre für mich die schlimmste Strafe gewesen.

„Ich weiß nicht, was für Folgen das haben wird", erklärte der Direx mit strenger Stimme, „ich kann es noch nicht fassen, dass ihr das in euch gesetzte Vertrauen so missbraucht habt, denn ihr wisst, dass es eine Auszeichnung war, in die EWS zu gehen. Damit ist es nun für euch vorbei. Ihr werdet auf dem Flur zwischen meinem Zimmer und dem Lehrerzimmer den Klassenraum hier zugewiesen bekommen. Eure Eltern werden wir einladen müssen, da es ja die ganze Klasse betrifft. Das Schulamt und der Schulrat werden auch informiert. Jetzt geht ihr anständig nach Hause und seid morgen pünktlich zum Unterricht wieder hier!"

Wir hatten alle furchtbare Angst, wie unsere Eltern über unser Verhalten denken würden.

> *Jan-Erik war schockiert. „Das war doch zwei Jahre nach Kriegsende — welches Nachspiel hatte dieser Vorfall denn für euch?"*
> *Ich empfand die Situation, als ob sie eben erst stattgefunden hätte.*

Wir hatten großes Glück, denn Marions Vater hatte bei der Militärregierung eine Vertrauensposition, weil er nachweisen konnte, dass er nicht in der NSDAP gewesen war und zu einer Gruppe des deutschen Widerstandes gehört hatte. Eine Woche später wurden die Eltern und wir Schülerinnen zu einem Gespräch eingeladen. Marions Vater war mit einem Vertreter der britischen Stadtkommandantur in unsere Schule gekommen.

Unsere Klassenlehrerin, Fräulein Dr. Winkel, hatte bereits ihren Verweis wegen Nicht-Einhaltung ihrer Aufsichtspflicht eingesteckt und wurde an eine andere Schule versetzt.

Ich war Klassensprecherin und bat für uns alle um Entschuldigung: „Niemand von uns Schülerinnen kann eine Erklärung abgeben, warum wir das getan haben. Hinterher ist man immer klüger. Wir bitten um eine milde Beurteilung und wünschen uns, auf der Schule bleiben zu dürfen. Es tut uns besonders leid, weil wir uns nicht einmal durch Judith und Helen zurückhalten ließen. Sie haben uns ja schon einige schreckliche Ereignisse aus ihrer Familie erzählt. Durch Radiosendungen wissen wir ja auch über die Gräueltaten der Nazis."

Niemand aus der Klasse musste die Schule verlassen. Wir bekamen den Klassenraum zwischen dem Lehrer- und dem Direktionszimmer und standen damit unter Aufsicht. Wir waren alle froh, dass wir so glimpflich davon gekommen waren.

Die beiden jüdischen Mitschülerinnen waren nach diesem Vorfall auf ihren eigenen Wunsch hin weiter in unserer Klasse geblieben, obwohl ihre Eltern mit ihnen natürlich überlegt hatten, sie umzuschulen.

Judith meldete sich zu Wort: „Ich bin mit meiner Zwillingsschwester Helen überzeugt, dass so etwas nie wieder in dieser Klasse oder

Schule vorkommen wird. Wir haben uns immer in dieser Klasse akzeptiert gefühlt und möchten deshalb keinen Wechsel."

Unsere neue Deutschlehrerin, wieder Frau Mohrenberg, erklärte, sie werde diesen Vorfall und die dazu gehörenden Ereignisse in Nazi-Deutschland im Unterricht besprechen, so weit das zum jetzigen Zeitpunkt möglich und für Schulen von der Militärregierung frei gegeben sei.

In den Schulen gab es zu jener Zeit viele Veränderungen. Ich hätte gern den neusprachlichen Zweig bis zum Abitur gewählt, denn ich wollte immer Lehrerin werden. Leider war meine Klassenlehrerin der Meinung, ich solle den neu eingeführten hauswirtschaftlichen Zweig wählen, weil er meinen Leistungen gerechter würde, wovon mein Vater sich von ihr überzeugen ließ. Leider war mit meinem Abschluss damals das Pädagogikstudium an der Universität nicht möglich.

„Hat es dir nie leid getan, dass du nicht Lehrerin geworden bist?", fragte Jan-Erik teilnahmsvoll. „Mein Vater sagt immer mit Stolz über seine große Schwester, dass sie in ihrem Fach eine erfolgreiche Unternehmerin wäre!"

„Nun, ich habe aus meinem Beruf für mich das gemacht, was möglich war und mich über therapeutische Ausbildungen und später über das Studium der Supervision selbständig in eigener Praxis gemacht, wie du ja weißt. Ich habe mich gelegentlich gefragt, ob der Beruf der Lehrerin für mich der bessere gewesen wäre. Die Fächer, die ich gewählt hätte, wären Deutsch, Geschichte und Religion gewesen, sie hätten meiner Neigung entsprochen. Das Berufsbild der Lehrerin ist auch eindeutiger als das der Sozialpädagogin, Therapeutin oder Supervisorin. Heute weiß ich aus meiner Supervisionspraxis, dass Lehrkräfte es nicht leicht haben. Ich denke, jeder Beruf hat seine besonderen Herausforderungen.

Es war spät geworden, Jan-Erik und ich trennten uns wieder für einige Wochen, um den Faden des Dialogs dann wieder aufzunehmen.

5. Wiederaufbau und Wirtschaftswunder

Wir begegneten uns auf einer doppelten Geburtstagsfeier im sommerlichen Preetz und fanden Zeit, auf einem Spaziergang rund um den Postsee unsere Gespräche fortzusetzen. Der blaue Himmel mit Schäfchenwolken spiegelte sich im Wasser des Sees, Enten, Blässhühnchen und Schwäne schwammen auf den Wellen. Wir schlenderten am Ufer entlang und hingen unseren Gedanken nach.

„Zu diesem friedlichen Sommertag passt ja der Aufschwung in der Bundesrepublik", begann Jan-Erik.

„Ich erinnere mich, es war ein Sommertag wie heute, im Juni 1948", begann ich zögernd, denn ich wollte auf keinen Fall übertreiben, sondern mich möglichst genau erinnern.

Währungsreform und volle Warenkörbe

Aus unserem altmodischen Blaupunkt-Radio hörten wir morgens immer Nachrichten, um informiert zu sein, wenn wieder einmal etwas Unvorhergesehenes passierte. Es ging um die Währungsreform. Für die normale Bevölkerung bedeutete das zunächst, dass es die Reichsmark, die ja ohnehin nichts mehr wert war, nicht mehr gab und dafür die Deutsche Mark eingeführt werden sollte. Ich durfte Vater zum Ortsamt begleiten. Er reichte der Sachbearbeiterin die vorläufigen Personalausweise der Eltern und Kinder und erhielt eine Bescheinigung für das so genannte Kopfgeld. Dem Familienoberhaupt standen 60 Deutsche Mark zu, jedes weitere Familienmitglied erhielt 40 Deutsche Mark. Vermögen aus Spareinlagen oder sonstigen Rücklagen waren nichts mehr wert. Mit dieser Bescheinigung wurde in Banken und Sparkassen das Geld ausgezahlt. In der Hamburger Sparkasse nahmen viele Menschen mit großer Erwartung die Beträge entgegen.

Wir fühlten uns plötzlich alle steinreich und überlegten, was wir uns kaufen wollten. Wir machten uns auf den Weg zu den Läden und Kaufhäusern in unserer Nähe und konnten es nicht fassen. In den Schaufenstern herrschte bisher gähnende Leere – nun gab es alles, was das Herz begehrte. Unser Vater achtete darauf, dass Mutter nicht in einen Kaufrausch verfiel und uns Kindern nun jeden Wunsch erfüllen würde. Was die Geschwister sich wünschten, weiß ich nicht mehr. Aber mein Wunsch ist mir immer noch gegenwärtig: Ich hatte in den Jahren nie Schuhe, es war wirklich schlimm. Geschenkte Schuhe drückten, sie waren schnell kaputt oder für ein Mädchen nicht passend. In der Hochbahn auf dem Weg zur Schule verzog ich mich immer in eine Ecke und streifte die Fußbekleidung ab, dabei hatte ich Angst, dass ich getreten werden würde oder mir die Schuhe nicht zurück angeln könnte.

Bei Görtz, dem tollen Schuhgeschäft auf der „Fuhle", standen traumhafte Schuhe, die ich begehrlich anschaute. Leider bekam ich dann ein Paar weinrote, sportliche Schnürschuhe, keine eleganten Pumps! Aber den Stoff für ein schönes Kleid durfte ich mir aussuchen, es waren fünf Meter rot-weiß-kleinkariert gemusterter Taft. Tante Anna, die Schneidermeisterin in unserer Familie, fertigte mir ein bildhübsches Kleid mit einem schmalen Oberteil und einem Tellerrock an, darunter wurde ein gesteifter Unterrock, ein Petticoat, getragen. Ich war überglücklich. Aber es dauerte noch, bis ich mich damit zeigen konnte.

Mutter kaufte erst einmal für eine festliche Mahlzeit ein, wir schmausten genüsslich an unserem Familientisch. Ich glaube, unsere halb verhungerte Mutter aß sich nach langer Zeit endlich einmal richtig satt. Du kannst dir vielleicht gar nicht vorstellen, was das für uns alle bedeutete.

Jan-Erik lachte: „Doch, ich glaube schon, denn ich esse und koche gern, allein, mit Mutti oder auch mit meinen Freunden. Feste werden durch erlesene Speisen gekrönt!"

Nun lachte ich auch, denn Jan-Erik drückte sich richtig vornehm aus. Wir schwärmten von tollen Gerichten und wunderbaren Zutaten und hörten nicht auf, bis uns beiden der Mund wässerig wurde.

Die normalen Alltagsmahlzeiten waren nun auch reichlich. Unsere Mutter aß vergnügt ohne schlechtes Gewissen und freute sich über jedes Pfund, das sie zunahm und das ihren Körper rundete. So wie ihr ging es vielen Menschen in dieser Zeit. Unsere Mutter hatte bei sich beschlossen, dass sie nie mehr hungern wolle. Selbst als ihr später Ärzte wegen Übergewicht rieten abzunehmen, konnte sie sich wider bessere Einsicht nie darauf einlassen.

Allmählich erlebten wir den beginnenden Wohlstand als etwas Normales. Das merkte man auch an der Abräumung der Trümmerberge und dem Einsatz großer Baumaschinen. Viele Baugenossenschaften und auch private Unternehmer beteiligten sich am Aufbau des sozialen Wohnungsbaues. Auch wir waren bemüht, aus unserer Betonbaracke Nr.5 herauszukommen. Wir hatten uns als Wohnungssuchende beim Wohnungsamt eingetragen und bekamen kurze Zeit später verschiedene Wohnungen angeboten. Sie waren aber vom Grundriss und der Einteilung nicht gut geschnitten, denn einer Familie mit vier Kindern standen nur 75 Quadratmeter zur Verfügung. Für Vater sollte die neue Wohnung auch nicht allzu weit von der Firma entfernt liegen. Das alles hatte nichts mit besonderem Anspruch zu tun, sondern mit der Planung für die folgende Zeit – es dauerte noch neun Jahre, bis wir umziehen konnten.

Lebensfreude kehrte insgesamt zurück, die ja ohne den Aufbau der Verwaltung und Wirtschaft nicht denkbar gewesen wäre. Dazu gehörten der Wille und die Bereitschaft, durch harte Arbeit und Fleiß Deutschland aufzubauen und sich wieder in die Staatengemeinschaft der Welt einzureihen. Die Schande, die das Hitler-Deutschland Generationen hinterlassen hat, wurde durch die Nürnberger Prozesse der ganzen Welt deutlich. Es brauchte Zeit, bis den Deutschen geglaubt wurde, dass sie sich verändern wollten.

Allerdings gab es in Europa in den angrenzenden Nachbarländern wie Dänemark, Schweden, Norwegen, den Niederlanden, Polen, Jugoslawien und der Tschechoslowakei noch viele Jahre Misstrauen und Feindseligkeit. Uns wurde zum Teil eine Kollektivschuld zugeschrieben, die auch auf die nachfolgenden Generationen übergriff – so habe ich es empfunden.

Jan-Erik konnte sich das wieder nicht vorstellen, denn durch viele Segeltörns auf der Ostsee rund um Dänemark und Schweden bis nach Norwegen und zum Liegeplatz des Segelschiffes in einem niederländischen Yachthafen hatte er nie Feindseligkeit erlebt, auch nicht mehr gegen die Generation seiner Eltern. Er vertrat aber sehr energisch die Meinung, dass die Aufmerksamkeit für den immer wieder aufflackernden Neonazismus nie aufhören dürfe.

1949 wurde nach vielen Verhandlungen der West-Alliierten mit einem bereits eingerichteten deutschen Parlamentarischen Rat das Grundgesetz bekannt gegeben – und am 14. August wurde die erste Bundesregierung gewählt mit Sitz in der „vorläufigen Hauptstadt Bonn". Bundeskanzler wurde Konrad Adenauer, Bundespräsident Theodor Heuss. Damit begann die bis 1961 andauernde Adenauer-Ära. Auch danach blieben die Christdemokraten an der Macht. Erst 1969 übernahmen dann die Sozialdemokraten unter Willi Brandt die Regierung. Die politische und wirtschaftliche Westintegration der Bundesrepublik und auch die Teilung Deutschlands waren festgeschrieben. Die DDR wurde in die Sowjetunion und die osteuropäischen „Bruderstaaten" eingegliedert.

„Das war jetzt ein ganz schön langer allgemeinpolitischer Ausflug, oder?"

„Ja, lassen wir das Thema erst einmal ruhen. Wir sollten lieber am nachmittäglichen Familienkaffeetrinken teilnehmen!"

Neue Möglichkeiten und Begegnungen

Am nächsten Tag spazierten wir wieder am Postsee entlang und setzten unser Gespräch fort.

In den Kirchengemeinden entstand die Junge Gemeinde mit vielen Kreisen wie Jungschar und Kindergottesdienst, Mädchenkreis, Jungenkreis – geleitet von den Gemeindepfarrern, Diakonen und ehrenamtlichen Leitern.

Hanna war nach ihrer Konfirmation schon sehr bald Kindergottesdienstleiterin und widmete sich dieser wichtigen Arbeit mit Hingabe und ständiger Fortbildung. Sie hat heute noch zu einigen Frauen, die damals von ihr in den christlichen Glauben eingewiesen wurden, gelegentlich Kontakt. Christa ging zum Konfirmandenunterricht, Rainer war in der Jungschar.

Ich fuhr noch immer mit der Hochbahn in die Gemeinde St. Johannes in Eppendorf, in der ich konfirmiert worden war. Ich fühlte mich dort in einem Mädchenkreis für Oberschülerinnen wohl. Eines Tages ging mir auf, dass diese „Sondereinrichtung" nicht so ganz christlich war, denn um die anderen Konfirmierten kümmerte sich niemand wirklich. Ich sah das kritisch und konnte mit meiner Klassenlehrerin, die auch Religionsunterricht gab, darüber reden – ändern konnte ich aber nicht viel. Ich versuchte deswegen, mich anders zu integrieren, aber so richtig heimatlich habe ich mich in einer Gemeinde immer nur für ein paar Jahre gefühlt.

Ich trat damals in den Hamburger Turnerbund ein, Abteilung Schwimmen und Springen, und hatte am Wassersport richtig Spaß. Im Frühjahr war ich eine der ersten, im Herbst eine der letzten Schwimmerinnen im Wasser. Ich wurde sogar Hamburger Jugendmeisterin im 100-Meter-Brustschwimmen. Unser Trainer forderte mich schließlich zum Turmspringen heraus. Ich war darüber sehr glücklich, denn seit meinen tollkühnen unerlaubten Sprüngen in meiner Kindheit war dieser Sport ein Traum für mich. Kathi und ich waren seine Favoriten. Ich landete leider einmal bei einem Sprung vom 5-Meter-Sprungturm mit einem Bauchklatscher im Wasser und traute mich dann nicht mehr hinauf. Kathi wurde eine erfolgreiche Kunstspringerin.

Mit den Jungen des Vereins hatten wir auch unseren Spaß. Franz und Jürgen nahmen einige Mädchen eines Tages mit zur Gewerkschaftsjugend. Wir gehörten eigentlich nicht dazu, da wir ja noch zur Schule gingen, aber das wurde damals nicht so genau genommen. Günter befreundete sich mit mir, er spielte wunderbar Akkordeon und tanzte gern. Die Gewerkschaftsjugend organisierte ein Zeltlager, leider durften Hanna, die nun auch dazu gehörte, und ich nicht daran teilnehmen. Unsere Mutter fand das für ihre beiden Töchter nicht angemessen und wollte die Jungen erst einmal kennen lernen.

An meinem 18. Geburtstag luden wir daher viele sehr unterschiedliche junge Leute in unsere Barackenwohnung zum Feiern ein. Wir hatten ein altes Grammophon mit noch älteren Musikplatten geliehen und tanzten, sangen zum Akkordeonspiel von Günter und amüsierten uns bei Gesellschaftsspielen wie „Stille Post", der „Reise nach Jerusalem" und „Teekesselchen" – dabei ging es um Wörter, die doppelte oder sogar dreifache Bedeutung hatten. Auch Scharaden führten wir ohne große Vorbereitung ganz spontan auf. Unsere Mutter war fröhlich dabei und wurde von der Jugend akzeptiert. Die Jungen hatten zuerst enormen Respekt vor ihr und benahmen sich sehr brav, sie waren ja das erste Mal bei uns. Da aber die Mädchen sehr locker und fröhlich waren, tauten auch die Jungen allmählich auf. Der Geburtstag wurde ein tolles Fest.

Mutter war mit unseren Freunden genauso einverstanden wie mit den Freundinnen. Wir durften nun sogar bis 22.30 Uhr bei Tanzfesten und anderen Veranstaltungen bleiben, das war eine halbe Stunde länger als bisher – ein großer Erfolg. Wir alle hatten Mutter überzeugt, dass wir trotz Ausgelassenheit auch vernünftige junge Leute waren.

Im Sommer wurde von der Gewerkschaftsjugend ein Ball veranstaltet – mein Tellerrockkleid feierte Premiere! Günter und ich tanzten mit einem Wiener Walzer die Tanzfläche leer und wurden zum schönsten Paar des Abends gewählt. Ich fühlte mich so glücklich! Mutter hatte mir leider auferlegt um 22.30 Uhr zu Hause zu sein. Die Versuchung, diese Zeit zu überschreiten, war groß. Ich kam eine Viertelstunde zu spät. Mutter ließ mich eine endlose Zeit vor der Tür stehen, bis sie mich einließ. Ich bin nie mehr verspätet nach Hause gekommen. Vergnügen musste bei uns erarbeitet werden, zum Beispiel mit Wäschebügeln. Auch nach einem Fest übernahmen wir alle Pflichten – denn wer feiert, muss auch arbeiten.

„Du meine Güte!" Jan-Erik konnte das kaum glauben, denn so streng hat er seine Eltern nie erlebt.

„So toll fanden wir das damals auch nicht. Allerdings war Mutter später bei unserem Bruder viel lockerer ..."

Hanna befreundete sich irgendwann mit Heinz. Mutter wurde die Freundschaft jedoch zu eng für ihre Tochter, die noch nicht einmal die Lehre beendet hatte. Heinz konnte wunderbar mit seiner Baritonstimme singen und wurde später erfolgreich im Opernfach als Bass- und Bariton-Sänger. Hanna hat ihn einmal in der Oper „Falstaff" von Verdi gehört. In dieser Oper gibt es eine Bassstimme und zwei Baritonstimmen – welche Rolle Heinz gesungen hat, weiß ich nicht mehr. Hanna und Heinz haben sich nicht wieder gesehen.

In Hamburg öffneten die Tanzschulen wieder. Wir durften Tanzkurse besuchen, weil unser Vater sich auch das Erlernen eines guten Benehmens davon versprach. Aus meiner Klasse meldeten sich zehn Schülerinnen in der Tanzschule Jungeblut an. Unsere Tanzkleider waren aus rotem Fahnentuch, aus dem rosa Stoff einer Überdecke für Betten und aus weißem Baumwollstoff gefertigt. Meine „weißen" Kniestrümpfe hatte ich aus Zuckersackgarn selbst gestrickt. Sie waren rau und kratzig, dennoch fand ich sie schick, auch die vom Vater einer Schulfreundin gefertigten Sandalen mit Lederstreifen und -bändern einer alten Aktentasche, auf einer Holzsohle befestigt, waren damals „elegant".

Es schmälerte nicht den Spaß am Tanzen – ein „Mauerblümchen" war ich jedenfalls nicht. Bei jeder Aufforderung zum Tanz stürzten sich viele Tänzer auf mich.

Jan-Erik lachte: „Du bist ja auf meinem Abschlussball gewesen – und obwohl du schon älter warst, haben dich viele zum Tanz aufgefordert."

„Ja, wir hatten in unserer Jugend genauso unseren Spaß wie ihr heute!"

Zu meinem Tanzschul-Abschlussball trug ich dann mein Tellerrockkleid und die weinroten Lederschuhe, der Rock umflatterte mich schwingend bei jeder Drehung – ich empfand wieder ein sehr großes Glücksgefühl.

Wunderbare neue Möglichkeiten boten Reisen. Wir organisierten Schüler– und Studentenreisen und fuhren mit dem Zug von Hamburg nach Berlin. In dem Studentenkeller „Eierschale" tobten westdeutsche sich mit Berliner Schülern und Studenten aus und schlossen Bekanntschaften. Wir besuchten das Kabarett „Die Stachelschweine" und begeisterten uns für diese Stadt. Nach Hamburg zurückgekehrt, hörten und lasen wir alle Neuigkeiten über Berlin. Im Juni 1948 verhängte die Sowjetunion als Antwort auf die westdeutsche Währungsreform eine totale Blockade der drei westlichen Sektoren. Die Berliner überlebten diese Zeit von elf Monaten nur durch die Luftbrücke der Westmächte.

Jan-Erik erinnerte sich an das Luftbrücken-Denkmal vor dem Flughafen Tempelhof und wusste sogar, dass die Berliner dieses Denkmal „Hungerharke" nannten. Auch die „Rosinenbomber" waren ihm bekannt.

„Die haben doch die Bevölkerung mit Lebensmitteln versorgt und flogen alle Teile für das Ernst-Reuter-Kraftwerk ein. Die West-Berliner hatten ja keinen Strom, und der war für so eine große Stadt lebensnotwendig. In dieser Zeit wurde besonders den Amerikanern viel Sympathie und Dankbarkeit entgegengebracht, es entstanden erste Freundschaften. Aus den Besatzungsmächten wurden nun die Schutzmächte für West-Berlin. Stimmt's?"

Ich freute mich, dass mein Frager und Zuhörer so viel aus dieser Zeit wusste.

Im Frühjahr 1950 unternahm ich noch eine Klassenreise nach Wenningstedt auf Sylt. Es waren schöne, unbeschwerte Tage mit Sonne und Wind, Ebbe und Flut.

Dann schloss ich die Oberschule mit dem „Pudding-Abitur" ab, wie es in unserer Schule genannt wurde, weil wir unseren Schwerpunkt auf Hauswirtschaft gelegt hatten. Alle 13 Schülerinnen kamen durch. Nach der Schulabschlussfeier für vier Klassen begann der „Ernst des Lebens" für mich.

Ich wollte immer noch Lehrerin werden. Die Universität Hamburg führte als erste Universität 1950 Schulpädagogik als Hochschulstudium ein. Abiturienten mussten zugunsten der Spätheimkehrer eine Wartezeit in Kauf nehmen. Meine Lehrerin hatte die Vorstellung, dass ich die Ausbildung zur Kindergärtnerin auf einer Fachschule machen sollte und darauf aufbauen solle. Ich konnte mir überhaupt nicht vorstellen, mit kleinen Kindern zu arbeiten – und lehnte ab. Die Berufsberatung des Arbeitsamtes bot mir zu der Zeit einen Ausbildungsplatz für die Große Krankenpflege in der Schwesternschaft des Evangelischen Diakonievereins Berlin-Zehlendorf an. Das Heimathaus, kein Mutterhaus wie bei den Diakonissen, befand sich in Berlin. Es gab aber im ganzen Bundesgebiet Krankenhäuser, die entweder direkt dem Diakonieverein oder anderen kirchlichen Trägern gehörten und in Großer oder Kinderkrankenpflege ausbildeten. Ich fand im Bethesda-Krankenhaus in Hamburg einen Ausbildungsplatz zur Großen Krankenpflege. Die dazu gehörende Frauenklinik war im Kriege wegen der Bombenangriffe nach Mölln ausgelagert worden, 56 Kilometer von Hamburg entfernt. So wurde die kleine Stadt mit ihrer schönen Seenlandschaft für das erste Jahr der Schwesternausbildung mein Aufenthaltsort. Ich verspürte viel Sehnsucht nach meiner Familie und nutzte jedes freie Wochenende für eine Heimfahrt, bis mir das von der leitenden Oberschwester verboten wurde. Sie war der Meinung, ich würde mich sonst nie in die Schwesternschaft integrieren.

Die Ausbildung dauerte dreieinhalb Jahre, keine einfache Zeit für mich. Es gab dort zwei liebenswerte Schülerinnen, Ingrid und Elfriede, die in jeder Hinsicht tüchtig und bereits im dritten Semester der Ausbildung waren. Die beiden kümmerten sich um mich und halfen mir, mich einzugewöhnen. Wir lachten viel gemeinsam und wurden gute Freundinnen.

Ingrid heiratete einen Pfarrer und ging mit ihm in den Missionsdienst nach Japan. Elfriede absolvierte noch die Hebammenausbildung und bewarb sich nach Ghana in den Entwicklungsdienst. Wenn sie Heimaturlaub hatte, hielt sie immer interessante Vorträge und sammelte für Waisenkinder, für die sie ein Kinderheim eingerichtet hatte.

Ich war sehr froh, dass ich nach einem Jahr ins Bethesda-Krankenhaus nach Hamburg versetzt wurde, um dort auf der internen und chirurgischen Abteilung zu lernen und mit gutem Abschluss die Ausbildung zu beenden.

Ich hielt in den Jahren meiner Ausbildung zur Krankenschwester immer noch regelmäßigen Kontakt zu meiner Lehrerin. In vielen Gesprächen überzeugte sie mich, das Sozialpädagogische Institut – heute Fachhochschule für Sozialpädagogik/Sozialwesen – zu besuchen. Damit waren die Weichen für den psychosozialen Beruf gestellt. Nach einer ausführlichen Studienberatung musste ich noch eine Hürde nehmen, ein halbjähriges pädagogisches Praktikum in einem Heim für schwierige Kinder und Jugendliche. Von der Beurteilung dieses Praktikums hing die Zulassung zum Studium ab. Ich schaffte es und begann mit der interessanten und vielseitigen achtsemestrigen Ausbildung mit entsprechenden Praktika.

Ich wählte Praktika in unterschiedlichen Arbeitsfeldern des Gesundheitswesens. Meine Vorgesetzten waren mit meinen Leistungen zufrieden und boten mir Festanstellungen nach Beendigung der Ausbildung an. Ich entschied mich für den Sozialdienst im Krankenhaus – ich war mit der Herausforderung dieses Arbeitsfeldes zufrieden.

Ich erinnere mich noch sehr gut an den wirtschaftlichen Aufschwung von damals. Nach der Währungsreform entwickelte Wirtschaftsminister Erhard die Soziale Marktwirtschaft und forderte das deutsche Volk immer wieder auf, aus eigener Kraft durch harte Arbeit sich Wohlstand zu schaffen. Arbeitsplätze entstanden durch den Aufbau der Industrie. Er ermahnte die Menschen zu sozialer Gesinnung und Leistung. Der soziale Wohnungsbau boomte geradezu, und so kamen wir schließlich auch zu einer schönen Neubauwohnung, in die wir 1954 einzogen. Ich war nun aber nicht mehr regelmäßig im Haushalt der Familie, weil ich als Schwesternschülerin im Krankenhaus und als pädagogische Praktikantin im Heim wohnte.

Dennoch war ich natürlich mit der Familie überglücklich, dass wir endlich wieder menschenwürdig wohnten. Das Zusammenleben in der nicht allzu großen Wohnung gestaltete sich natürlich nicht einfach – besonders für unseren Vater nicht, da er sich ja die ganzen neun Jahre nach dem Krieg in seinem Büro eine Notunterkunft eingerichtet hatte, in der er auch immer übernachtete.

Als ich mit dem Studium begann, boten die Eltern mir an, bei ihnen zu wohnen. Für Eltern, drei heranwachsende Töchter und einen Sohn im Schulalter war die Wohnung aber viel zu klein. Ich hatte nur einen Platz am Fenster in unserem Wohnzimmer zum Arbeiten – so entstand eine wuselige und ablenkende Atmosphäre. Auch die Stimmung war manchmal gereizt – besonders ich war oft genervt, weil ich bei der Vorbereitung für Klausuren und Referate oft gestört wurde und Mutter natürlich auch Mithilfe im Haushalt erwartete.

Eines Tages erhielt ich von meiner Lehrerin eine Einladung zum Tee in ihre neue, geräumige Eigentumswohnung, denn auch dieses war Mitte der 50er-Jahre schon möglich. Sie war sehr interessiert, wie es mir ging, und da ich Vertrauen zu ihr hatte, erzählte ich ihr von meinem Studium und den Auseinandersetzungen mit meiner Mutter.

Ich war überrascht, als sie mir das dritte große Zimmer in ihrer Wohnung anbot. Sie meinte, hier hätte ich genügend Raum und Ruhe zum Arbeiten und würde dadurch sicher auch einen guten Abschluss schaffen.

„Wir beide werden uns schon verstehen und gut miteinander auskommen", meinte sie freundlich.

Auf dem Weg nach Hause war ich bereits in einem Gewissenskonflikt. Wie sollte ich das Mutter beibringen, denn sie hatte mir ja extra zugestanden, wieder in der Familie zu leben? Ich wartete eine ruhige Gelegenheit ab, als ich mit Mutter allein war. Zuerst war sie sprachlos, dann empört, denn sie mochte diese Lehrerin nie, die mich immer wieder beeinflusste und mich sanft, aber bestimmt zu Entscheidungen gebracht hatte, mit denen sie und oft auch Vater nicht einverstanden waren. Es kam zu einem fürchterlichen Krach: „Wenn dir das bei uns nicht gefällt und du dich nicht anpassen willst, dann kannst du gehen, aber beschwer dich nicht, wenn sie dich weiter bestimmt und du dann das tun musst, was sie will!"

Ich heulte los, rannte aus der Wohnung und schmiss die Tür mit lautem Knall zu.

Dann setzte meine Lehrerin mich unter Zeitdruck. Bis zum Pfingstsonnabend hätte ich noch eine Woche Zeit und sollte dann den Umzug mit meinen wenigen Sachen organisiert haben. Mutter und ich konnten einfach nicht miteinander reden – und so bestellte ich einen Kleintransporter, mit dem ich am Freitagnachmittag mit wenigen Möbeln und meinen persönlichen Sachen auszog. Mutter kam gerade vom Einkauf zurück, als der Wagen mit mir anfuhr. Ich sehe heute noch ihr entsetztes Gesicht, sie stützte sich an der Wand unseres Hauseingangs ab. Es sah aus, als würde sie gleich umfallen. Ich hatte große Angst um sie und fühlte mich sofort schuldig – ich fragte mich, ob ich ihr das antun durfte. Auch der Empfang seitens meiner Lehrerin war nicht gerade freundlich, weil sie mich früher erwartet hatte. Als ich mein Zimmer einrichtete, hatte ich das Gefühl, ich sei vom Regen in die Traufe gekommen, was meine Selbstbestimmung anging.

Ich fuhr am nächsten Nachmittag die wenigen Stationen mit der U-Bahn nach Hause und fand meine Eltern und Geschwister betroffen vor. Ich versuchte zu erklären, warum ich so schnell ausziehen musste. Vater lenkte ein, und ich bat Mutter um Verzeihung – denn die Art und Weise, wie ich mich davon gemacht hatte, war nicht gut. Ich hatte ihr bestimmt sehr wehgetan. Mutter stand auf und nahm mich in ihre Arme: „Du hast dieser Verlockung nicht widerstehen können – nun wollen wir hoffen, dass es für dich richtig ist. Du bleibst mein Kind und wir werden alle immer für dich da sein."

Damit fand dieses Drama seinen Abschluss. Jede Familie erlebt solche Trennungs- und Ablösungsprozesse – leicht ist es nie.

Jan-Erik schien sehr nachdenklich: „Meine Schwester Bettina hat bei unseren Eltern ähnliche Gefühle ausgelöst wie du damals. Sie hat sich für das Leben in einer Wohngemeinschaft auf einem ökologischen Hof entschieden. Trotz ihres guten Abschlusses als Literaturwissenschaftlerin und wiederholter Versuche, das Verständnis unserer Eltern zu gewinnen, gilt sie immer noch als Außenseiterin. Ich stehe zwischen beiden Ansichten – und konnte ja selbst mit deiner Hilfe keine Aussöhnung erreichen. Das macht mich immer wieder traurig."

Ich gab ihm Zeit und streichelte seine Hand. Dann wandten wir uns wieder den gesellschaftspolitischen Themen unseres Dialogs zu.

Rückblickend dauerten die Jahre des Wirtschaftswunders gar nicht so lange, aber wir erlebten sie als grenzenloses Wachstum. So wurden sie auch von den Menschen im anderen Deutschland so gesehen. Viele Menschen verließen die DDR. Wenn man sie erwischte, wurden sie wegen Republikflucht hart verurteilt und bestraft. So kam es 1953 am 17. Juni zum Aufstand der Bauarbeiter in der DDR, besonders in Ost-Berlin. Wenn die sowjetischen Panzer diesen Aufstand nicht niedergewalzt hätten, wären immer mehr Menschen geflüchtet.

Als dann auch noch 1956 der Ungarn-Aufstand durch die sowjetischen Panzer beendet wurde, erschütterte mich das so, dass ich mich dazu entschloss, an der von Studenten organisierten Friedensdemonstration in der Hamburger Innenstadt teilzunehmen. Es war ja schon lange „Kalter Krieg", also durchaus keine friedliche Zeit für Deutschland.

6. Die junge Generation geht ihre eigenen Wege

Bei unserer nächsten Begegnung empfing mich Jan-Erik mit sprudelnder Neugier: „Wie ging das dann mit der jungen Generation weiter?"
Ich setzte mich bequem hin und versuchte dann, dem Wissensdurst meines jungen Zuhörers gerecht zu werden.

Berlin – Stadt im „roten Meer"

Berlin wurde immer mehr in das öffentliche Interesse gerückt, vor allem der Westteil brauchte dringend Arbeitskräfte. Die Metropole wurde nun „die Stadt im roten Meer" oder auch „Frontstadt Berlin" genannt. Ich spielte schon länger mit dem Gedanken, nach Berlin zu gehen, aber bis ich das umsetzte, brauchte es eine besondere Gelegenheit.

Ich arbeitete im Sozialdienst im Krankenhaus. Eines Tages machte mir die kluge und strenge Leiterin einen Vorschlag: Sie brauchte für die Kinderstation eines psychiatrischen Krankenhauses, das von Mitarbeiterinnen unserer Abteilung betreut wurde, eine fachlich weiter gebildete Sozialarbeiterin und meinte, ich könne in Berlin am Psychotherapeutischen Institut die Psychagogen-Ausbildung machen, was der heutigen Ausbildung zur Kinder- und Jugendpsychotherapeutin entspricht.

Ich überlegte nicht lange und klärte es gleich mit den Eltern sowie mit meiner Lehrerin ab, bei der ich ja schon einige Jahre wohnte.

Im März 1960 zog ich nach Berlin und erlebte zum ersten Mal in meinem Leben persönliche Freiheit und Ungebundenheit. Allerdings waren mir Christa und ihr Freund Jürgen ein halbes Jahr zuvor gekommen. Christa arbeitete in einem städtischen Krankenhaus als Krankenschwester, Jürgen als Referendar beim Amtsgericht Charlottenburg. Die beiden hatten sich Berlin schon erobert und besuchten Theater, Opern und Konzerte im West- und Ostteil der Stadt, Christas Lieblingsort war die Parklandschaft des Tiergartens. Sie suchte für mich ein Untermietzimmer, denn eigene Wohnungen konnte man sich damals als junger Mensch noch nicht leisten. Sie war sehr stolz, dass sie ein geräumiges Zimmer bei einem alten finnischen

Ehepaar für mich entdeckte, und es war, wenn auch das letzte Haus am Kurfürstendamm, eine „feine Adresse".

Wir westdeutschen, jungen Arbeitskräfte genossen unser neues Leben in dieser Stadt und passten uns dem Berliner Tempo an. Wir erlebten unglaublich viel. Christa war bereits eine gute Kundin bei einer Theater- und Konzertkasse und erhielt für jedes von ihr gewünschte Ereignis Karten. An einem sonnigen Samstag trafen wir uns am S-Bahnhof Tiergarten. Christa und Jürgen warteten bereits auf mich. Christa schob ihr Fahrrad ins Gebüsch und schloss es ganz normal an einem Baum an. Wir wanderten durch den in lichtem Maigrün der Büsche und Bäume prangenden Tiergarten. Auf den vielen Wiesen blühten Tulpen in allen Farben, gelbe Narzissen bildeten leuchtende Tupfer. Wir schritten über die Luisen-Brücke und fanden in einem kleinen Restaurant Platz. Wir erzählten uns bei Kaffee und Kuchen gut gelaunt von unseren imponierenden Eindrücken in dieser großen Stadt.

Christa zog den Theaterplan aus ihrer Tasche. Wir waren einig, in die Komische Oper zu gehen und uns die wunderbar rezensierte Aufführung von „Hoffmanns Erzählungen" unter der Regie von Walter Felsenstein anzuschauen. Er war Chefregisseur der Komischen Oper Berlin, ordentliches Mitglied der Akademie der Künste in Ost-Berlin und wegen seiner vielen außerordentlichen Inszenierungen weit über Deutschland hinaus bekannt. Wir hatten nun das Glück, eine seiner Opernaufführungen zu erleben.

An der Abendkasse stand eine lange Schlange von Besuchern. Christa sah sich suchend um – und hatte das Glück, von einem „verhinderten" Opernbesucher drei Karten zu bekommen. Unglaublich! Christa war das Kartenglück immer wieder hold.

Wir saßen vorn im Parkett und waren von den Solisten, dem Orchester und den Chören begeistert. Es war ein toller Opernabend! Beschwingt spazierten wir hinterher durch das nächtliche Berlin und den Tiergarten heimwärts. Christa kannte sich durch ihren Klassenlehrer Herrn Stiller mit Vogelstimmen aus, wir lauschten den zarten Tönen einer Nachtigall. Ihr Fahrrad wartete auf uns. Jürgen brachte uns in Christas Schwesternwohnheim des städtischen Krankenhauses. Ich übernachtete in ihrem Appartement und sparte mir damit die Busfahrt durch Berlin. Für den nächsten Tag hatten wir einen Besuch im Pergamon-Museum vereinbart, ebenfalls im Ostteil der Stadt. Wir summten die Melodie der „Barkarole" und schliefen hinüber in unsere Traumwelten.

Gegen 2.00 Uhr wurde ich wach durch einen Schmerzanfall in meinem Oberbauch. Ich krümmte mich und schrie auf. Christa hörte mich und fragte erschrocken:

„Was ist los?"

Ich wimmerte und fuchtelte mit den Händen in der Luft. „Ich halte es nicht mehr aus, es sind wieder diese Schmerzen, ich habe das seit etwa drei Jahren, aber kein Arzt glaubt mir!"

Christa war eine gute Krankenschwester und ließ sich meine Beschwerden beschreiben. Sie meinte, dass es nur Gallenkoliken sein könnten, die solche heftigen Schmerzen verursachten. Sie ging zu dem diensthabenden jungen Arzt ihrer Station, der sofort kam und mir eine krampflösende Spritze verpasste. Nach einer Weile beruhigte ich mich, aber richtig schlafen konnte ich in dieser Nacht nicht mehr.

Als Jürgen kam, frühstückten wir gemeinsam, ich brachte kaum etwas herunter. Ich erzählte ihnen von meinen Plänen, hier in Berlin die Psychagogenausbildung zu machen. Ich war bereits für das Wintersemester im Institut angemeldet und hatte auch schon die Zusage einer bekannten Analytikerin für meine Lehranalyse.

Da die Ausbildung berufsbegleitend war, hatte ich mich bereits von Hamburg aus im Berliner Gesundheitsbereich beworben und meinen Dienst bereits im Gesundheitsamt Wedding in der Beratung für Schwangerschaftskonflikt- und Mütterberatung in zwei Krankenhäusern aufgenommen. In den ersten acht Wochen hatte ich mich eingearbeitet und verstand mich mit den Kolleginnen gut. Mit Frau Noack, die in dem Hochhaus mir gegenüber wohnte, fuhr ich täglich ins Gesundheitsamt. Nach der morgendlichen Tagesbesprechung mit Ärzten und Sozialarbeiterinnen ging ich zur Sprechstunde in eines meiner Krankenhäuser. Frau Noack machte mich mit einer niederländischen Supervisorin bekannt, die mir in Utrecht eine Ausbildung in diesem neuen Verfahren anbot. Auch das war verlockend. Bevor ich mich nach dem Dienst wieder in meinem Zimmer einfand, ging ich oft ins Kino oder in ein Boulevard-Theater, selten gleich heimwärts. Ich erlebte wie im Rausch eine nie gekannte Freiheit. Christa und Jürgen ging es, obwohl sie bereits seit einiger Zeit in dieser Stadt lebten, auch nicht anders.

Als wir uns auf den Weg ins Museum machten, setzten die Schmerzen wieder ein. Ich wollte den beiden den Sonntag nicht verderben und fuhr mit dem Doppeldeckerbus zum Kurfürstendamm 124, „meiner noblen Adresse". Ich war froh, dass ich mich in meinem Bett ausstrecken konnte. Meine Vermieter, Folke und Lisa, ein altes finnisches Ehepaar, waren mit ihrem kleinen, schwarzen Pudel auf einem Spaziergang im nahen Grunewald. Ich nahm meine Beethoven-Biografie zur Hand und vertiefte mich in das interessante Buch. Zunächst lenkte mich das ab, aber dann begann das Bauchgrollen wieder und machte mir entsetzliche Angst, ich wimmerte, schließlich schrie ich laut und fühlte mich nur noch gepeinigt.

Plötzlich stand die zarte, alte Frau neben meinem Bett: „Was ist denn los, geht es Ihnen nicht gut?"

Ich sah sie erschrocken an und sagte mit schmerzerstickter Stimme: „Ein Glück, dass Sie da sind. Bitte rufen sie den Notarzt, ich habe unglaubliche Schmerzen und habe Angst zu sterben!"

Sie stürzte aus dem Zimmer und rief: „Folke, wir müssen einen Doktor rufen ..."

Dann verstand ich nichts mehr, weil die beiden Alten finnisch redeten.

Es dauerte eine Ewigkeit, bis endlich ein Arzt mit einer schwarz gekleideten Dame kam und mich untersuchte. Das alte Ehepaar stand mit verängstigten Gesichtern im Türrahmen.

Der Doktor meinte beruhigend: „Das ist nicht so schlimm, es ist der Blinddarm..."

Ich fuhr hoch und schrie ihn an: „Wenn Sie sich noch nie geirrt haben, dann jetzt. Es ist die Galle, kein Arzt hat mir das geglaubt, und nun Sie auch nicht!"

Die „dunkle Dame" schrieb auf einem Block und fragte nach meinem Krankenschein. Ich nannte die Krankenkasse. „Sie kommen jetzt ins Albrecht-Achilles-Krankenhaus in Wilmersdorf, die Kollegen werden feststellen, was mit Ihnen los ist. Und nun reißen sie sich zusammen!"

Ich fiel zurück und weinte bitterlich – wieder ein Arzt, der mir nicht glaubte. Ich musste ein Formular unterschreiben, dann verschwand der Mediziner mit der Frau.

Meine Wirtin war sehr erschrocken. Sie hatte nur begriffen, dass mit mir etwas Schlimmes los sei. Sie nahm ihren Pudel auf den Arm und sagte mit leiser Stimme: „Morgen ist der 1. Juni, bitte bezahlen Sie Ihre Miete, wir wissen ja nicht, ob Sie wieder kommen."

Ich schob mich aus dem Bett, langte in die Schublade des kleinen Schreibtisches und gab ihr den Mietzins von 100,- Mark, damals sehr viel Geld, aber es war ja auch die feine Adresse in Berlin.

Es dauerte und dauerte – niemand brachte mich ins Krankenhaus. Ich litt unsäglich, schließlich kratzte der kleine Pudel an der Zimmertür, und Lisa schaute noch einmal nach mir. Dann beschloss sie, den Bettendienst anzurufen.

Was war passiert? Der Arzt hatte die falsche Hausnummer angegeben, und der Krankenwagen suchte auf der linken Seite Nähe Gedächtniskirche, aber eine Mieterin meines Namens fanden sie in Nummer 224 nicht, ich war ja am anderen Ende Nummer 124.

Nun ging es sehr schnell. Tatü, tata! Die notwendigen Sachen waren gepackt. Die beiden Alten standen ganz bekümmert im Hausflur. Der junge Arzt in der Aufnahme des Krankenhauses sah schnell, was los war, der diensthabende Oberarzt auch. Sie konnten nicht begreifen, wie so etwas in der modernen Medizin passieren konnte und ließen sich meine Geschichte erzählen. Ich bekam eine Spritze und merkte, wie die Schmerzen weniger wurden und ich langsam ins Nirgendwo hinüberdämmerte.

Ich hielt inne. Jan-Erik sah mich an: „Das ist ja entsetzlich! Damit war wohl dein Berliner Traum dahin – aber du warst sicher froh, dass dir endlich geholfen wurde, oder?"
Ich nickte und dachte mit Schaudern an jene Zeit zurück.

Lange hatten mich diese grausamen Koliken gequält, jetzt wäre es wirklich fast schief gegangen. Die Gallenblase war geplatzt, in die Bauchhöhle hatte sich eine Unmenge hübscher, feingeschliffener Steine ergossen und eine schwere Vereiterung hervorgerufen. Ich war in den nächsten Tagen ohne Besinnung, und wenn ich mal ansprechbar war, wollte ich nach Ohlsdorf. Die Berliner wussten erst nicht, was ich damit meinte, ich ja auch nicht so richtig. Schließlich kam eine Schwester darauf, dass es der große Friedhof in Hamburg sei.

Der nette Oberarzt stauchte mich zusammen: „Damit hörst du sofort auf, du musst leben wollen, sonst kann der beste Arzt dir nicht helfen, hast du das begriffen?"

Ich lag alleine in einem Zimmer, Ärzte und Schwestern schauten aber immer wieder nach mir.

Irgendwann nahm ich Christa und Jürgen an meinem Bett wahr. Am Pfingstsonntag setzten die Ärzte alles auf eine Karte und operierten. Danach zählten die Schwestern die Steine und sammelten sie in Reagenzgläsern: „Es sind bereits 180 wunderschöne Steine, die du produziert hast!" sie lachten, „unsere Hamburger Patientin ist steinreich!"

Langsam ging es mir besser. Eines Nachts hörte ich ein ziemliches Getöse durch Bettenschieben – und schon „landete" eine Leidensgefährtin in meinem Zimmer, Margarete, eine waschechte Berlinerin. Unser Intensivzimmer mit zwei Patientinnen, die sich nicht unterkriegen ließen, erhielt die größte Aufmerksamkeit der Ärzte und aller Schwestern.

Margarete konnte nach Wochen zu ihrem Hänschen zurückkehren, so nannte sie ihren Mann, ich wurde nach drei Monaten erst einmal zur „Ausheilung" nach Hamburg zu den Eltern entlassen. Es dauerte anderthalb Jahre, bis ich wieder gesund war, eine lange Geschichte – aber so schlimm wie dieser Anfang war es dann nicht mehr. In Hamburg wurde ich noch einmal operiert und konnte nicht wie vereinbart nach Berlin zurück. Der Oberarzt mit den „Samtpfötchen" war mit der Krankengeschichte aus Berlin gekommen und operierte mit dem Chefarzt. Ich nannte ihn so, weil er wunderbar leicht die Wunde versorgen und verbinden konnte. Für Mediziner war meine Krankengeschichte interessant – so etwas kam zum Glück selten vor.

Es ging mir immer besser und ich war zuversichtlich, dass ich trotz aller Schwierigkeiten durch die lange und schlimme Krankheit meinen Weg weitergehen könnte. Meine Ausbildungspläne ließen sich ja nun nicht mehr verwirklichen – ich glaubte aber fest, dass sich eine neue Tür öffnen würde.

> *Wir holten beide tief Luft.*
> *„Was hast du denn hinter dieser Tür gefunden?"*
> *„Warte ab – es passierte etwas sehr Positives, wenn auch völlig anders, als meine Pläne ursprünglich gewesen waren!"*
> *Es war gut, dass bis zur Fortsetzung unseres Dialoges wieder der Lebensalltag sein Recht forderte.*

Auch in Hamburg lässt es sich leben

> *Wir trafen uns an einem sommerlichen Julitag in Hamburg und fanden auf der Alster beim Rudern und Schlendern durch die Stadt wieder Muße für unseren Dialog. Jan-Erik wollte wissen, was Hanna in der Zwischenzeit erlebt hatte.*

Hanna hatte Ende der 50er-Jahre einen schwedischen Journalisten kennen gelernt und sich entschlossen, zu ihm nach Stockholm zu gehen. Zunächst arbeitete sie in einer Familie mit zwei Kindern als Au-Pair-Mädchen, und als sie die Sprache ausreichend beherrschte, in einer Apotheke als Apothekenhelferin. Ich besuchte sie auf den Wunsch der Eltern zwischen Weihnachten und Neujahr und lernte dann natürlich auch die gebildete und nette Familie von Gören kennen. Hanna blieb verschwiegen, wie es mit ihr und Gören weiter gehen würde.

Auch dein Vater und sein Freund Peter unternahmen als 15-Jährige eine Fahrradtour nach Stockholm und zurück – sie bestanden viele Abenteuer auf dieser Fahrt durch die dichten Wälder entlang der Seenketten Schwedens mit Übernachtungen im Zelt und Selbstbeköstigung, schließlich erreichten sie das Ziel Stockholm und verlebten mit Hanna und Gören ein paar schöne Ferientage.

Dennoch kehrte Hanna im Frühjahr 1960 aus dem ihr lieb gewordenen Schweden zurück nach Hamburg. Sie hatte sich von Gören getrennt und sprach niemals darüber. Sie nahm das Angebot ihres alt gewordenen Lehr-Chefs, seine beiden Drogerien zu pachten und zu führen, nicht an. Gerade im Einzelhandel hatte sich viel verändert, sie fühlte sich dieser Herausforderung nicht gewachsen. Sie bewarb sich bei der Post und schlug die mittlere Beamtenlaufbahn ein.

Sie wollte wegen ihrer Eigenständigkeit eine Wohnung mieten und fand nach langer Suche eine kleine Mansardenwohnung in der Nähe der Eltern, die sie sich hübsch einrichtete – und in der sie sich und viele Besucher, Freunde und Familienangehörige zum Feiern und Übernachten immer wohl fühlten. Eine große 3-Zimmer-Wohnung im Stadtteil Eilbek im Umkreis der Versöhnungskirche war erst Jahre später dran.

Rainer war nun das letzte Kind, das bei den Eltern in Hamburg lebte. Wichtiges Ereignis für ihn war nach nur vier Fahrstunden der Führerschein. Zu seinem 18. Geburtstag schenkte Vater Rainer einen VW-Käfer. Dadurch wurde nicht nur der „frisch gebackene" Autofahrer, sondern auch die Familie wurde mit ihm mobil.

„Super – nur vier Fahrstunden hat mein Vater gebraucht?" Jan-Erik pfiff bewundernd. „Davon kann man heute nur träumen, ich habe das Zehnfache an Übungsstunden gebraucht – und einen eigenen Wagen habe ich bis heute nicht. Ich darf aber Vatis Auto leihen, ansonsten bin ich ausreichend mobil mit dem Mountainbike – und habe keine Parkplatznöte! Aber jetzt bin ich erst mal unheimlich gespannt, wie es mit dir weiterging, und was sich hinter der Tür befand, die sich für dich öffnete!"

„Das will ich dir natürlich nicht vorenthalten ..."

Ich war nach zwei Krankenhausaufenthalten mit Operationen nun endlich auf dem Wege der Besserung. In dieser Zeit machte ich allerdings nicht nur gute Erfahrungen – viele Freundinnen und Kolleginnen nahmen Anteil, besuchten mich, schrieben Briefe und Karten oder telefonierten. Meine Lehrerin hingegen wollte mich nicht wieder in meinem schönen Zimmer in ihrer Wohnung aufnehmen. Sie sei auf mich nicht eingestellt, ich wäre besser bei meiner Mutter aufgehoben und versorgt. Damit hatte sie sicher Recht, aber es war eine Enttäuschung für mich. Die Beziehung zu ihr hat sich dadurch nie wieder beleben können. Es gab nur noch wenige Begegnungen, viele Jahre später noch ein Gespräch. Da war sie schon über 80 Jahre alt. Trotzdem zähle ich sie zu den wichtigsten Menschen in meinem Leben.

Also zog ich in die elterliche Wohnung und bekam jetzt auch mehr vom Familienalltag und den Sorgen mit, die die Eltern sich um meinen kleinen Bruder gemacht hatten. Er hatte es in der Grundschule nicht leicht. Da er ein zarter, kleiner Junge war, wurde er noch vor der Einschulung in ein Erholungsheim geschickt und kam dadurch drei Wochen später in die Schule. Seine nicht mehr junge Mutter brachte ihn hin und holte ihn mit der Schultüte ab. Seine Mitschüler lachten ihn aus und meinten, seine Mutter sei seine Oma. Seiner Lehrerin konnte er es später nie recht machen, auch fand er nie Freude an der Schule. Die Eltern schulten ihn in eine evangelische Privatschule um. Er hatte nun einen verständnisvollen Klassenlehrer und war in die Klassengemeinschaft integriert. Wenn er aus der Schule kam, erzählte er immer ganz begeistert, was er Neues gelernt hatte. Ich beobachtete ihn dabei, wie er sich jetzt voller Eifer am Wohnzimmertisch an die Hausaufgaben machte. Beim Abendessen berichtete er eines Tages voller Stolz, dass er jetzt bei der Schülerzeitung mitarbeite.

Ich selbst bemühte mich nun auch wieder um berufliche Kontakte. Natürlich hatte sich in den sozialen Diensten in Hamburg viel verändert, eine Rückkehr in den Krankenhaussozialdienst war somit nicht möglich. Ich meine heute immer noch, dass die Schwere meiner Krankheit und die Dauer der Genesung damals überbewertet wurden. Diese Haltung enttäuschte mich und machte mich traurig. Ich war froh, als ich endlich am 21. Januar 1961 zur Kur in ein sehr schönes Sanatorium nach Bad Kissingen reisen konnte.

Meine Mutter war in dieser Zeit für mich der Mensch, der mich immer wieder aufforderte, nicht zu verzagen oder gar aufzugeben, von ihr ging so etwas wie Lebenskraft auf mich über. Vater stärkte mich mit seiner Glaubenszuversicht. Aus den Briefen meiner Mutter erfuhr ich auch, dass Rainer jetzt Schulsprecher geworden war. Sie berichtete voller Stolz von dem Schulsportfest und Rainers Turnen am Barren, an den Ringen und der Stange.

Ich wurde still. „Ich ahnte beim Abschied nicht, dass es für mich nie mehr ein Zurück in meine Vaterstadt Hamburg geben würde."

Jan-Erik nahm mich in den Arm. „Opa hätte gesagt: ‚Der Mensch denkt, Gott lenkt!'"

7. Helle Jahre – dunkle Jahre

Weihnachten und Silvester feierte die Familie wieder gemeinsam – in diesem Jahr trafen wir uns im Elternhaus von Jan-Erik. Der Heiligabend mit dem Besuch des Familiengottesdienstes in der Grevenbroicher Christuskirche, eine fröhliche Bescherung mit Hausmusik und Lesung der Weihnachtsgeschichte des Lukasevangeliums aus der alten Familienbibel unter dem bunt geschmückten Christbaum sowie ein köstliches Fondueessen lagen hinter uns. Jan-Erik und ich wanderten wieder an unserem Flüsschen entlang. Die Auewiesen waren von Pulverschnee überzuckert, silbriggraue Nebelschleier verbargen die Wintersonne. Es fiel uns nicht leicht, wieder in die Vergangenheit zurück zu kehren – ein schweigender Spaziergang hatte auch seine Reize, beide blieben in der eigenen Gedankenwelt.

Jan-Erik schlug vor, nicht mehr zu reden. Plötzlich rannte er los und rief: „Komm nach, das tut gut!" Ich sauste hinterher, dann landeten wir beide in dem frischen, weichen Schnee. Wir prusteten und drückten „Engelsflügel" in die unberührte Weiße.

Nach dem Abendessen setzten wir unseren Dialog in Jan-Eriks Zimmer fort.

„Ich bin gespannt, wie es mit euch damals anfing!"

„Deshalb werden wir weiter reden …"

Bad Kissingen – Begegnung und Entscheidung

In Bad Kissingen, in dem sehr schönen Saale-Sanatorium, fühlten sich alle Gäste wohl. Ich teilte ein großes Zimmer mit einer sehr netten Dame aus Berlin, wir unternahmen am Nachmittag gemeinsame Spaziergänge durch den großen Kurpark und die nähere Umgebung. Im Speisesaal saß ich mit sieben lustigen Leuten aus Berlin an einem runden Tisch. Es waren typische „Insulaner mit Herz und Schnauze". Sie hatten immer Witze und Sprüche auf Lager – sie waren eben nicht klein zu kriegen.

Anfang Februar war es schon sonnig und nicht mehr ganz so frostig. Hans und Fritz erklärten, sie hätten für uns acht Karten für eine Fahrt in die Rhön besorgt: „… und mit Ihrer Frau Doktor haben wir alles geklärt. Sie können also auch mit!"

In dicke Pullover und Anoraks gehüllt standen wir pünktlich am Bus und alberten dann als letzte Fahrgäste auf der hinteren Bus-Sitzreihe. Ein Mann mit Baskenmütze und großem Fotoapparat sah sich missbilligend um und schüttelte entrüstet den Kopf. Unseren Spaß ließen wir uns dadurch aber nicht verderben. Wir erreichten die Wasserkuppe, den höchsten Berg der Rhön, und erlebten eine zauberhafte Winterlandschaft. Als ich aus dem Bus stieg, waren meine Berliner schon im Restaurant verschwunden. So hatte ich mir den Ausflug ins Gebirge nicht vorgestellt!

„Wollen Sie etwa auch gleich zum Kaffeetrinken in die warme Bude – oder haben Sie Lust, mit mir einen Rundgang zum Flieger-Ehrenmahl zu machen?" Der Herr, der im Bus so verärgert über unser Verhalten war, sprach mich nun freundlich an.

Dieser Ausflug von etwa zwei Stunden war der Anfang unseres gemeinsamen Lebens. Der um siebzehn Jahre ältere Gerhard und ich verliebten uns und unternahmen viele Wanderungen in die nähere Umgebung von Bad Kissingen. Fast jeden Abend saßen wir in der gemütlichen, fränkischen Weinstube bei der schönen, schwarzhaarigen Wirtin Maria und genossen köstlichen Rotwein. Ich weiß heute noch, dass es „Erlauer Stierblut", ein ungarischer Wein, war. Langsam kamen wir uns näher. Seine Heimat war Niederschlesien. Gerhard war 1943 zuletzt in Waldenburg auf Heimaturlaub und hatte seine Frau, die er durch eine Kriegsferntrauung auf den Wunsch seiner Mutter geheiratet hatte, ein paar Tage gesehen. Ihre gemeinsame Tochter Friederike wurde im Januar 1944 geboren. Sie hat Schlesien später nie erlebt und auch nicht den Wunsch gehabt, die verlorene Heimat ihrer Eltern kennen zu lernen.

Gerhard hatte die Auflage, während des Urlaubs durch das letzte Praktikum sein Studium für den Schuldienst abzuschließen. Er erfuhr, dass er nach dem siegreichen Ende des Krieges in Ungarn als Lehrer eingesetzt werden sollte. Das östliche Europa sollte als Lebensraum „germanisiert" werden. Gerhard wurde jedoch auf dem Rückzug in Russland schwer verwundet und lag mit vielen anderen kriegsversehrten Soldaten auf dem Verbandsplatz. Er hatte großes Glück, dass der Sanitätsarzt sich durch seinen Namen und den Geburtsort Waldenburg an seinen Onkel erinnerte, einen Holzschnitzmeister an der Kunstschule in Warmbrunn. Dieser soll einige bedeutende Skulpturen geschaffen haben.

Der Arzt ließ den verwundeten Soldaten Gerhard Posner an die Seite tragen, er untersuchte ihn gründlich und erhielt ihm den rechten Arm durch Versteifung. Der Sanitätsarzt wusste bereits, dass

Spezialkliniken für die Schwerverwundeten eingerichtet wurden. Durch Operationen und Prothesen sollte ihre Beweglichkeit erhalten oder wieder hergestellt werden. Diese Möglichkeit blieb auch Gerhard – so wurde ihm eine Armamputation erspart. Mit dem letzten Lazarettzug aus der Tschechoslowakei wurde er nach Kaufbeuren im Allgäu transportiert. Ein katholisches Mädchen-Internat mit einer großen Schule war zum Lazarett umfunktioniert worden – langsam wurde er dort gesundheitlich wieder hergestellt. Die Oberin des Hauses, Frau Alberta, versorgte ihn mit Literatur. Später unterrichtete er Erwachsene, die Englisch lernen wollten. Nach Wiederaufnahme des Schulbetriebes arbeitete er mit Nachhilfeschülerinnen, die ihm ebenfalls Frau Alberta vermittelte. Als Flüchtling wurde er erst nach Wiedereinstellung der bayrischen Lehrer in den Schuldienst übernommen.

Unsere Gespräche drehten sich um seine Kriegserlebnisse. Er gehörte der Infanteriearmee an, die als erste Truppe Paris erreichte.

„Ich finde es irgendwie verwunderlich, dass eure Beziehung mit Gesprächen über den Krieg begann ... „ bemerkte Jan-Erik.

„Ja, damals war es für mich auch merkwürdig, weil ich viel jünger als Gerhard war und über die Kriegsereignisse nicht so viel wusste. Aber ich hörte aufmerksam zu, weil ich begriffen hatte, wie wichtig ihm dieses Thema war. Ich habe von einem Kriegsteilnehmer als Zeitzeugen, wie du jetzt von mir, viel erfahren.“

„Das muss für dich doch unheimlich interessant, aber auch schwierig gewesen sein, oder?“ Jan-Erik schaute mich fragend an.

„In der Tat, auch später gab es immer wieder Zeiten, die uns an den Krieg erinnerten. Natürlich waren wir auch fröhlich und unbeschwert...“

Verliebtheit ist immer so etwas wie Verzauberung. Wir erlebten märchenhafte drei Wochen mit Wanderungen durch die winterliche Landschaft, besuchten Tanztees, stellten fest, dass wir beide wunderbar Wiener Walzer und langsamen Walzer tanzten – und wir entwickelten tolle Fantasien, wie wir zueinander standen: Wir waren Kaiser und Kaiserin, und alle Leute, die uns begegneten, waren Lakaien. In Schuberts Weinstube bei Rotwein führten wir auch ernsthafte Gespräche über eine gemeinsame Zukunft. Wir entschieden uns sehr bald für Berlin. Der Abschied nahte, Gerhard kehrte ins Allgäu zurück. Ich begleitete ihn bis Würzburg und war nicht wieder zum Abendessen zurück.

114

Meine verständnisvolle Zimmergefährtin stellte mir ein Tablett mit dem Abendbrot ins Zimmer und beruhigte mich, dass niemand vom Personal mein Fehlen bemerkt habe. Damals war alles wesentlich strenger, und das Verlassen des Sanatoriums ohne Erlaubnis hätte mir einen Verweis einbringen können.

Zwei Tage später erhielt ich einen wunderschönen Blumengruß über Fleurop und einen Brief. Gerhard schlug mir ein Treffen in Augsburg vor, bevor ich nach Hamburg reiste. Die drei Tage in Augsburg zählten für uns beide zu den schönsten und unbeschwertesten Treffen.

In den Herbstferien trafen wir uns in Ulm und bewunderten das schöne Münster mit seinem hohen Turm. Silvester verlebten wir in München. Wir hatten unglaublichen Spaß im Kabarett „Münchner Lach- und Schießgesellschaft". Wir besuchten Kunstausstellungen und erzählten uns viel in diesen Tagen. Ostern besuchte Gerhard mich in Berlin. Wir genossen sehr schöne kulturelle Veranstaltungen. In einem großen Kino lief der Film der Faustaufführung im Hamburger Schauspielhaus mit Gustav Gründgens als Mephisto und Will Quadflieg als Faust. Für mich war das eine tolle Erinnerung, denn ich hatte damals diese großartig aufgeführte Tragödie in Hamburg erlebt und war nun überglücklich, den Film zu sehen. In der Deutschen Oper hörten wir „Carmen", im Bode-Museum auf der Museumsinsel begeisterten wir uns an dem Pergamon-Altar und anderen Altertümern. Und wir speisten in guten Restaurants geradezu fürstlich!

Als wir beide keine Zweifel mehr hatten, dass wir zusammen gehörten, war es Gerhard wichtig, meine Familie in Hamburg kennen zu lernen. Pfingsten 1962 wurde Gerhard in Hamburg von meinen Eltern und den Geschwistern herzlich empfangen. Meine Freundinnen meinten, wir passten als Paar bestens zusammen. Gerhard war ein freundlicher Mann mit einer Ausstrahlung, die es anderen Menschen nicht schwer machte, ihn zu akzeptieren. Es war nicht zu übersehen, dass wir beide glücklich waren. Gerhard schrieb mir täglich und beklagte sich, dass ich nicht immer sofort antwortete, er schickte mir auch sehr oft rote Nelken. Meine alte Wirtin meinte „Immer Nelken, es könnten doch auch mal Rosen sein!" Die rote Nelke war und blieb aber in unserem gemeinsamen Leben auch später „unsere" Blume als Zeichen unserer ersten Liebe. Zur Hochzeit wählte Gerhard für mich die Königin der Blumen: Die edle Rose „Gloria Wie" verschönte unsere Ziviltrauung am 27. September 1962 im Standesamt Spandau in Berlin. In Hamburg in der Versöhnungskirche am 6. Oktober 1962 waren die roten „Baccara-

Rosen" eine schmückende Ergänzung zum langen, weißen Brautkleid.

„Romantik pur", lächelte Jan-Erik. „Erzähl mal kurz, was bis zu eurer Hochzeit mit Christa und Jürgen los war, blieben die in Berlin? Wie erging es meinem Vater, das interessiert mich natürlich besonders ..."

Christa war ebenfalls wieder nach Hamburg gezogen und arbeitete als Krankenschwester im Allgemeinen Krankenhaus Eilbek. Nachdem Jürgen sein Referendariat in Berlin beendet hatte, war auch er wieder nach Norddeutschland gezogen und fand eine Stelle in der Kieler Verwaltung. Jetzt feierten die beiden ihre Verlobung. Christa fühlte sich längst in der Pastorenfamilie von Jürgens Eltern heimisch. Im Februar 1963 heirateten sie und blieben in Schleswig-Holstein. Jürgen war und ist ja ein bodenständiger Mensch.

Dein Vater beendete die Schule und begann eine Lehre als Starkstrom-Elektriker. Er gehörte später zu den fünf besten Absolventen seines Jahrgangs und wurde mit einem Buchpreis und einer Prämie zur Erlangung des Hochsee-Segelscheins ausgezeichnet. Er ließ sich das Geld auszahlen, das dafür vorgesehen war – ihm war vorerst ein Studium wichtig. Da er nicht nur auf die Finanzierung durch seinen betagten Vater angewiesen sein wollte, kam ihm dieser Prämienbetrag natürlich sehr gelegen. Er besuchte die Fachhochschule für Ingenieurwesen, belegte das Fach Elektrotechnik und schloss mit „sehr gut" ab. Später fand er eine Anstellung in einem großen Konzern. Sehr bald wurden ihm wichtige Aufgaben übertragen – die Firma vermittelte ihm eine Qualifikation für das Management. Ihm wurde jetzt doch noch das Universitätsstudium wichtig. Er studierte Betriebswirtschaft und promovierte an der Universität Hamburg. Ich denke, davon hat er dir erzählt.

„Ja, ich habe ihn auch immer wieder gefragt. Ich wollte wissen, wie er seine Karriere geschafft hat. Zum Glück hat er später seine Segelscheine erworben – ohne den Hochseesegelsport kann ich mir meinen Vater, mich und die ganze Familie gar nicht vorstellen!"

Berlin – Freiheit und Grenzen

In den Semesterferien besuchte mich Jan-Erik in Braunschweig – wir nutzten die Vorfrühlingstage für einen ausgiebigen Spaziergang durch die schönen Parkanlagen der Stadt. Bäume und Sträucher zeigten bereits zarte, hellgrüne Blätter, auf den Wiesen blühten Primeln und Maiglöckchen, Tulpen und Narzissen schoben ihre Blätter ins Licht. Ich setzte meinen Bericht fort.

Politisch waren der Mauerbau in Berlin und die Grenzziehung durch ganz Deutschland am 13. August 1961 die einschneidenden Ereignisse. Die DDR-Regierung erlaubte nur noch Durchreiseverkehr auf den Transitstrecken, immer mit strengen Kontrollen. Mit dem Flugzeug war die Verbindung allerdings auch möglich. Die Flüge von Berlin-Tempelhof zu den Flughäfen in West-Deutschland kosteten nicht viel. Gerhard und ich hatten unsere Begegnungen dazu genutzt, endgültig eine Entscheidung zu treffen, wo wir künftig leben wollten – wir wählten Berlin.

Ich lebte nach meiner Rückkehr aus dem Kurbad wieder in Berlin in einem kleinen Zimmer in Wilmersdorf bei einer alten Architektenwitwe, Frau Richard. Sie hatte ein zweites Zimmer an Frau Albrecht vermietet, eine waschechte Berlinerin. Freundschaftlich war ich dazu auch weiterhin meiner Mitpatientin Margarete aus der Zeit im Albrecht-Achilles-Krankenhaus und ihrem Mann Hans, der eine Schlachterei führte, verbunden.

13. August 1961, 7 Uhr früh. Frau Richard riss meine Zimmertür auf und rief erregt: „Die Regierung der DDR riegelt Berlin ab, es wird jetzt noch schlimmer als die Blockade!" Frau Albrecht hatte ihr Radio laut eingestellt, und wir hörten, was passiert war. Der Westteil der Stadt war durch Stacheldraht bereits abgeriegelt, es sollten eine Mauer gebaut und die Zonengrenzen gesperrt werden. Große Aufregung und Fassungslosigkeit! Die beiden Frauen rieten mir, sofort meine Sachen zu packen und nach Hamburg zurückzukehren – niemand wusste ja, wie lange man überhaupt noch ausreisen konnte. Ich beschloss, mich mit Margarete und ihrem Mann zu besprechen. In dem Laden standen wütende Menschen und forderten auf, zum Brandenburger Tor zu marschieren.

Hans schloss den Laden, und wir liefen Richtung Tiergarten. Am Großen Stern waren Berliner Bürger versammelt. Ein endloser Zug bewegte sich auf der Straße des 17. Juni Richtung Brandenburger Tor. Die Volksseele kochte. Auf das Russen-Ehrenmal mit dem Panzer T34, mit dem die Rote Armee Berlin erobert hatte, warfen Jugendliche Steine. Britische Soldaten riegelten das Gebiet ab. Der Stacheldrahtverhau war nicht zu übersehen. Ich weiß nicht mehr, was die vielen Menschen skandierten. Es hörte sich zornig und bedrohlich an. Frauen weinten. Sie hatten die Blockade noch in lebhafter Erinnerung – und auch den von sowjetischen Panzern niedergeknüppelten Bauarbeiteraufstand des 17. Juni 1953 in der DDR und in Berlin sowie den missglückten Ungarnaufstand 1956. Angst, Wut, Verzweiflung waren nicht zu übersehen.

Ich verständigte mich mit Gerhard und beschloss, in Berlin zu bleiben. Durch die Abriegelung hatten die Bezirke mit langen Grenzstrecken viele Arbeitskräfte verloren, im Gesundheitsamt Wedding hätten weder die Leiterin noch die Kolleginnen verstanden, wenn ich „weggemacht" hätte. Sie waren froh, dass ich blieb. In den Dienstbesprechungen wurden die Kolleginnen aufgeteilt, die Arbeit musste ja gewährleistet werden.

In Spandau hatte ich freundschaftlichen Anschluss bei einer Kollegin, ihrer Schwester, einer Bibliothekarin, und ihrer alten Mutter gefunden. Die Schwestern arbeiteten beide im Bezirk Spandau. Sie waren zuversichtlich, dass sich bald alles wieder normalisieren werde, für den Zuzug von Lehrern sei es jetzt günstig. Sie setzten sich beide beim Stadtrat ein. Ihnen haben Gerhard und ich es zu verdanken, dass er an eine große Hauptschule mit 1000 Schülern und einem großen Kollegium übernommen wurde. Die Bezirksregierung Augsburg hatte seinen Antrag auf Versetzung bisher abgelehnt, denn damals herrschte Lehrermangel.

Für Berlin waren Arbeitskräfte wieder einmal überlebensnotwendig. Gerhard besuchte mich und stellte sich im Schulamt vor. Er verstand sich mit dem Schulrat und Dezernenten sofort gut – sie waren froh, der großen Schule einen erfahrenen Lehrer anbieten zu können. Rektor konnte er erst nach fünf Dienstjahren in Berlin werden. Das war für ihn nicht so wichtig, denn er war froh, dass wir bald unser gemeinsames Leben aufbauen konnten.

Es sah alles glatt aus, dauerte aber noch ein halbes Jahr, bis Gerhard zum 1. August 1962 mit Reinhard nach Berlin umziehen konnte. Reinhard hatte seinem besten Freund zum Abschied ein Modellflugzeug „Amigo" gebaut und geschenkt. Der Abschied aus der naturschönen Heimat des Allgäu und von seinen Freunden und der Schwester, die er Fritzi und die ihn Putzi nannte, fiel ihm nicht leicht. Friederike hielt zu ihrer Mutter und war mit der Scheidung der

Eltern vor einigen Jahren nicht einverstanden. Sie wollte aber auch ihr Abitur noch machen.

Ich besuchte Gerhard in den letzten Wochen vor seinem Umzug im Allgäu und wohnte in einem gemütlichen Hotel in Ottobeuren. Ich lernte Reinhard, den braven, hübschen Jungen, kennen. Vater und Sohn hatten sich für mich eine Überraschung ausgedacht: Eine Bergtour von Oberstdorf zur Kemptner Hütte. Für mich erschloss sich eine neue Welt; ich sehe die vielen späteren Erlebnisse in den Alpen heute noch als ein großes Geschenk unserer glücklichen Beziehung. Als Vater und Sohn mich zum Zug brachten, lachte Reinhard mich verschmitzt an: „Es wird alles gut, Daddy und ich freuen uns auf Berlin!"

Und so kam es dann auch: In meiner Wohnnähe fanden sie in einer Pension ein Zimmer als vorläufige Unterkunft. Für Reinhard stellte die große Stadt Berlin ein einziges Abenteuer dar, er erlebte und entdeckte täglich Neues.

Als die Schule nach den Sommerferien begann, bekamen Gerhard und Reinhard eine Wohnung in einer Gartenarbeitsschule vom Schulamt für den Übergang zugewiesen. Hausrat und persönliche Sachen waren inzwischen angekommen, und wir beschlossen, dass ich mein Zimmer kündigte und bei ihnen wohnte.

Die Gartenarbeitsschule lag in einer Siedlung mit schlichten Wohnhäusern, heute würde man sie als sozialen Brennpunkt bezeichnen. Reinhard hatte bereits ein Schuljahr Realgymnasium hinter sich und kam nun in Berlin in die 6. Klasse Grundschule. Da wurde ihm natürlich keine Leistung abgefordert. Er war bald für seine Lehrerin ein besonderer Schüler, weil er sich mit Begeisterung am Unterricht beteiligte. Für seine Mitschüler und Mitschülerinnen war er ein beliebter Kamerad. Gerhard wurde von seinem Schulleiter für die Wohnungssuche freigestellt und fand schließlich eine schöne 4-Zimmer-Wohnung, in der wir bleiben konnten.

Meine Familie in Hamburg hatte Gerhard und seinen Sohn freundlich aufgenommen, nur Mutter zeigte noch Vorbehalte. Ihr schien es noch nicht sicher, ob diese Verbindung nun dauerhaftes Glück und Zufriedenheit für mich bedeuten würde.

Wir lieferten ihr bald den Beweis: Wenige Monate später heirateten wir. Mein Vater und Dorothea, mit der mich nicht nur Kollegialität, sondern eine herzliche und zuverlässige Freundschaft verband, waren unsere Trauzeugen. Mit ihnen, Reinhard und einigen uns wohl gesonnenen Freundinnen und Freunden feierten wir nach der standesamtlichen Trauung im Hotel Kempinski am Kurfürstendamm unsere Heirat. Es gab ein köstliches Menu. Sekt und Wein lösten die Spannung. Es war ein vergnügliches kleines Fest. Dorothea überraschte uns für den Abend mit einer Aufführung der „Entführung aus dem Serail" von Mozart in der Deutschen Oper. Reinhard beeindruckte das Opernhaus und die wunderbare Musik zu der komischen Geschichte dieser Oper.

Am nächsten Morgen fuhr Reinhard mit seinem neuen Opa nach Hamburg. Seine praktische Oma bezog ihn in die Hochzeitsvorbereitungen ein. Sie war erstaunt, dass er gern kochte und ihr gut zur Hand ging.

Am 6. Oktober wurden wir von Pastor Faehling, Jürgens Vater, in der Versöhnungskirche getraut. Das Ereignis hatte sich herumgesprochen, viele Menschen nahmen an der Feier teil, wünschten uns Glück und Segen und meinten, ich sei eine schöne Braut in meinem langen Kleid aus weißem Duchesse mit einem kurzen Schleier, der von einem Krönchen gehalten wurde. Meine Eltern und Geschwister richteten uns ein wunderbares und fröhliches Fest aus.

Gerhard war der erste Beamte aus Westdeutschland, der vom Land Berlin übernommen wurde. Das war wichtig, da damit ein Übergangsgeld verbunden war. Und Geld brauchten wir. Am 22. Dezember zogen wir in unsere schöne Wohnung, die auf einem Gartengrundstück in einem einstöckigen Flachbau mit fünf Aufgängen an der Havel lag. Zu Weihnachten hatten wir unser Berliner Zuhause, wenn auch nicht komplett, wohnlich eingerichtet. Nun mussten wir lernen, als Ehepaar und als Familie miteinander zu leben.

„Das hört sich ja fast so an, als sei das nicht einfach gewesen ..." Jan-Erik sah mich fragend an.
„Na ja, so ganz unrecht hast du nicht ..."

Ich war bereits ein Jahr wieder im Gesundheitsamt Wedding berufstätig und empfand richtig Freude an der Arbeit. Haushalt und Familie gehörten nun dazu, gemeinsam bewältigten wir den Alltag. Gerhard war der Meinung, dass ich noch in der Genesungsphase sei, somit Beruf und Familie für mich eine Überforderung darstellten. Ich war anderer Meinung, setzte mich aber nicht durch.

Ich kündigte zum Ärger und Erstaunen meiner Amtsleiterin: „Sie werden das noch bereuen, da Sie begabt für diesen Beruf sind. Sie hätten besser nicht heiraten sollen, da Sie ein Berufsmensch sind. Es ist mir unbegreiflich, warum Sie sich von Ihrem Mann beeinflussen lassen, zumal Sie wissen, wie schwierig es in unserem Bezirk ist. Wir haben 16 Arbeitskräfte durch den Mauerbau verloren – und nun Sie auch noch! Überdenken Sie diese Kündigung noch einmal, jedenfalls akzeptiere ich sie heute noch nicht."

Ich merkte ihre Enttäuschung, aber es änderte nichts. Weder sie noch ich kannten Gerhards Reaktion: Er meldete sich zu einem Gespräch bei meiner Amtsleiterin an und erklärte, es sei von uns beiden beschlossene Sache, dass ich wegen meiner immer noch nicht ausreichend stabilen Gesundheit Beruf und Familie nicht schaffte und deshalb nicht mehr arbeiten sollte.

Ich war total blamiert, und jeder Tag im Amt in den sechs Wochen bis zum Ablauf der Kündigungsfrist wurde nun ein „Spießrutenlaufen". Die Kolleginnen meinten, sich in mir getäuscht zu haben, da ich bis dahin sehr gute Arbeit geleistet und für sie einen selbständigen, sozusagen emanzipierten Eindruck vermittelt hatte. Sie tuschelten über meine Abhängigkeit von meinem Mann.

Ich war wütend auf Gerhard, dass er mir das angetan hatte und bedauerte, dass ich mich nicht durchgesetzt hatte. Ich ahnte damals nicht, dass dieser Eingriff in mein Berufsleben nicht der einzige blieb. Ich hatte mich gefügt – und er hatte gewonnen.

Im neuen Jahr gewöhnte ich mich langsam an mein schlichteres Leben mit Haushalt und Familie. Ich sorgte für ein gemütliches Heim und hatte pünktlich das Mittagessen auf dem Tisch. Da ich mich noch nie in meinem Leben gelangweilt hatte, fand ich immer etwas zu tun. Ich las viel und gern. Eine liebenswürdige ältere Frau im Nachbarhaus erzählte mir begeistert von Schneiderkursen in der Volkshochschule. Für eine Hausfrau ist es in vieler Hinsicht von Nutzen, wenn sie auf der Nähmaschine nähen und auch schneidern kann, dachte ich. Deshalb meldete ich mich zu einem Anfängerkurs an. Ich hatte leider wenig Talent für dieses Metier und sah so die Näherei mit dem Anspruch, schicke Kleider zu nähen, für eine Fehlentscheidung an. Lange Nähte bekam der handwerklich in jeder Hinsicht begabte Reinhard viel besser hin und kürzte sich seine Hosen mit Geschick selbst. Gerhard steckte mir Schulternähte und Rocklängen ab, dennoch war die Schneidermeisterin, die den Kurs der Volkshochschule leitete, mit meinen Machwerken nie zufrieden. Ich fertigte schließlich einen geraden, einfachen Rock, der dann auch tatsächlich zu tragen war. Aber schon der Blusenkurs war der nächste Flop. Ich gab auf und war froh, dass ich diese Aufgabe los war, außerdem war das Schlafzimmer, in dem ein von Reinhard genial entworfenes „Nähbord mit ausklappbarem Schneidertisch" stand, durch die Schneiderei ständig unordentlich und verstaubt. Dieses tolle Möbelstück funktionierte ich sehr bald in ein Bücherbord und meinen Schreibtisch um. In den ersten beiden Jahren unserer Ehe lernte ich so viel handwerkliches Tun wie nie zuvor. Wir bauten uns Möbel für eine Stringwand, eine aus Schweden abgeguckte Hängewand für Bücherborde, Schreibschrank und Schreibmaschinenschrank, die sich gut für das kleine Arbeitszimmer von Gerhard eignete. Dort hatte ich nun auch für meine persönlichen Utensilien ein abschließbares Möbelstück.

Reinhard grübelte immer etwas Neues, Praktisches aus. Die quadratische Garderobennische auf dem Flur wandelte er in einen geräumigen Schrank für Haushaltswäsche um. Neben der Haustür baute er an der Querseite einen Schrank für die tägliche Garderobe. Auch für sein Zimmer entwarf er passende Möbel. Unser Nachbar Paul, der auch Handwerker war, hatte sich in seinem Keller eine vielseitige Werkstatt eingerichtet, ließ ihn dort werkeln und gab ihm viele Tipps. Reinhard empfand unsere Wohnung als zu klein, deshalb musste er den vorhandenen Raum ausnutzen.

Ich merkte sehr bald, dass Reinhard bei seinem Daddy alles durchsetzen konnte, was er wollte. Da es in seinem alten Zuhause im Allgäu bereits einen Fernseher gab, fehlte ihm dieser. Gemeinsam stimmten wir einer Anschaffung eines Schwarzweiß-Fernsehers zu, nur ich wäre nie auf die Idee gekommen, dass dieses Gerät nicht im Wohnzimmer, sondern in Reinhards Zimmer aufgestellt wurde. Er bestimmte fast immer, wann wir gemeinsam einen Film oder eine Dokumentation ansehen konnten. Sein Vater und ich sahen die Tagesschau. Wir beide hatten immer zu tun oder uns im Wohnzimmer viel zu erzählen. Reinhard war es recht, dass wir ihn mit dem Fernsehprogramm nach seiner Wahl allein ließen. Meine Bedenken zerstreute Gerhard.

Reinhard entwickelte eine weitere Angewohnheit: Punkt zwei Uhr nachts klopfte er an unsere Schlafzimmertür und schüttelte seinen Vater wach: „Daddy, ich kann nicht schlafen!" Gerhard setzte sich auf – und Reinhard war auf der „Besuchsritze" für lange Zeit nächtlicher Gast. Am Sonntagmorgen forderte er ein „Kämpfle", und wir tobten zu Dritt in den Betten, bis ich aus dem Bett herausgeboxt wurde. Am Wochenende machten wir alle drei auf dem flauschigen, roten Teppich im Wohnzimmer Gymnastik. Am Sport in der Schule hatte er keine Freude. Lust an der gemeinsamen Turnerei entwickelte er natürlich nicht. Aber es machte ihm riesigen Spaß, wenn er mich treten konnte. Alles hat seine Grenzen, auch meine Geduld. Ich forderte seinen Daddy auf, seine Verantwortung als Erzieher zu übernehmen. Er ging mit ihm spazieren, wies ihn aber nie richtig zurecht. Ich ärgerte mich darüber und fühlte mich Vater und Sohn gegenüber ohnmächtig. Ich dachte viel über Gerhards merkwürdige Pädagogik seinem Sohn gegenüber nach. Das konnte nicht gut gehen!

Bald danach erfüllten wir Reinhard einen sehnlichen Wunsch: Bereits im Allgäu war ein Faltboot „Klepper T 9" Reinhards Traum. Gemeinsam fuhren wir von Spandau nach Berlin und kauften für Weihnachten das Traumboot. Die eifrigen Verkäuferinnen bewunderten den netten Jungen aus Bayern und lobten seine genauen Kenntnisse über das Boot. Nach Abschluss des Kaufes fehlte nichts – zwei Paar Paddel, Packtaschen und alle Kleinigkeiten, die die Fahrt im Boot angenehm und sicher machten, waren vorhanden. Eine Stange Geld kostete dieser Traum natürlich auch. Ich gönnte ihm aber die Erfüllung dieses Wunsches spätestens am Heiligabend 1963, als er mit seinem Vater das Boot im Flur unserer schönen Wohnung aufbaute und uns glückstrahlend ansah und umarmte.

Im Frühjahr paddelte Reinhard auf der Havel vor unserem Grundstück los, als habe er schon immer in seinem Traumboot Flussfahrten gemacht. Er erkundete die am Wasser gelegene Natur, beobachtete die Vögel im Schilf in ihren Brutstätten und fotografierte. Bald kam eine Angel dazu. Am Sonntagmorgen saß er schon um vier Uhr früh am Ufer, freute sich am Sonnenaufgang und genoss die morgendlich Stille. Auch der Angelsport war für ihn eine „Wissenschaft", er las viel darüber. Ihm waren die geangelten Weißfische aber nicht wichtig, die schenkte er einem Nachbarn für seine beiden Katzen.

Reinhard wurde immer mehr zum Träumer und Einzelgänger. Meine Überlegungen, er möge in einen Ruder- und Paddelverein eintreten, damit er Freunde fand und sich im Wettkampf wirklich sportlich betätigte, wurde von Gerhard nicht unterstützt. Sein einziger Freund war Tommy, ein sehr zarter Junge, der nach überstandener Kinderlähmung am rechten Bein eine Schiene trug. Er tat alles, was Reinhard vorschlug und setzte ihm niemals Wiederstand entgegen. Er war ein fleißiger und guter Schüler. Reinhard war eher nachlässig mit seinen Hausaufgaben und holte sich von mir oder seinem Vater Unterstützung. Gerhard ließ ihm alles durchgehen. Selbst als er vom Gymnasium auf die Otto-Bartning-Schule wechseln wollte, stimmte Gerhard ihm zu. Es handelte sich um eine Schule besonderer pädagogischer Prägung für alle Berufe des Bauhandwerks, heute würde man den Abschluss Fachabitur nennen. Reinhard war zweifellos handwerklich begabt, besonders wenn es um Holzarbeiten ging. Er lernte an dieser Schule Bau- und Gerätetischler sowie alle anderen Bauberufe in Kursen, erhielt neben der fachlichen Theorie aber auch allgemeine Schulbildung. Durch seine freundliche und umgängliche Art war er bald bei Lehrern und Ausbildungsmeistern ein beliebter Schüler. Schnell merkte er, dass er seinen Mitschülern und den wenigen Schülerinnen in vieler Hinsicht überlegen, und wohl insgesamt eher unterfordert war.

In dieser Zeit freundete er sich mit einem sehr netten Mädchen an, das wie er das Tischlerhandwerk lernte. Mit ihr zusammen machte er gern Schulaufgaben und empfand Freude am Lernen. Beide wollten Innenarchitekten werden. Ich meine im Rückblick noch heute, dass dieses die richtige Wahl gewesen wäre. Sein Klassenlehrer erklärte ihm aber, dass Innenarchitektur ein Frauenberuf sei und riet ihm, mit seinem sehr guten Abschluss lieber Bau-Ingenieurwesen zu studieren. So schrieb er sich an der Technischen Universität ein, hatte aber nie richtig Freude und Interesse an diesem Studium. Es fehlte ihm der kreative Teil, den er in der Innenarchitektur besser hätte verwirklichen können.

In Berlin ging es dann Mitte der 1960er-Jahre mit der Studentenrevolte heftig los. Reinhard sah mit langen Haaren und Bart, abgewetzter Jeans und Parker nicht mehr wie ein junger Mann aus bürgerlichem Hause aus. Aber so liefen viele Studenten herum. In den Zeitungen und den Medien wurde täglich berichtet, was von den Studenten in Bewegung gesetzt wurde. Als der Schah von Persien Berlin einen Besuch abstattete, wurde er mit Tomaten und Eiern beworfen. Der Student Benno Ohnesorg wurde am 2. Juni 1967 auf der Straße von einem Polizisten erschossen. Rudi Dutschke, Soziologiestudent an der Freien Universität Berlin, war der bekannteste Wortführer der Studentenbewegung und Mitglied des Sozialistischen Deutschen Studentenbundes SDS. Auslöser der Proteste war der Vietnam-Krieg der USA. Viele Intellektuelle wie Marcuse, Adorno und Horkheimer bildeten mit ihren Lehren die Frankfurter Schule und unterstützten die Studentenbewegung.

Es kam zur Bildung der Außerparlamentarischen Opposition (APO). Die Mitglieder wollten die verkrustete Gesellschaft aufbrechen durch Mobilisierung der Massen. Die von der APO benutzten Mittel wie Demonstrationen auf den Straßen in Berlin und anderen Städten der Bundesrepublik mit Sitzblockaden, „Happenings" und zunehmender Gewalt – zunächst nur gegen Sachen, dann auch gegen Menschen – stießen bei der Bevölkerung auf Unverständnis und lösten Ängste aus.

In Berlin kam es durch eine Initiative des Senats zu einer Gegendemonstration unter dem Motto: „Freiheit und Frieden". Dadurch sollte die Verbundenheit mit der amerikanischen Schutzmacht in West-Berlin bekundet werden. Dem Aufruf zu den Ostermärschen folgten viele Studenten und Bürger. Die Berichterstattung vor allem der Springer-Presse wurde als Gegenbewegung gewertet und für den Anschlag am 11. April 1968 auf Rudi Dutschke verantwortlich gemacht. Er erholte sich von seinen Verletzungen nicht mehr und starb 1979 an den Spätfolgen. Im Mai 1968 wurde zum Sternmarsch nach Bonn aufgerufen – etwa 30.000 Menschen folgten diesem Aufruf. An der Frage der Gewalt spaltete sich die Studentenbewegung: Die Gruppe militanter Studenten ging zunächst in den Untergrund, die Mehrheit der Studenten kehrte in die Universitäten zurück. Sie wählten den von Rudi Dutschke empfohlenen „Marsch durch die Institutionen", um erst einmal Strukturen zu verändern.

„Uff!" Jan-Erik schnaufte. „Das war ja ein ziemlich umfangreicher Exkurs über die Ereignisse der 68er – wie ging es denn aber jetzt persönlich bei dir weiter?"

Ich musste lachen, hatte ich mich doch im wahrsten Sinne des Wortes völlig vergessen.

Auch wenn man nicht mehr studierte, war man überall irgendwie in diese Hektik mit einbezogen. Reinhard erhielt eine Aufforderung, die von der Uni an alle Erstsemester ging. Sie sollten erscheinen und erklären, dass sie weiter studieren wollten. Reinhard folgte dieser Aufforderung und kam einige Stunden später total verstört zurück. Was war geschehen? Vor dem Eingang standen viele Polizisten und verlangten den Studentenausweis. Bis er ihn aus seiner Tasche hervorkramte, hatte er schon einen Schlag mit dem Gummiknüppel über die Schulter gezogen bekommen. Mit ihm liefen viele davon. Reinhard erklärte, er würde die Uni vorläufig nicht wieder betreten. Dieses Ereignis war der Anfang vom Ende seines Studiums. Er hockte vor sich hinbrütend in seinem Zimmer und sah im Fernsehen die neuesten Nachrichten, um informiert zu sein. Er wollte aber auch nicht mit uns sprechen. Er nahm nach einiger Zeit wieder Kontakt zu Mitschülern aus der Otto-Bartning-Schule auf und traf sich mit einigen Kommilitonen. Er machte insgesamt den Eindruck stummer Wut und Hilflosigkeit – und er schwieg. Gerhard und ich kamen nicht an ihn heran und sorgten uns natürlich um ihn. Mit Beginn des Wintersemesters besuchte er wieder einige Seminare, aber er fasste nicht mehr richtig Tritt. Zuhause arbeitete er nie für das Studium. Er hatte keine Lust, dauernd Grundrisse vom sozialen Wohnungsbau zu zeichnen – er fand das Ganze schlicht langweilig.

Selbst ein Gespräch mit seinem Klassenlehrer aus seiner alten Schule hellte ihn nicht auf. Seiner Meinung nach hatte der überhaupt nichts von den Studentenaktionen begriffen und für ihn nicht das geringste Verständnis. Zum Glück konnte er ja seinen sehr guten Berufsabschluss und auch einen sehr guten Schulabschluss vorweisen. Wir rieten ihm, sich in seinem Beruf zu bewerben. Es dauerte noch eine Weile, dann hatte er das gefunden, was ihm zusagte: Er nahm seine Arbeit bei der britischen Schutzmacht in Spandau auf.

Amerikaner, Briten und Franzosen beschäftigten in ihrem Sektor in Berlin viele deutsche Zivilangestellte. Reinhard arbeitete gern als Tischler, erwarb sich bald Anerkennung und fühlte sich zunehmend sicher. Neben der täglichen Arbeit wurde ihm Verantwortung für den gesamten Maschinenpark übertragen. Die englischen Offiziere erkannten, dass sie mit ihm einen handwerklichen Könner erworben hatten. Er baute für sie Truhen, Schränke, Schreibtischaufsätze, führte Intarsienarbeiten aus und arbeitete kreativ. Manches kunsthandwerkliche Meisterstück von Reinhard fand seinen Platz bei Angehörigen der Army auf der britischen Insel.

Er wurde wieder ausgeglichener und war mit seiner Arbeit zufrieden. Er hatte Freunde und lernte schließlich Gaby kennen. Sie befand sich zu jener Zeit in der Ausbildung zur Krankengymnastin und stammte aus Schwaben. Eines Tages stellte er sie uns vor, schließlich wohnte sie bei uns. Sie fand nach dem Abschluss eine gute Anstellung in einer Arztpraxis, und als beide eine hübsche Neubauwohnung im Falkenhagener Feld in Spandau fanden, kam ihre Familie sie und uns in Berlin besuchen.

Im Mai 1975 heirateten sie. Reinhard hatte die kleine Wohnung mit selbstgebauten Möbeln passgerecht und sehr schön eingerichtet. Gaby war ebenfalls handwerklich geschickt, nähte Gardinen und Kissenbezüge. Es war ein glücklicher Anfang – und auch wir waren zufrieden, dass Reinhard sich gefangen hatte.

Jan-Erik unterbrach mich an dieser Stelle. „Dich haben die Ereignisse der 68er-Jahre wohl besonders wegen der Erlebnisse mit Reinhard so bewegt, oder?"

Ich widersprach ihm. „Die Unruhen 1968 verursachten Unsicherheit und Angst bei allen Bürgern. Es war mir wichtig, dir Reinhard in

meiner Geschichte vorzustellen, denn er gehörte zu mir wie ein
leiblicher Sohn. Ich hatte ihn sehr lieb und war immer bemüht, ihm
eine gute Mutter zu sein. Gerhard und ich waren leider nicht einer
Meinung, wenn es für ihn um wichtige Entscheidungen ging. Er nutzte
das schon sehr bald für sich aus, was nicht immer für ihn gut war und
schließlich auch immer wieder zu Problemen und Konflikten für ihn
und mit uns führte."

Ich merkte, dass auch Jan-Erik mir sehr lieb und teuer war. Wir
lächelten uns an, bevor ich mich wieder an die frühen Jahre mit
Gerhard und Reinhard erinnerte.

Wir erlebten zu dritt auch sehr schöne Urlaube. In den Sommerferien
1963 übernahmen wir von guten Bekannten die Aufsicht ihres
Einfamilienhauses und Gartens in Lankwitz und eroberten uns Berlin
durch Ausflüge in den Grunewald, an den Wannsee und den Tegeler
See.

1964 planten wir unsere erste gemeinsame Reise in die Berge. Ein
Stapel von bunt bebilderten Reiseprospekten machte uns die Wahl
nicht leicht. Reinhard hatte mit seinem Vater schon einige schwierige
Bergtouren absolviert – er kannte alle Berge der Allgäuer Alpen mit
Namen und beschrieb mir schwärmerisch den Aufstieg zum
Nebelhorn.

Unsere gemeinsame Wahl fiel für die Sommerferien auf Marling bei
Meran in Südtirol. Mit Koffer und zwei Rucksäcken fuhren wir mit
der Bahn und wurden in Meran von Herrn Kofler, einem Obst- und
Weinbauern, von der Bahn abgeholt. Seine Frau Irmgard vermietete
einige Zimmer an Urlaubsgäste. Das Paar lebte dort mit seinem
vierjährigen Sohn Sepp und der einjährigen Tochter Magdalena.
Reinhard freundete sich schnell mit den beiden Kindern an.

Außer uns war noch eine Familie mit Tochter und Sohn aus dem
Rheinland zu Gast. Bereits am ersten Abend bei Südtiroler Rotwein
gab es regen Gesprächsstoff über das Schicksal Südtirols nach dem
Ersten Weltkrieg. Bis dahin gehörte Südtirol zu Österreich und fühlte
sich danach von Italien vereinnahmt. Die Männer unterhielten sich
endlos über dieses Thema und die Bedeutung eines verlorenen
Krieges.

Die Hausfrau Irmgard Kofler zeigte mir ihren zauberhaften
Blumengarten und erzählte mir, sie stamme aus dem Vinschgau.
Dieses Tal liege zwischen der Weißkugel und dem Ortler. Ihre Eltern
lebten dort, der Vater sei Arzt. Bereits in der ersten Woche lud sie
mich ein, ihre Eltern kennen zu lernen. Herr Kofler nahm Gerhard
und Reinhard mit in seine großen Obstplantagen und Weinkeller.

Wir drei wanderten auf halber Höhe den Waalweg in den Weinbergen entlang, fuhren mit dem Bus nach Meran hinunter und freuten uns an den Laubengängen der hübschen Stadt an der Etsch und an dem Schloss Tirol. In Bozen waren wir dann den Dolomiten sehr nahe. Wir schlenderten durch die Stadt und erlebten den Markt mit großem Äpfel- und Birnenangebot und vielen verschiedenen Weintrauben. Sonntags zogen Männer und Frauen, Jungen und Mädchen in ihren malerischen Trachten nach dem Kirchgang mit Schalmeienspiel durch die Dörfer. Wir waren von der Familie Kofler und der Schönheit der Landschaft so angetan, dass wir viele Jahre nach Marling reisten und uns dort wie Zuhause fühlten.

Gerhard erfüllte sich eines Tages einen Lebenswunsch: Ein eigenes Auto. Vorher musste er noch seinen Führerschein machen, und 1965 waren wir stolze Besitzer des Autos des Jahres, eines Ford Taunus 12 M, perlweiß mit roten Sitzen und viel Raum im Inneren.

In den Sommerferien überquerten wir den Reschenpass, und durch den Vinschgau erreichten wir Marling. Wir waren nun mobil und fuhren in die Dolomiten. Diese felsigen Berge nahmen mich ein für allemal ein und „verhexten" mich. Die Zauberwelt der Dolomiten mit den Erdpyramiden auf dem Ritten, der Seiseralm mit ihren vielen Bergblumen, begrenzt vom Lang- und Breitkofel, die Marmolata im Nebel und die drei Zinnen, erlebt in der Abenddämmerung, bewirkte bis heute eine tiefe Liebe zu den Bergen. Wir unternahmen Fußwanderungen und Klettertouren im Rosengarten und Latemar, jeder Aufstieg war eine neue und immer besondere Erfahrung. Aber auch die Fahrten über die Passstraßen – da fällt mir das Stilfser Joch mit 38 Nadelkehren und dem Blick auf den 4000 Meter hohen Ortler ein – sind unvergessliche Erlebnisse. 1978 besuchten Gerhard und ich das letzte Mal Familie Kofler und wurden wie immer liebenswürdig willkommen geheißen.

„Ich könnte dir noch endlos von unseren vielen Reisen in die Alpen erzählen. Höhepunkte waren dann die Viertausender mit den Gletschern im Wallis und des Berner Oberlandes in der Schweiz. Den Montblanc mit den vielen Nadelspitzen von Chamonix ließen wir nicht aus, die Wanderung über den Gletscher Mer de Glace trauten wir uns dann aber doch nicht zu. Da der Nebel eines Morgens nicht wich, fuhren wir durch den Montblanc-Tunnel. Es war nicht zu fassen: Strahlendes Sommerwetter und blauer Himmel im Aostatal. Da ließ es sich wandern. Auch die noch unerschlossenen See-Alpen in Frankreich waren ein besonderes Abenteuer."

Jan-Eric verstand jetzt meine Bergleidenschaft. „Ich habe übrigens auch mal im Engadin Bergerfahrungen mit meinem Patenonkel gemacht."

Ich kehrte mit meiner Erzählung in den Berliner Alltag zurück.

Reinhard stand mit seiner Schwester Friederike in lebhaftem Brief- und Telefonkontakt. Sie war neugierig auf Berlin und besuchte uns. Unsere Begeisterung für diese Stadt sprang bald auf sie über. Kurz nach ihrem 21. Geburtstag und ihrer Volljährigkeit bestimmte sie ihr Leben selbst.

Ende Januar 1965 reiste Fritzi mit Sack und Pack in Spandau an. Wir hatten ihr in ihrem Urlaub erklärt, dass diese Wohnung für vier Erwachsene zu klein sei und sie nur vorübergehend bei uns wohnen könne. Noch wichtiger war eine gut dotierte Arbeit für sie. Das Arbeitsamt vermittelte junge westdeutsche Arbeitskräfte, das Angebot war reichlich. Fritzi wechselte zweimal die Firma und fand in einer großen amerikanischen Büromaschinenfabrik einen Arbeitsplatz, der sie forderte und ihr auch Freude bereitete. Sie beherrschte bald perfekt die englische Sprache in Wort und Schrift und machte Ausbildung und Prüfung zur Übersetzerin und später zur Dolmetscherin. Auch ihre Sprachkenntnisse in Französisch verbesserte sie und konnte sie anwenden. Nach einem Jahr wurden ihr das Personalwesen und die Prokura übertragen. Für eine junge Frau war es nach heutigen Maßstäben eine echte Karriere. Sie verdiente sehr gut und war bald von uns unabhängig.

Beruflich war sie immer erfolgreich. Weniger gut gelangen ihr ihre Partnerschaften. Trotz schmerzlicher Erfahrungen mit Ehrhard, ihrem sehr früh und viel zu schnell geheirateten ersten Ehemann, lebt sie heute eine zufriedene Ehe mit Heinz, einem Gymnasiallehrer mit den Fächern Deutsch, Englisch und Religion – und damit ein dauerhaftes Glück in geistiger Lebensgemeinschaft. Sehr bald teilte sie seine Liebe zu Irland und der keltischen Kultur. Sie erwarben ein Haus auf der grünen Insel, das sie jetzt in den Ferien nutzen und während ihrer Abwesenheit an irische Freunde vermieten. Später einmal wollen sie in den Sommermonaten dort wohnen und den Winter in ihrem Haus in Bonn verleben. Für Friederikes Sohn Florian wurde Heinz ein väterlicher Freund. Florian verwirklichte seinen beruflichen Traum und arbeitet erfolgreich in München bei der Bavaria-Film. Die Beziehung zu Friederike hat sich lange freundschaftlich gestaltet. Leider sehen wir uns so gut wie gar nicht mehr.

Jan-Erik meinte nachdenklich: „Für dich ist das alles bestimmt nicht einfach gewesen. Wie hast du das alles überstanden?"

„Mit meiner Familie war das sicher kompliziert – es gab von Anfang an Probleme und immer wieder Konflikte. Für mich wurde es bereits 1965 klar, dass ich wieder etwas Sinnvolles arbeiten wollte. Wir hielten zu viert Familienkonferenz – alle waren mit der Wiederaufnahme meiner Berufstätigkeit einverstanden. Du wirst sehen, ich hatte richtig Glück ...!"

Die Beraterin beim Arbeitsamt hatte sich meine Akte aus der Registratur kommen lassen. Ich war erstaunt, dass es über mich eine Akte als westdeutsche Arbeitnehmerin von 1960 gab, denn damals war meine Bewerbung nicht über das Arbeitsamt gelaufen. Es gab für mich mehrere interessante Arbeitsfelder, aber am meisten lockte mich die Betriebliche Sozialberatung in der Firma Siemens. Natürlich hatte ich etliche Mitbewerberinnen, war aber zuversichtlich, dass es klappen würde.

Die Bewerbungsgespräche verliefen äußerst gründlich: Erste Vorstellung in der Sozialpolitischen Abteilung, dann im Werk mit dem Personalleiter und dann noch mit dem Direktor des Kabelwerkes, in dem ich eingesetzt werden sollte. Danach folgte noch einmal mit der Leiterin für alle vierzehn Sozialberaterinnen des Gesamtstandortes Berlin ein letztes Gespräch. Schließlich war es geschafft! Der Personalleiter meines Betriebes handelte mit mir die Probezeit und das Gehalt aus, ich konnte wirklich zufrieden sein. Dann ging er mit mir durch das Kabel- und Metallwerk und stellte mich den Abteilungsleitern und ihren Sekretärinnen vor.

Für die Zeit der Einarbeitung wurde ich der Sozialberaterin vom Hausgerätewerk, das ebenfalls auf dem riesigen Gelände lag, zugeteilt. Sie war eine hilfsbereite und freundliche Kollegin, ihr verdanke ich manchen Tipp und viele Interna, die ich so schnell nicht erfasst hätte. Hinzu kam, dass ich von der Vielseitigkeit dieses Betriebes und des Konzerns geradezu fasziniert war.

Der riesige Organisationsplan flößte mir allerdings Respekt ein. Mit Hilfe meiner Vorgängerin, die in den Ruhestand ging, teilte ich mir die Abteilungen ein und erkannte langsam die Strukturen. Alle Abteilungsleiter, Ingenieure und Meister hatten die Mitteilung erhalten, dass ich am 1. Oktober 1965 den Bereich der Sozialberatung übernehmen sollte. Alle waren auf die neue „Jammertante" neugierig und sehr hilfsbereit.

„Jammertante nannten sie dich? Das ist ja nicht gerade schmeichelhaft
...", stellte Jan-Erik fest.
„Nee, fand ich auch nicht, aber so hießen alle 72 Beraterinnen im
gesamten Konzern. Nun galt es, das Vertrauen der 3000 Mitarbeiter
zu gewinnen. Das war harte Arbeit."
„Hast du in dieser Zeit eigentlich auch etwas vom Leben deines
kleinen Bruders mitbekommen? Du scheinst ja sehr mit deiner
Karriere beschäftigt gewesen zu sein."
„Ja, ich war immer mal wieder in Hamburg bei meiner Familie ..."

Eines Tages, als Rainer bereits gut verdiente, erwarb er einen
nachtblauen Audi 100, mit dem er mich vom Bahnhof abholte. Ich
war allerdings nicht die einzige weibliche Mitfahrerin, er machte
gerne Spazierfahrten mit netten Mädchen. Seine erste Freundin war
Ingrid aus der Gemeinde der Versöhnungskirche, danach folgte
Renate. Aber die richtige war dann Erika. Sie sagte nicht nur Rainer
zu, sondern auch Vater und Mutter.

Am 5. September 1970 feierten sie in dem schönen Haus von Onkel
Askan und Tante Margarete, Erikas Verwandten, hoch über der Elbe
eine Traumhochzeit, an die sich jeder, der dabei war, gern erinnert.
Das junge Paar fand in der Tonndorfer Hauptstraße in Hamburg-
Wandsbek eine schöne Neubauwohnung. Als die Tochter Bettina
sich einstellte, berieten sie sich mit den Eltern und bauten in
Meiendorf ihr schönes Einfamilienhaus.

Jan-Erik und ich waren uns einig, dass auch bei mir ein neuer
Lebensabschnitt begann und wir den Dialog zu einem späteren
Zeitpunkt fortsetzen sollten.

Erfolgreich im Beruf

Im Frühjahr 2004 feierte Jan-Eriks Vater mit der Familie und
vielen alten und neuen Freunden, die sie in den zehn Jahren ihres
Lebens am Niederrhein gewonnen hatten, einen nachdenklichen und
fröhlichen 60. Geburtstag. Jan-Erik erinnerte mich nach dem Fest
daran, die Zeit zu nutzen – er wolle mehr über meine berufliche
Arbeit erfahren.

Ich organisierte meine Arbeit sehr genau und richtete wegen der
Schichtarbeit vier Sprechzeiten in der Woche ein, zwei von 8 bis 10

Uhr und zwei von 14 bis 16 Uhr. Diese Zeiten wurden zunächst überwiegend von den gewerblichen Mitarbeitern angenommen. Sie kamen wegen Konflikten am Arbeitsplatz und persönlicher und familiärer Probleme. Es dauerte nicht lange, da wurde ich von den Sekretärinnen der Abteilungsleiter angerufen. Wir vereinbarten Termine, nun ging es um Schwierigkeiten mit Angestellten.

In diesem Betrieb machte ich meine ersten beruflichen Erfahrungen mit der Suchtproblematik: Alkohol, Tabletten, Drogen, Spielen. Ich konnte diese Probleme nur in Verbindung mit Einrichtungen in der Stadt lösen, die für diese Menschen zuständig waren. So machte ich mich telefonisch mit den Leitern bekannt. Ganz besonders wichtig wurde mir der Chefarzt, der die Abteilung für Alkohol– und Tablettenabhängige in einem allgemeinen Krankenhaus am Wedding aufgebaut hatte und leitete. Ich lernte das Konzept der Kurzzeittherapie von sechs Wochen kennen und konnte sehr schnell unsere alkoholkranken Mitarbeiter über telefonische Absprachen dort zur Behandlung unterbringen.

Über den Leiter des Lohnbüros lernte ich die Zusammenarbeit mit unseren Dolmetscherinnen schätzen. Unser Werk hatte etwa sechshundert Gastarbeiter aus der Türkei, Jugoslawien, Italien und Spanien angeworben. Unterschätzt hatte nicht nur die Firma Siemens den familiären Zusammenhang der Türken. Die Männer waren in eigens dafür gebauten Wohnheimen untergebracht. Die beiden türkischen Dolmetscherinnen kamen sehr bald zu mir, um mit mir die Integration der anreisenden Familien zu besprechen. Auch in den anderen Werken in Berlin wurde dieses Problem mit den Sozialberaterinnen diskutiert, dazu gab es bald Konferenzen mit dem Leiter der Sozialpolitischen Abteilung, unserer Leiterin, den Betriebsärzten und den Betriebsräten zur Lösung dieses Problems. In Siemensstadt und Spandau stellte die Firma für türkische Familien Wohnungen zur Verfügung. Der Zuzug der türkischen Familien verselbständigte sich und führte dann im Bezirk Kreuzberg dazu, dass die Berliner diesen Stadtteil bald „Klein-Istanbul" nannten.

„Mein" Werk war das größte Flächenwerk Europas, so erzählte man mir. Ich fuhr meistens mit dem Fahrrad an die Arbeitsplätze, wenn ich dort etwas mit den Meistern oder Ingenieuren zu besprechen hatte. Damals wurde die interne Werkspost in Unterschriftenmappen durch Botenmädchen zugestellt. Sie waren meistens mit schlechtem Schulabschluss über ihre Väter ins Werk gekommen. Ich fand, es sei an der Zeit, sich um sie zu kümmern. Ich richtete sozialpädagogische Gruppen für sie ein und arbeitete mit ihnen an ihren persönlichen Problemen. Ich sorgte dafür, dass unsere Dolmetscherin Atife, die sehr groß gewachsen war und im Betrieb den Spitznamen „das Pferd" hatte, ihnen Deutschunterricht erteilte.

Mit unseren Alkoholikern arbeitete ich ebenfalls in Gruppen, einmal zur Aufklärung über das Trinkproblem, nach der Behandlung im Krankenhaus zur Einhaltung der Abstinenz. Es gab auch psychische Problemen unterschiedlicher Schwere unter unseren Mitarbeitern. Dadurch hatte ich bald mit Ärzten und Pflegepersonal in den beiden großen Psychiatrieeinrichtungen Berlins Kontakt. Wenn die Patienten nicht mehr in der geschlossenen Abteilung waren, besuchte ich sie. Abteilungsleiter und Meister waren neugierig und wollten mich begleiten. Einmal nahm ich sogar unseren Werkleiter mit. Er war erschüttert über die Klinik und die kranken Menschen – vor allem aber über den Fall eines unserer Mitarbeiter, der seit siebzehn Jahren bei uns arbeitete und dort nun als Patient lag. Der Werkleiter machte dem Oberarzt der Abteilung ein Sachangebot: Dieser solle eine Liste schreiben, was er für seine Patienten brauchte, und sie mir zuleiten.

Der Oberarzt schickte mir seine Wunschliste: Große Geräte wie Kühlschrank und Fernseher und kleine Elektrogeräte – Kaffeemaschinen und Rasierapparate. Die Klinik erhielt alles! Als unser Mitarbeiter aus dem Krankenhaus entlassen wurde, bekam er einen einfachen Arbeitsplatz.

Auch die Strafanstalt Tegel trat wegen Arbeitsunterbringung von entlassenen Strafengefangenen an mich heran. Für diese Menschen gab es ebenfalls Arbeit in unserem Betrieb. Vorher hatte ich Kontakt mit den Psychologen und Sozialarbeitern, die in der Sozialabteilung der Justizvollzugsanstalt – JVA – arbeiteten. Es war schon ein Risiko, Straftäter über die Arbeit zu integrieren, aber die Zusammenarbeit mit Abteilungsleitern und Meistern sowie die regelmäßigen Gespräche der neuen Mitarbeiter mit mir ermöglichten die Einstellung. Es gab keine besonderen Vorfälle.

Jan-Erik war überrascht: „So etwas war damals möglich?"

Es hing damit zusammen, dass Unternehmer sich für ihre Mitarbeiter bis zu einem gewissen Grade verantwortlich fühlten. Bei Siemens gab es bereits seit 1927 eine soziale Einrichtung. Die Frauen, die damals damit beauftragt waren, wurden „Fabrikpflegerinnen" genannt. Zu meiner Zeit war Hertha von Siemens, die in Berlin lebte, an unserer Arbeit interessiert. Die Bezeichnung war der modernen professionellen Sozialarbeit entsprechend in „Betriebliche Sozialberatung" umbenannt worden. Sie war in allen Werken des

Konzerns eine eigenständige Abteilung, die der Sozialpolitischen Abteilung des Standortes unterstellt war. In Berlin gab es vierzehn Sozialberaterinnen und eine Leiterin in der Sozialpolitischen Abteilung. Einmal im Jahr lud Johanna von Siemens uns zum Tee ein und ließ sich berichten. Sie ermahnte uns, uns diese wichtige Arbeit niemals streitig machen zu lassen, denn der Unternehmer sei für das Wohlergehen seiner Arbeiter und Angestellten verantwortlich. Jährlich wurden alle Sozialberaterinnen und Betriebsärzte mit dem Gesamtbetriebsrat von der Firmenleitung zu einer Art Konferenz eingeladen. Wir waren durch unsere Berliner Leiterin immer bestens darauf vorbereitet – wir hielten Vorträge über den neuesten Stand unseres Betriebes, über neue Aufgaben und wie wir sie angingen. Diese Arbeitstagungen waren immer sehr interessant und gaben uns das Gefühl, als Einzelne zu einem großen Ganzen zu gehören: Auch wir waren „Siemensianer".

Der Konzern verlegte das Hauptgeschäft von Berlin nach München. Die Sozialberatung wurde dort durch eine kluge Kollegin vertreten. Sie gehörte zur Sozialpolitischen Abteilung und war für Sozialberaterinnen in allen Standorten der Firma zuständig. Es gab bereits Ende der 60er-Jahre eine erste Rezession, und dadurch bedingt die Notwendigkeit sozialverträglicher Entlassungen. Gespräche mit kranken Mitarbeitern, Besuche zu Hause oder im Krankenhaus gehörten nun mit zu meinen Aufgaben. Die Firma führte auch ein eigenes Krankenhaus – die Fürsorge für Mitarbeiter wurde damals sehr ernst genommen.

Am Ende des Geschäftsjahres im September hatten wir unsere Jahresberichte für die Werkleitung und die Sozialpolitische Abteilung abzugeben. Ich erinnere mich an die Reaktion meines Werkleiters auf meinen ersten Jahresbericht. Seine Sekretärin vereinbarte mit mir einen Termin. Zehn Minuten vor der festgelegten Zeit erschien er mit einem zauberhaften Blumenstrauß in meinem Dienstzimmer und vermittelte mir seine Anerkennung für die geleistete Arbeit. Mein Bericht hätte ihn überzeugt, dass nicht nur die gewerblichen Mitarbeiter in der Produktion, sondern auch die Angestellten Beratung benötigten – und ich eine wichtige Position in seinem Betrieb ausfüllen würde durch fachlich fundierte und gewissenhafte Arbeit. Eine Woche später folgte mit dem Personalleiter ein weiteres Gespräch. Die Anerkennung meiner Leistung wurde durch eine Gehaltserhöhung honoriert.

„Toll!" Jan-Erik nickte anerkennend. „Das waren noch Zeiten! Aber auch eine vielseitige und interessante Arbeit."

„Ganz richtig – und erst die besonderen Feste! Wir haben jährlich für
behinderte Mitarbeiter Feste auf dem firmeneigenen Grundstück
gestaltet, immer gemeinsam mit Berliner Künstlern, mit Musik und
Tanz. Ebenso wichtig waren die Picknicks mit den Türken,
veranstaltet durch die ‚Deutsch-Türkische Freundschaft‘."

Ich erlebte auch die ersten technischen Veränderungen, zum Beispiel
wurden jetzt die Löhne und Gehälter nicht mehr in bar, sondern,
nach der Einrichtung eigener Konten für die Lohn- und
Gehaltsempfänger per Banküberweisung gezahlt. Auch
Arbeitszeitverkürzungen, Kontrolle durch Steckuhren und den
Beginn der Automation habe ich hautnah miterlebt. Die Ingenieure
waren ganz stolz auf ihre riesigen Schalttafeln und erklärten mir
begeistert die Vorzüge der Technik. Richtig verstanden habe ich das
nicht, aber ich bekam eine Vorstellung und machte darauf
aufmerksam, dass es wohl auch um Veränderungen der Arbeitsplätze
ging. „Kein Problem, wir können Mitarbeitern, deren Arbeitsplätze
durch die Technik wegfallen, andere Arbeit, die nur von Menschen
ausgeführt werden kann, zuteilen. Arbeit ist nach wie vor genug da",
versicherten mir Abteilungsleiter und Meister.

Das war der Beginn des Informationszeitalters, wenn ich es einfach
mal so laienhaft feststellen darf. Wir schreiben das Jahr 1972. Du
warst noch gar nicht auf der Welt und kannst dir heute das Leben
ohne Computer wohl gar nicht vorstellen. Es ging aber auch alles so
rasant, den PC gibt es ja erst gut zwanzig Jahre. Natürlich hat diese
schnelle technische Entwicklung auch Nachteile für viele Menschen.
Dennoch kann niemand sagen, dass er nicht erfahren hätte, was zu
tun sei. Auf jeder Betriebsversammlung wiesen Werkleiter und
Alfred, unser uriger, echt berlinerischer Betriebsrat, darauf hin, dass
alle lernen müssten, vor allen Dingen die Jugendlichen. Bei der
Vorausschau auf die Entwicklung hätten die ungelernten
Arbeitskräfte die schlechtesten Karten. Sobald das Thema darauf
kam, schlichen sich die ersten Mitarbeiter aus der Halle und raunzten:
„Der Alte spinnt mal wieder!"

Es gab aber auch nachdenkliche junge Leute, die mich wegen der
Teilnahme an den sozialpädagogischen Kursen aufsuchten. Die
Firma bot in Verbindung mit dem Jugenddorf Christophorus-Werk
diese Kurse an. Danach wünschten sich viele noch eine Lehre oder
ließen sich über die Gewerkschaft schulen. Auch
Meisterausbildungen oder ein Studium zum Ingenieur wurden
angestrebt. Die ständigen Aufforderungen waren doch auf

fruchtbaren Boden gefallen. Auch für die Sozialberaterinnen gab es ein neues Angebot: Die Supervision!

„Mann, du bist ja eine wandelnde Sozialgeschichte!", staunte Jan-Erik.

„Das ist übertrieben, aber irgendwie stimmt das schon", gab ich geschmeichelt zu. „Doch nun zur Supervision."

Dieses Verfahren erreichte uns nicht etwa wie so vieles über die USA, sondern über die Niederlande – und es machte uns langsam neugierig. Eine Kollegin hatte bereits Supervisionserfahrung, aber sie tat so, als sei das etwas Geheimnisvolles. In einer Dienstbesprechung fragte ich nach Supervision. Unsere Leiterin hatte bereits Kontakt zu zwei Supervisorinnen aufgenommen und wollte sie zur Information einladen. Frau Meier erschien und begeisterte uns für diese neue Richtung. Sie bot zwei Teamsupervisionen und zwei Einzelsupervisionen an. Wir einigten uns sehr schnell auf Teamsupervision – Einzelsupervision stellte ohne Schutz der Kolleginnengruppe die größere Herausforderung dar. Einen Tag später meldete ich mich dafür bei unserer Leiterin und erhielt den Zuschlag. Mein Personalleiter war bereits von ihr informiert, das Honorar war von meinem Betrieb bewilligt – alle waren gespannt, was ich da nun wohl lernen würde.

Nach telefonischer Vereinbarung mit unserer Supervisorin fuhr ich zu ihr in eines der Berliner Jugendämter. Sie war dort Amtsleiterin, die Teamsupervisionen führte sie in der Firma Siemens durch. Ich nahm Gerhards Angebot an, mich mit dem Auto dort hinzufahren. Eine Supervisionssitzung dauerte 90 Minuten. Diese Zeit überbrückte er in einem Restaurant mit Tee und Vorbereitungsarbeit für seinen Unterricht. Es war ohnehin nichts Besonderes für mich, weil er mich vor Schulbeginn morgens ins Werk fuhr und um 16.15 Uhr nach Dienstschluss abholte. Er hatte nie Probleme, an den Pförtnern vorbei in mein Dienstzimmer zu kommen.

Viel später ging mir auf, dass dieses gut gemeinte Dauerangebot, von ihm gefahren zu werden, nicht optimal für mich war. Mein Personalleiter konnte es nicht fassen, dass ich keinen Führerschein hatte und erwartete von mir, die Ausbildung schnellstens auf Kosten des Werkes nachzuholen. Ich nahm diese tolle Möglichkeit nicht wahr!

„Ganz schön blöd von dir", entfuhr es Jan-Erik.

„Du und alle, die das auch nicht verstehen konnten, sahen das ja richtig. Nur ich nicht, ich versteckte mich hinter meiner Angst vorm Autofahren."

„Das sind dann bei einem selbst immer die blinden Flecken, komisch ist das schon."

Jan-Erik zog die Augenbrauen hoch. „Zum Glück kannst du ja jetzt Auto fahren."

Wir lachten beide.

„Hast du die Arbeit außerhalb des Werkes dann etwa mit Bussen und U-Bahn bewältigt?"

„Oh nein, das war kein Problem ..."

Die Firma hatte einen Fuhrpark mit Fahrern. Ich musste meine Besuche nur gut koordinieren und rechtzeitig Wagen und Fahrer anmelden. Das klappte immer vorzüglich, hatte aber zur Folge, dass ich einen ganzen Tag mit zwölf bis maximal achtzehn Besuchen verplante. Abends war ich dann immer ziemlich fertig. Ich sprach mich mit meinem netten Fahrer ab und musste nicht immer einen anderen nehmen. Eines Tages fragte er mich, warum ich nicht selbst Auto fahre. Ich versuchte irgendeine Ausrede, über die er lachte. Er ließ mich dann auf der Havelchaussee ans Steuer und stellte fest: „Sie können das lernen, aber ich glaube, Ihre Autofahrangst heißt eher, dass Sie sich bei ihrem Mann nicht durchsetzen können!"
Ich war platt, er sah das genau richtig!
In der ersten Sitzung der Einzelsupervision erfragte Frau Meier meinen beruflichen Werdegang, ließ sich den Organisationsaufbau meines Betriebes beschreiben und Arbeitsschwerpunkte nennen. Wir vereinbarten Fallarbeit, aber auch das Besprechen von Problemen und Konflikten, die ich mit „Mitarbeitern" hätte, um die Effektivität der Arbeit zu verbessern. Sie erwartete die Protokollierung der Supervisionssitzungen und Aufzeichnung der Gespräche mit meinen Klienten – so hießen in diesem Supervisionsprozess die von mir besonders betreuten Mitarbeiter. Frau Meier war die Supervisorin, ich die Supervisandin. Ich begriff bereits in der ersten halben Stunde, dass ich mich auf eine neue und sehr interessante Arbeitsform eingelassen hatte. Ich wählte drei Fälle aus und schickte ihr die Beschreibungen mit den Problemen zwei Tage vor der nächsten Sitzung zu. Ich lernte die Theorieansätze aus der Psychoanalyse, zum Beispiel die Wirksamkeit von Abwehr und Widerstand oder die Steuerung des Unbewussten. Ich las von Frau Meier empfohlene

137

Fachliteratur. Wir passten als Gespann sehr gut zusammen und freuten uns über die Veränderungen meiner Klienten zum Positiven. Als wir über die Organisation und das Ausmaß der Arbeit, die ich leistete, sprachen, überlegten wir, wie ich zu einer Entlastung kommen könnte. Durch die gute Vorbereitung in der Supervision erreichte ich bei meinem Personalleiter, dass mir eine Sekretärin zur Seite gestellt wurde.

Frau Reimers, die ich bereits durch Kontakte in meinem Büro kannte und die in einem Meisterbüro als Werkstattschreiberin arbeitete, erhielt diese Aufgabe. Sie kannte den Betrieb, war eine flotte Maschinenschreiberin und konnte gut mit Menschen umgehen. Ich musste allerdings lernen, mich persönlich von ihr abzugrenzen, denn ich war ihre Vorgesetzte. Im Rückblick meine ich, dass ich sie ohne Supervision nicht hätte in ihrem Übereifer bremsen können.

Ich konnte mich nun den Arbeitskonflikten und den persönlichen Problemen der Mitarbeiter schneller und vertiefter zuwenden und lernte in den zwei Jahren meines ersten Supervisionsprozesses die inneren und äußeren Konflikte von Menschen und auch jene innerhalb ihrer Arbeitsgruppen und Teams zu unterscheiden und schneller zu erfassen. Ich arbeitete lösungsorientierter als vorher.

Werk- und Personalleiter ließen sich in Abständen von dieser neuen Form der kontrollierten Arbeit berichten und meinten, dass das Geld gut investiert sei.

Frau Reimers delegierte ich Arbeit, die nicht unbedingt von mir als Fachkraft übernommen werden musste, aber traditionell in der Firma wichtig war, so etwa Geburtstags- und Weihnachtspäckchen für langfristig kranke Mitarbeiter. Frau Reimers kaufte gern in der Verkaufsstelle der Firma oder auch in Supermärkten ein, sie hatte auch große Freude an schöner Verpackung. Ich war von dieser zeitraubenden Arbeit befreit.

Später übertrug ich ihr auch einen Teil der Hausbesuche bei Mitarbeitern und ihren Familien, die ich bereits kannte und denen es wieder besser ging. Krankenhausbesuche und Gespräche mit den Ärzten behielt ich selbstverständlich mir vor. Wir arbeiteten gut zusammen und erhielten von Abteilungsleitern und Meistern Anerkennung. Ansprechpartnerin blieb ich dennoch für alle, denn meine Autorität als Sozialberaterin musste gewahrt bleiben. Auch Kolleginnen in anderen Betrieben hatten ihre Sekretärinnen. Diese nahmen nicht an den einmal im Monat stattfindenden Dienstbesprechungen mit unserer Leiterin in der Sozialpolitischen Abteilung teil, da ging es um firmeninterne Themen und unsere Arbeit.

Veränderungen in der Ehe – Suche nach Lösungen

Jan-Erik und ich ließen uns keine Möglichkeit entgehen, wenn es um die Fortsetzung unseres Dialogs ging. Wir waren beide beharrlich und nutzten wieder E-Mails:

Von: Jan-Erik
An: Elisabeth
Gesendet: Sonntag, 11.Juli 2004, 10.14 Uhr
Betreff: Re: Dialog, Fortsetzung
„Hallo, Elisabeth, es geht los, Thema Siemens ist wohl durch?"

Von: Elisabeth
An: Jan-Erik
Gesendet: Sonntag 11.Juli 2004, 13.45 Uhr
Betreff: Re: Fortsetzung: Termin
„Noch nicht ganz! Ich komme zu dem schwierigsten Ereignis in Gerhards und meinem Leben, das Folgen hatte, die nicht voraus zu sehen waren ..."

1973 erlitt Gerhard seinen ersten Herzinfarkt und lag danach mehrere Wochen im Krankenhaus. Für mich kamen zu Beruf und Haushalt nun die Besuche im Krankenhaus hinzu. In dieser Zeit wurden mir die Entfernungen in dieser geteilten Stadt klar: Durch die Mauer brauchte ich von Spandau nach Zehlendorf immer 95 Minuten, ganz gleich, wie ich fuhr. Reinhard und ich wechselten uns ab, so dass Gerhard jeden Tag Besuch hatte. Unsere Sorge um ihn war belastend.

In Absprache mit dem Personalleiter ließ ich mich drei Monate ohne Gehalt beurlauben. Ein sehr guter Berufspraktikant der Fachhochschule für Sozialwesen war bereits gut eingearbeitet und übernahm die Vertretung. Frau Reimers war eine zuverlässige Mitarbeiterin. So waren die soziale Beratung und Betreuung der Belegschaft gewährleistet.

Nach sechs Wochen wurde Gerhard aus dem Krankenhaus entlassen. Unsere sehr gute Internistin gliederte ihn in eine Gruppe für Herz- und Kreislaufkranke mit aktiver Behandlungsform ein.

Durch Sport und Bewegung sollten Herzinfarktpatienten rehabilitiert werden. Gerhard fuhr mit dem Auto zu seiner Sportgruppe und fühlte sich bald wieder fit – auf seinen Wunsch hin schrieb ihn unsere Ärztin wieder arbeitsfähig. Er wurde vom Amtsarzt des Bezirks Spandau zu einem Gespräch eingeladen und beharrte auf Wiederaufnahme seiner Arbeit und wies Stress in einer so großen Hauptschule weit von sich. Er stimmte dem Arzt zu, nach den Sommerferien bis zu den Herbstferien den Dienst wieder aufzunehmen. Er sollte dann noch eine Kur in Bad Orb, einem Herzbad, zur Festigung seiner Genesung anschließen.

Ich sah täglich, dass er trotz halber Stundenzahl nach der Schule erschöpft war – er hätte das nie zugegeben. In Bad Orb besuchte ich ihn nach vierzehn Tagen, er sah richtig krank aus. Ich sprach ihn bereits am ersten Abend nach seinen Anwendungen an und wusste, dass ihm das Bewegungsthermalbad nicht gut tat. Wir suchten gemeinsam den Badearzt auf. Der wies jeden Vorwurf von sich und erklärte, wenn der Patient ihm nicht berichtete, könne er nichts wissen. Ich war da anderer Meinung und sagte ihm das sehr energisch. Er empfahl Gerhard mit nicht zu übersehender Verärgerung: „Dann brauchen Sie keine Anwendungen mehr und nutzen die Zeit für Spaziergänge in die schöne Umgebung in Begleitung Ihrer Frau. Ich lasse mir keine Verantwortungslosigkeit zuschieben!"

Wir kümmerten uns nicht weiter um ihn, sondern nutzten die herbstliche Wärme, freuten uns an der Laubfärbung und machten täglich kleine Wanderungen. Dabei entging mir nicht, wie schnell Gerhard erschöpft war und wie schwer ihm das Atmen fiel.

Nach unserer Rückkehr kam die Enttäuschung: Er erlebte einen missglückten Arbeitsversuch und einen ebenso missglückten Rehabilitationsaufenthalt. Der Amtsarzt lud mich mit Gerhard zu einem Gespräch ein: „Wollen Sie mit Ihrem Mann noch ein paar gemeinsame Jahre zusammen leben?" Natürlich bejahte ich das. „Dann verstehe ich allerdings nicht, dass Sie einer Versetzung in den Ruhestand nicht zustimmen wollen – und das bei Ihrem Beruf in der Firma Siemens!"

Ich war sprachlos, bis ich dann sagen konnte: „Davon höre ich heute zum ersten Mal. Er muss doch nicht mehr arbeiten, wenn seine Gesundheit es nicht zulässt."

„Hmm", meinte der Doktor, „dann ist es wohl klar. Ich empfehle Ihnen, gemeinsam über Ihre Ehe nachzudenken ..."

Mit Gerhard war das auch jetzt nicht möglich. Er packte später die Pensionierungsurkunde in seinen persönlichen Ordner und schwieg.

Jan-Erik mailte dieses Mal nur kurz:
„Bin platt und gespannt, wie es weiter ging. "
Ich mailte ihm jetzt eine lange Geschichte ...

Gerhard und ich redeten über „meine" Firma. Er warf mir vor, dass ich mit dieser Arbeit mehr verheiratet sei als mit ihm, ich habe mich zu entscheiden – entweder er oder Siemens, sonst würde er die Scheidung einreichen! Ich konnte es nicht fassen, natürlich reagierte ich nicht richtig. Ich kündigte nach fast acht Jahren eine berufliche Arbeit, die mich ausfüllte und mir Freude bereitete, viel Anerkennung brachte und mit einem hohen Gehalt honoriert wurde. Niemand in meinem Betrieb und auch keine der Kolleginnen, die mich gut kannten, verstanden das. Ich auch nicht. Es war voraus zu sehen, dass sich unsere Stimmung verfinsterte. Wir konnten einfach nicht miteinander reden. Schließlich ließ ich mir einen Termin bei meiner Supervisorin geben. Sie meinte, ich hätte mich von meinem Mann bestimmen lassen, aber ein Zurück in diese befriedigende Arbeit sei nicht mehr möglich. Das war mir klar, denn der Praktikant übernahm nach Abschluss des Berufspraktikums meinen Platz mit sofortiger Festanstellung, er hatte sich in den Monaten meiner Abwesenheit bewährt. Ich brauchte sehr lange, bis ich mit diesem Verlust an Selbstbestätigung fertig wurde.

Gerhard betreute über den Schulrat für Sonderschulen, der dabei war, in Berlin die „Lebenshilfe für behinderte Kinder und Jugendliche" aufzubauen, drei Schüler im Hausunterricht. Ich war in diesem Jahr nach Aufgabe meiner Arbeit bei Siemens auf der Suche nach einer neuen Herausforderung. Die Arbeit im Jugendamt, Behindertenhilfe für Kinder- und Jugendliche, gefiel mir überhaupt nicht, da sie sehr eintönig war. Eines Tages suchte ich das DRK-Institut für geistig und psychisch behinderte Jugendliche und junge Erwachsene auf, um dort einen leicht behinderten Jugendlichen aus meinem Amtsbereich unterzubringen. Das Institut war noch im Aufbau begriffen und suchte Mitarbeiter. Nachdem mir die leitende Sozialarbeiterin einen Platz für den Jugendlichen zugesichert hatte, fragte sie: „Interessiert Sie unsere Einrichtung, ich biete Ihnen eine kleine Führung an." Auf dem Weg durch das Gelände des Instituts mit seinen drei Häusern für die Jugendlichen, den Werkstätten und dem Schulhaus, bot sie mir eine Stelle als Leiterin für eines der Wohnhäuser für dreißig Bewohner an. Es seien noch zwei Stellen für diesen Bereich vakant. Am schwierigsten sei aber ein in Pädagogik und Verwaltung erfahrener Lehrer für den Aufbau der allgemeinbildenden Schule und der Berufsschule zu finden. Ich erzählte Gerhard davon. Er rief am nächsten Tag den Direktor des Instituts an und fuhr sofort hin. Die beiden einigten sich sehr schnell – auch Gerhard hatte nun einen tollen Job. Er begann mit acht Stunden die Woche bis zur Vollbeschäftigung. Er hatte bald die Anerkennung des Direktors und aller Mitarbeiter, einschließlich der Meister.

Schülern und Auszubildenden war er ein guter Lehrer, von dem sich selbst die Schwierigsten, wenn es notwendig war, zurechtweisen ließen. Durch diese neue Herausforderung wurde er wieder ausgeglichener.

Ich kündigte meinen Job im Jugendamt und übernahm im Institut die Leitung eines Wohnhauses. Ich hatte fast keine Chance diese Art sozialpädagogischer Arbeit mit den schwierigen Jugendlichen und jungen Erwachsenen erfolgreich auszuüben. Sie verglichen mich mit meinem Mann, der mühelos als erfahrener Pädagoge mit ihnen klar kam. „Meine Jungs" taten nicht, was sie sollten und tanzten mir auf der Nase herum.

Eines Tages rief mich der Chefarzt der Psychosomatischen Abteilung für Alkohol- und Tablettenabhängige des Krankenhauses am Wedding an. Er bot mir die Stelle der Sozialberatung an. Da im Institut meine Probezeit noch nicht abgelaufen war, konnte ich von einem Tag zum anderen kündigen: Am 1. April 1974 nahm ich meine Arbeit im Krankenhaus auf. Für mich war diese Tätigkeit in einem guten Team eine berufliche Weiterentwicklung, die ich mit Fort- und Weiterbildungen in vielen Therapieverfahren nutzte. Die Gruppenarbeit mit den Patienten wurde themenzentriert durchgeführt. Ich übernahm die Sitzungen mit Themen zur Arbeit und Familie, später auch zum Suchtverhalten und Einübung des Autogenen Trainings als Entspannungsmöglichkeit. Mit den Angehörigen und Patienten führte ich Einzel- und Paargespräche. Die Gesamtproblematik der Patienten wurde durch eine von mir entwickelte Sozialanamnese zur Krankengeschichte ergänzt – und dadurch die soziale Situation transparenter.

Es dauerte lange, bis ich von den Mitarbeitern anerkannt wurde und sie mich überhaupt als Kollegin annahmen. Ich zweifelte an mir, ob ich der Arbeit mit den schwierigen Patienten gewachsen sei. Alle, auch Schwestern und Pfleger, besaßen eine Zusatzqualifikation in einem Verfahren der humanistischen Psychotherapie. Dazu kam ihre Erfahrung mit den Suchtkranken. Sie nahmen schließlich wahr, dass ich sehr bemüht war zu lernen. Ich hatte vor den Gruppen mit dreißig Patienten lange Angst, aber auch, weil in jeder Gruppensitzung Ärzte oder Schwestern als teilnehmende Beobachter dabei saßen. Einmal wöchentlich fand mit allen Mitarbeitern eine „Manöverkritik" statt. Das war hart und fiel mir schwer. Eines Tages sagte mir der Chefarzt, er sei mit mir zufrieden. Ich fühlte mich wie „auf Wolke Sieben" und war sehr erleichtert.

Mit seiner Zustimmung meldete ich mich zur Auswahltagung für die psychoanalytische Ausbildung für Paar- und Familienberatung/-therapie an. Es gab 72 Bewerber und Bewerberinnen, 12 wurden genommen, ich war dabei! Diese Ausbildung dauerte viereinhalb Jahre, sie war zeitaufwändig und wegen der Selbsterfahrungsanteile auch anstrengend.

Gerhard wurde bald von unserer Gruppe im Restaurant „Schinderhannes" bemerkt. Er fuhr mich zur Ausbildungsstätte und verbrachte hier die Zeit, während ich im Seminar saß. Auch wir Studierenden kamen gern in diese Kneipe, um sich nach den Ausbildungsstunden abzureagieren. Von uns acht Frauen und zwei Männern wurde er zum „außerordentlichen Gruppenmitglied" erklärt. Mir war das gar nicht recht, denn ich wollte nicht, dass er mir wieder dazwischen funkte.

In diese Ausbildung fiel dann meine erste Psychoanalyse bei einer sehr guten Analytikerin. Diese persönliche Arbeit war die wichtigste in der langen Ausbildung: Ich wurde selbstbewusst und hatte keine Angst mehr, mich angemessen durchzusetzen.

Der Chefarzt schickte mich mit einer Ärztin zu den Norddeutschen Psychotherapietagen und im Frühjahr zu den Psychotherapiewochen nach Lindau. Auf diesen Tagungen förderte mich der Leiter des von mir gewählten Seminars „Spezielle Neurosenlehre". An einem von mir eingebrachten Fall arbeitete die Gruppe die ganze Woche mit Gewinn – ich stellte das Ergebnis im Plenum von 500 Teilnehmern vor und war glücklich, es am Mikrophon zur Zufriedenheit von unserem Seminarleiter geschafft zu haben. Eine Analytikerin aus dieser Gruppe wollte mich unbedingt für Braunschweig gewinnen. Sie war sehr beharrlich und wiederholte ihr Angebot auf jeder Tagung.

1979 wurde die Schule im DRK-Institut staatlich anerkannt. Es konnten jetzt auch jüngere Lehrer eingestellt werden. Als Gerhard seinen Nachfolger eingearbeitet hatte, wurde er mit Anerkennung für die geleistete Aufbauarbeit vom Direktor und den Mitarbeitern verabschiedet. Gerhard hatte in der Nähe von Hannover und in Wolfenbüttel zwei Schulfreunde, bei denen wir schon einige Male zu Gast waren. Er konnte sich vorstellen, in einer kleineren Stadt zu leben.

Im Herbst 1979 besuchten wir die Psychoanalytikerin in Braunschweig. Sie hatte den Psychiater, der damals für die Psychotherapie in der Kassenärztlichen Vereinigung zuständig war, eingeladen. Beide sagten mir die Mitarbeit in einer Balintgruppe, in der wir unsere Fälle besprechen würden, und die Zulassung zur Kassenabrechnung zu. Die Psychoanalytikerin führte uns durch die Stadt, die städtebaulich und kulturell schon damals viel zu bieten hatte.

1979 – ein Jahr mit besonderen Ereignissen

Ein paar Tage später meinte ich, Jan-Erik noch etwas schuldig zu sein, nämlich die Ereignisse des Jahres 1979! Also schickte ich ihm noch eine weitere Mail.

In diesem Jahr gab es in Berlin helle und dunkle Ereignisse. In den Osterferien unternahmen wir unsere erste Studienreise mit einem kleinen Reiseveranstalter nach Griechenland – wir freuten uns riesig auf die Wiege Europas. Hanna, die immer für Reisen zu haben war, begleitete uns nach Griechenland. Die Reisegruppe bestand aus 20 Teilnehmern und einem Oberstudienrat, der uns viel über die klassischen Stätten Griechenlands vermittelte. Eine erlebnisreiche Reise, die uns unvergessen blieb.

Hanna hatte sich allerdings in Griechenland an Hepatitis infiziert und lag mehrere Wochen im Krankenhaus. Im Juli erkrankte unser Vater. Mutter sagte mir am Telefon: „Wenn du deinen Vater noch sehen willst, musst du sofort kommen!"
Wir fuhren nach Hamburg. Gerhard und ich saßen am Bett – es dauerte, bis Vater auf unsere leisen Anrufe reagierte: „Hannemusch", sagte er, „meine Hanna ..."
Er gab mir die Hand, sah mich mit seinen braunen Augen an und erkannte mich – auch Gerhard erkannte er. Dann war ich eine Weile mit meinem geliebten Vater allein, wir hatten ein kurzes, aber bedeutungsvolles Gespräch. Er fragte mich mit leiser Stimme: „Was hältst du von mir?" Ich hatte das Gefühl, dass er eine klare Antwort erwartete: „Du warst uns immer ein guter Vater. Das Wesentliche für mich und uns alle war dein vorgelebter starker Glaube und die Treue zur Kirche." Vater sah mich an, zog mich an sich und sagte: „Es ist

gut, dann kann ich vor meinen Herrn treten." Diese letzten Worte werde ich nie vergessen.

Gerhard und ich besuchten Hanna im Krankenhaus, leider konnte sie noch nicht entlassen werden und nicht persönlich von Vater Abschied nehmen. Am 26. Juli 1979 schlief unser Vater friedlich ein.

Ich schickte die Mail ab und erhielt einen Tag später Antwort: „Können wir uns nicht lieber treffen? Das persönliche Gespräch ist besser als Mails."

Wie recht er hatte! Nun fuhr ich noch einmal am 17. September 2004 für ein verlängertes Wochenende nach Bonn und übernachtete in seiner WG. Spätsommerliche Wärme lockte uns in den Garten. Die Wiese war mit Astern geschmückt. Entlang des schmalen, getretenen Weges blühten prachtvolle Dahlien vor den Büschen. Zu uns gesellten sich zwei Studenten und eine Studentin und der Morgen begann mit einem lukullischen Frühstück. Von unserem Platz aus hatten wir einen weiten Blick auf die Stadt und das Siebengebirge. Mit interessanten Themen zur politischen Gegenwart und über Geographie, Biologie und Informatik verging die Zeit wie im Fluge. Dann folgten Abräumen und Geschirr spülen – und los ging es durch einen schönen Park zum Rheinwanderweg. Familien mit vielen Kindern waren unterwegs. Bonn – eine junge Stadt! Im Japanischen Garten fanden wir eine Bank, dort liefen kaum Leute, so hatten wir Ruhe für unseren Dialog. Jan-Erik erzählte jetzt selbst, was ihm wichtig war, und ich hörte ihm dieses Mal zu.

„Ich muss einfach mit dir reden, weil ich ja am 2. August 1979 geboren bin. Da war Opa noch nicht beerdigt. Vati und Mutti haben mir erzählt, wie es damals war. Vati war bei meiner Geburt dabei – damals war es noch nicht selbstverständlich, dass die Väter dieses Ereignis miterlebten, aber meine Eltern waren fortschrittlich! Sie waren beide glücklich über die Geburt ihres gesunden Sohnes. Mutti erzählte, dass nach der Beerdigung von Opa am 6. August die Familie, Pastor Steffen und seine Frau, alle in Trauerkleidung, ins Krankenhaus kamen. Anfang und Ende des Lebens so nahe beieinander!"

Mir fiel eine Geschichte ein, die ich mit Jan-Erik erlebte, als er vier Jahre alt war.

„Ich habe euch besucht und dich ins Bett gebracht. Ernst hast du mich angeschaut: ,Weißt du, dass ich Vatis Tröster bin?' Natürlich wusste ich das nicht. Da hast du es mir erklärt:

,Ist doch ganz klar, Vatis Vater – mein Opa – ist gestorben, und Vati war ganz traurig. Aber dann kam ich auf die Welt, und da hat

er sich doll gefreut. Es war so: Ich habe Opa genau in der Mitte getroffen, er flog rauf zum Himmel und ich flog auf die Erde. Deshalb sagt Vati, ich bin sein Tröster.'

Ich war damals über diese Geschichte erstaunt und meine, dass sie sehr anschaulich erklärt, warum du keine Mühe hast, bei allen Menschen gut anzukommen – und warum dich alle Leute, junge und ältere, gern haben."

Jan-Erik erinnerte sich an diesen Satz seines Vaters, wollte nun aber wieder zu unserem Dialog zurückkehren.

8. Neubeginn in Braunschweig

„Ich weiß ja, wie wichtig Berlin für dich war – der Wechsel nach Braunschweig muss doch wie die Ankunft in der Provinz gewesen sein, oder?"
Ich dachte kurz nach, bevor ich antwortete.

Im Januar 1980 bewältigten wir den Umzug und richteten unsere schöne Altbauwohnung im östlichen Ringgebiet in der Nähe der Innenstadt ein. Reinhard und Fritzis Mann hatten ihre handwerkliche Hilfe angeboten – das war auch nötig. Die Analytikerin machte uns mit einem Pfarrerehepaar bekannt – sie waren ebenso unsere Gäste wie Reinhard mit seiner Frau sowie Fritzi mit ihrem Mann und Sohn, dem kleinen blonden Florian. Wir verlebten einen anregenden Nachmittag.

Aufbau der Praxis

In Berlin hatte ich bereits praktische Erfahrungen gesammelt, die mir jetzt zugute kamen. Ich eröffnete meine Praxis zum 1. April 1980 und setzte auch eine Anzeige in die Braunschweiger Zeitung. Es meldeten sich sehr bald die ersten Patienten. Der Psychiater und Psychotherapeut, der damals für die Kassenärztliche Vereinigung für die Psychotherapie zuständig war, und die Psychoanalytikerin, die mich als Psychotherapeutin nach Braunschweig immer wieder eingeladen hatte, forderten mich zur Teilnahme an der Balintgruppe auf. Die Mitglieder dieser Gruppe waren niedergelassene Ärzte und Klinikärzte, die neben ihrer medizinischen Tätigkeit Therapiearbeit anboten. Ich wurde aufgefordert, einen Fall vorzustellen. Damit hatte ich Übung, dennoch fiel es mir nicht leicht.
Ärzte schickten mir Patienten. Sehr schnell war mir klar, dass der Bedarf groß war und sie froh waren, sich zu entlasten. Die Krankheitsbilder ergaben eine bunte Mischung: Schwere neurotische Störungen, psychiatrische Erkrankungen wie Schizophrenie und endogene Depressionen und andere Psychosen, Alkoholiker, aber auch Menschen mit Paar- und Familienproblemen. Ich fühlte mich überfordert und empfand, dass die einmal im Monat stattfindenden Sitzungen in der Balintgruppe für mich nicht ausreichten.

Ein Lichtblick war das Angebot des Pfarrers, der die Leitung der Telefonseelsorge übertragen bekommen hatte und mich als Supervisorin gewinnen wollte. Obwohl ich bereits viel zu tun hatte, nahm ich dieses Angebot an, um in Kontakt mit erfahrenen Beratern und Beraterinnen zu kommen. Ich übernahm Nachtdienste vom Sonnabend auf den Sonntag, um mir ein Bild von dieser Arbeit zu machen, denn wie hätte ich wohl sonst die Berater mit ihren schwierigen Fällen verstehen können? Mit dem Leiter und seiner Frau verband Gerhard und mich bald eine herzliche Freundschaft. Andere aus der Balintgruppe kamen hinzu. Wir besuchten Theateraufführungen und Konzerte und luden uns gegenseitig zu gemütlichen Abenden ein.

Ich erklärte Gerhard allerdings auch oft, dass die von den Ärzten überwiesenen Patienten psychisch schwer kranke Menschen seien, für deren Therapie ich nicht ausgebildet sei. Es sei unverantwortlich, sie dennoch zu behandeln. Ich machte es Gerhard mit meinen Selbstzweifeln in unserem ersten Braunschweiger Jahr wahrlich nicht leicht. Ich suchte nach einem Ausweg und fand bei meiner Analytikerin in Berlin Verständnis. Sie fragte kurz und bündig: „Haben Sie Angst, sich von Ihren Patienten mit in ihre Wahnsysteme hineinziehen zu lassen?" Ich verneinte das.

„Dann werden Sie Ihre Therapiemethoden modifizieren und mit diesen Menschen genauso erfolgreich arbeiten wie mit den Neurotikern." Sie bot mir einmal monatlich zwei bis vier Stunden Fallkontrolle in Berlin an. Gerhard war erleichtert, dass ich nun genau das noch lernen konnte, was mir fehlte.

Ich traf mich aber auch mit meinen Berliner Freundinnen. Ohne die regelmäßigen Berlinaufenthalte hätten diese Beziehungen wohl nicht bis heute gehalten.

Jan-Erik blickte mich überrascht an. „Dieser schwierige Anfang in Braunschweig ist wohl niemandem in der Familie bekannt!"
Ich bestätigte seine Vermutung. „Da musste ich nun wirklich alleine durch!"

Studium an der Universität Kassel

Da ich auch Fort- und Weiterbildungsaufträge durch das Landesjugendamt erhielt und nach Supervision gefragt wurde, entschloss ich mich nach reiflicher Überlegung mit Gerhard, mich an der Gesamthochschule Kassel, Universität des Landes Hessen, über das entsprechende Studium beraten zu lassen. Damals waren die Bahnverbindungen Braunschweig – Kassel nicht so zügig. Eine Professorin für Soziologie beriet mich und war erstaunt, dass ich die „Kulturtechnik" des Autofahrens nicht beherrschte. Mir war klar, dass ich das jetzt nachholen musste. Am 9. Oktober 1981 hielt ich endlich meinen Führerschein in der Hand, nur ein paar Wochen später stand mein erster eigener Gebrauchtwagen vor der Tür: Ein froschgrüner Golf. Am 15. Oktober begann das Semester.

> *„Gut getimed!", lachte Jan-Erik.*
> *„Ja, das war Maßarbeit ..."*
> *Ich erzählte ihm von meinem Studium.*

Für alle Studenten und Studentinnen war der Studiengang Supervision ein Zweitstudium, deshalb waren alle älter. Geschenkt wurde uns nichts in den acht Semestern. Es ging sofort zur Sache: Vorlesungen, Seminare, Übungen, Forschungsprojekte, wissenschaftliche Arbeiten und Verknüpfung mit der Praxis. Den Abschluss stellte das Universitäts-Diplom dar, das zur Promotion berechtigte.

Aber auch Selbsterfahrung in unterschiedlichen Therapieformen gehörte dazu. Ich wählte mir einen Professor aus, der eine psychoanalytische Gruppe anbot. Mit den sehr leistungsorientierten Kommilitonen war das ein ganz schöner Angang – sie mauerten und blockierten, sie waren in Abwehr und Widerstand und projizierten die Schuld, dass es nicht voran ging, auf den Professor, machten ihn so zum „Sündenbock". Außerdem begegneten sie mir mit Misstrauen. Mich ergriff vor den Sitzungen immer eine panische Angst, weil ich nicht wusste, was sie über mich dachten. Eines Morgens passierte mir etwas Schreckliches: Als ich an der Ausfahrt Universität Kassel, Ortsteil Oberzwehren, die Autobahn verlassen hatte, fuhr ich die erste Tankstelle an. Ich tankte nicht locker oder hakte die Tankpistole fest – ich hielt sie krampfhaft in der Hand und starrte auf die Anzeige der Tanksäule. Plötzlich fiel mir das verdammte Ding aus der Hand, ein Schwall Benzin ergoss sich auf meine nagelneue Jeans. Ich stand wie erstarrt da.

„Hallo, was ist denn mit dir los?" Hinter mir stand Bernd, ein Kommilitone aus meinem Semester. Er schloss den Tankdeckel meines Wagens und hängte die Pistole an ihren Platz. Dann lachte er los: „Das ist ja komisch, da wirst du heute alle mit deinem zauberhaften Duft einschläfern!" Er riss Papier ab und wischte meine

Hosenbeine ab. Ich war den Tränen nahe – wie konnte ich bloß so blöd sein! Bernd schwang sich in sein Auto und rief mir zu: „Komm nach!" Ausgerechnet an jenem Tag vor der Selbsterfahrung musste mir das geschehen. Als ich den Seminarraum betrat, wussten alle Bescheid – schnell wie mit einer Buschtrommel hatte Bernd mein Missgeschickt verbreitet. Sie lachten sich scheckig und rissen alle Fenster auf. Selbst als der Professor kam, konnten sie nicht an sich halten – und dann ging es mit dem Analysieren, Interpretieren und Deuten los. Ich war beschämt, aber ich wollte auf keinen Fall heulen. Schließlich sagte ich: „Wer den Schaden hat, braucht für den Spott nicht zu sorgen!" – und lachte dann auch selbst über die Situationskomik. Alle, auch der Professor, stimmten ein. Da ich den Tag über meine „Duftnote" nicht los wurde und in der Mensa mir etwas zu essen und zu trinken holte, wussten es nun alle – ich sorgte überall für Gelächter. Nach diesem Ereignis gehörte ich dazu und fühlte mich endlich als Studentin.

Ins Studium schwappte die Ideologie der 68er hinein – sie war weder zu übersehen, noch zu überhören, wenn wir am Montag im Fachbereich eintrafen. Es dauerte, bis ich kapierte, worum es ging: Joschka stand da, moppelig von Gestalt, langhaarig, in abgewetzten Jeans und T-Shirt und dicken Turnschuhen. Er organisierte eine Unterschriftensammlung gegen die Startbahn-West, Flughafen Frankfurt/Main. Ihm folgten viele Studenten auf eine Demo nach Frankfurt.

„Stopp!", rief Jan-Erik ganz aufgeregt, „du hast Joschka persönlich als 68er – in seiner Glanzzeit – erlebt?"

„Klar, schließlich war die Universität Kassel des Landes Hessen eine linke Uni! Joschka studierte natürlich nicht, aber Studenten hatten ihn eingeladen."
„Den Marsch durch die Institutionen hat er dann später mit vielen Grünen geschafft!"
Wir lachten beide.

Ich wähnte mich in einem falschen Film, denn die Zeit der 68er hatte ich in Berlin erlebt. Nun holte sie mich noch einmal richtig ein – und das in den 80er Jahren! Bis auf die Nestoren des Studiengangs herrschte das Du zwischen Professoren und Studenten vor. In den Seminaren wurde wie wahnsinnig gestrickt. Rätselhaft für mich, wie man mit Strickzeug, Kugelschreiber und Papier gleichzeitig wissenschaftlich arbeiten konnte. Auch Kinderwagen mit Babys standen in den Hörsälen. Niemanden schien das zu stören – ehrgeizig und fleißig wurde gearbeitet. Ich gehörte zu den Eifrigsten – ich hatte mir mein Programm von Semester zu Semester zeitsparend zusammengestellt, um nicht unnötig in mühsamer Hausarbeit nacharbeiten zu müssen. Vieles kam mir bekannt aus meiner therapeutischen Ausbildung vor. Es erschien mir manchmal, als hätte ich die Glocken läuten gehört, aber entdeckte erst jetzt, wo sie hingen. Lange nach dem Studium erfuhr ich von meinen damaligen Kommilitonen, dass sie mir einen Spitznamen angehängt hatten: Wiesel, weil ich vom Seminar zur Übung und zu Vorträgen wieselte, denn eilen konnte man das nicht nennen. Ich war immer hilfsbereit, wenn jemand von mir Mitschriften haben wollte. Unverständlich war mir deshalb, dass ich, als ich eine Kommilitonin um ihr Skript bat, um es mir zu kopieren, die Antwort erhielt: „Ich überlasse dir doch nicht mein geistiges Eigentum!" Sie hatte es referiert, und damit war es öffentlich! Dieses Verhalten war eine Ausnahme. In der Regel ging es freundlich und menschlich zu.

Druck erreichte uns natürlich auch, je näher es dem Diplom entgegen ging. Ich arbeitete in einem kleinen Diplomanden-Seminar bei der Professorin, der ich das Erlernen besagter „Kulturtechnik" zu verdanken hatte. Wir waren acht Studenten und Studentinnen, das Vorstellen der Themen und das gezielte wissenschaftliche Arbeiten machte uns allen Spaß.

Gerhard zeigte sich interessiert und korrigierte meine Arbeiten. In kritischen Gesprächen mit ihm kam ich oft zu anderen Schlussfolgerungen und fühlte mich angeregt. Daneben lief die Arbeit in der Praxis weiter, die Fallkontrolle in Berlin auch. Im Haushalt gab es ebenfalls genügend zu tun, obwohl ich eine zuverlässige Hilfe hatte, die bis heute bei mir arbeitet.

Die Beziehungen zu Gerhards Freunden erhielten wir aufrecht. Ich war mit meinen achtundvierzig Lebensjahren die jüngste Frau in diesem Kreise, und nun studierte ich auch noch! Wir feierten Ullis Geburtstag. Ein Arzt unter den Gästen äußerte sich zu meiner Berufstätigkeit und meinem Studium. Es sei ihm unbegreiflich, dass Gerhard seiner Frau das alles erlaube. Ich war entgeistert und ließ mich zu einer Äußerung hinreißen, die Gerhard nun wohl überhaupt nicht passte: „Wir haben doch alles abgesprochen, ich mache doch nichts heimlich oder gegen ihn. Er hat auch etwas davon!"

Ein anderer Gast klinkte sich ein und meinte ironisch: „Ihnen ist auch noch der Doktortitel zuzutrauen!"

Anni und Ulli lenkten den Disput auf andere Themen. Anni erzählte mir später, dass Gerhard das alles sehr unangenehm gewesen sei. Wie immer haben wir über diesen Vorfall aber nicht weiter gesprochen.

„Eure Kommunikation war wirklich gestört", stellte Jan-Erik trocken fest.

„Stimmt...", erwiderte ich ebenso.

Ich hatte die mündliche Prüfung auf einen Montag gelegt und wollte Gerhard gern in Kassel dabei haben. Er meinte lakonisch, das sei nun meine Angelegenheit, ich werde es schon gut machen. Ich fuhr am Sonntag, den 17. Februar 1985, bei strahlendem Winterwetter nach Kassel. Ich hatte ein Zimmer in einem Hotel gebucht, in dem vor allem Geschäftsleute wohnten. Ich wanderte zum Herkules und war sehr traurig. Es half nichts, ich wollte einen guten Abschluss! Genau das schaffte ich am nächsten Tag: Ich bestand mit „sehr gut" und erhielt von dem Professor, der mein Hauptprüfer war, das Angebot, das Thema meiner Diplomarbeit zu erweitern und damit zu promovieren. Über Psychotherapie in der Bundesrepublik gebe es noch keine Dissertation. Ich konnte es nicht fassen. Ich teilte mein Erstaunen nur mit der netten Sekretärin, sonst war die Uni verwaist. Auf der Rückfahrt fühlte ich mich unendlich leer. Ich empfand keine Freude – sondern spürte, dass nach so viel Hellem auch bald wieder etwas Dunkles kommen würde...

Der Lebensgefährte geht

Und so war es auch. Gerhard tat so, als sei mein Prüfungsergebnis selbstverständlich und sagte zur Promotion: „Wenn du den Doktortitel auf deinem Grabstein brauchst, dann mach es!"
Es gab gute Freundinnen und Freunde, die sich mit mir freuten und mir Mut machten, diese Hürde nun auch noch zu nehmen. Ich hatte das Exposé fertig, ich sprach oft mit meinem Doktorvater. Gerhards veränderter Umgang mit mir und schließlich der zweite Herzinfarkt waren ausschlaggebend, mich nicht weiter mit meinem interessanten Thema auseinander zu setzen. Zum ersten Mal gab ich auf.

„Sehr schade", sagte Jan-Erik leise.
„Von dem nun sehr Dunklen, das folgt, erzähle ich nicht gerne ..."

Gerhard hatte zum zweiten Mal in unseren Braunschweiger Jahren eine Beziehung zu einer wesentlich jüngeren Frau angefangen. Dieses Mal war er nicht von ihr abzubringen. Er suchte sich im Uni-Viertel eine hübsche Wohnung und schrieb sich für Philosophie an der Uni ein. Er trug nun Jeans und Pullover und nahm seine warme Mahlzeit täglich in der Mensa ein. Eine Studentin, die uns beide kannte, erzählte mir das. Er war fünfundsiebzig Jahre alt, warum sollte er sich nicht als Student fühlen? Ich hatte es ihm ja selbst im reiferen Alter vorgelebt. Aber was ihn zu dieser fast dreißig Jahre jüngeren Frau hinzog, war mir lange ein Rätsel. Vielleicht hatte es damit zu tun, dass er schon viel früher das Älterwerden nicht akzeptieren konnte. Ich habe ihn immer wieder aufgefordert zurückzukehren und versuchte, mit ihm in Kontakt zu bleiben. Unsere persönlichen Begegnungen taten nur weh. Es gab noch ein Gespräch mit ihm: Er klagte, dass es ihm nicht gut ginge, er verspüre Lebensüberdruss. Auf meine Frage, warum er sich und mir diese Trennung nach fast dreißig Ehejahren mit mehr Höhen als Tiefen angetan habe, antwortete er: „Ich weiß es nicht. Es tut mir leid." Dies waren seine letzten Worte an jenem Tag. Er wusste es wirklich nicht.

Ich bin ihm immer sehr verbunden gewesen und habe natürlich lange nach einer Antwort gesucht. Ich meine inzwischen, dass es die Erfahrungen mit dem Nationalsozialismus und dem Krieg gewesen sein müssen. Er war durch seine sehr fromme Mutter in der katholischen Jugend und der Pfarrgemeinde seiner Heimatstadt verankert. Da er der Begabteste und Jüngste der vier Söhne war, sorgte sie dafür, dass er Latein und Griechisch im Kloster Grüssau bei einem jungen Benediktiner-Pater lernen konnte. Mit zwei Jahren Verspätung wurde er in das humanistische Gymnasium eingegliedert und war immer ein guter Schüler.

Bereits in den ersten Jahren nach der Machtübernahme durch Hitler wurde das Leben in Deutschland anders. Es wurden nicht nur alle Jugendverbände gleichgeschaltet, auch das humanistische Gymnasium veränderte sich. Die alten Lehrer wurden in Pension geschickt, viele der neuen Lehrer trugen SA-Uniformen. Es ging nun um die Umgestaltung der Gesinnung von Lehrerschaft und Schülern: Disziplin und Gehorsam und die Stählung des Körpers wurden zu den wichtigsten Erziehungswerten.

Gerhard war es später immer ein Anliegen, mit seinen ehemaligen Mitschülern über diese Zeit zu sprechen. Nach Jahren beharrlicher Suche begegnete 1972 er auf einem Treffen der ehemaligen Pädagogischen Hochschule Hirschberg in Gießen einem Mitschüler des Gymnasiums, der wie Gerhard Lehrer war. Er bekam von ihm die Anschrift seines besten Freundes Ulli, der mittlerweile als Landarzt in der Nähe von Hannover praktizierte. Ich merkte, wie erregt Gerhard war und schlug ihm vor, auf der Rückfahrt nach Berlin in Lehrte von der Autobahn abzubiegen und seinen Freund in Immensen aufzusuchen. Telefonisch hatten wir ihn leider nicht erreicht.

Gerhard stimmte zu. Wenig später klingelte er an der Tür des grauen Doktorhauses – und zwei Männer standen sich sprachlos gegenüber. Sie fielen sich um den Hals, Tränen liefen beiden über die Wangen. Anni, Ehefrau und perfekte Hausfrau von Ulli, bat uns ins Haus. Blitzschnell hatte sie mit Hilfe ihrer beiden Töchter Lieselotte und Ulrike eine festliche Kaffeetafel gedeckt. Gerhard und Ulli waren entschlossen, auch noch die anderen Mitschüler ausfindig zu machen. Von den zwanzig Abiturienten des Jahrganges 1934 hatten nur sieben den Krieg überlebt. Der freundlichen Einladung folgten später sechs Mitschüler. Sie lebten überall in der Bundesrepublik – wohin sie die Nachkriegsjahre verweht hatten. Es war ein ergreifendes Wiedersehen. Nur einer fehlte, niemand wusste von ihm. Er hatte am Frankreichfeldzug teilgenommen und war ab 1941 im Kampf gegen die Sowjetunion eingesetzt. Dann verlor sich jede Spur.

Gerhard wurde Mitglied im „Volksbund für deutsche Kriegsgräberfürsorge" und suchte nun jeden Soldatenfriedhof auf, der uns auf Wanderungen und Reisen begegnete. In der Eingangshalle lagen dicke Bücher mit unzähligen Namen, in denen er blätterte. Dann gingen wir durch die Reihen der Kreuze. Ich war immer erschüttert, wie jung die Gefallenen waren. Auf einer Reise ins Elsass und in die Vogesen entdeckten wir hinter dem „Hartmanns-Weiler-Kopf", der der Erinnerung an die Grabenkämpfe des Ersten Weltkrieges diente, ein riesiges Gräberfeld aus dem Zweiten Weltkrieg. In einem Buch fanden wir den Namen des vermissten Mitschülers aus der schlesischen Heimat. Gerhard und ich standen stumm und zutiefst berührt vor dem schlichten Kreuz. Die Suche hatte ein Ende, aber nicht die Besuche der Kriegsgräberfriedhöfe in Deutschland, in der Normandie, in Italien und überall, wohin uns unsere vielen Reisen führten. Gerhard sagte: „Ich bin dankbar, dass ich zu den Überlebenden gehöre."

Im Krieg wurde er nicht nur körperlich schwer verwundet, auch seine Seele hatte natürlich Schaden genommen. Er erzählte mir aus dem Krieg ja bereits am Anfang unserer Begegnung. Er berichtete mir, dass er immer Handschuhe beim Schießen getragen habe und hoffte, nicht zu viele Feinde getötet zu haben, die ja, wie er, junge Menschen waren. Die Handschuhe schützten seine Hände, aber was das tatsächlich für ihn bedeutete, habe ich nie von ihm erfahren – es blieb sein Geheimnis. Die Splitter der Geschosse, die ihn während des Krieges getroffen hatten, wanderten durch seinen Körper. Er spürte sie immer an anderen Stellen und ließ sie mich fühlen. Seelisch peinigten ihn außerdem bis in die siebziger Jahre quälende Albträume. Er schlug um sich, richtete sich auf und zitterte vor Schrecken. Ich wachte auf: „Du hast geträumt!" Er sah mich mit stierem Blick an: „Es war wieder vom Krieg." Erzählt hat er seine Träume leider nie.

Er hatte keine Angst vor dem Tod, aber vor dem Altwerden. Er reiste mit mir nach Rumänien, um sich von der Professorin Dr. Aslan deren Wundermittel Aslavital und Gerovital zu besorgen. Später gab es diese vermeintlich das Alter hinauszögernden Medikamente auch in deutschen Apotheken. Damals reisten wir mit einem Koffer voller Ampullen nach Berlin zurück.

Die beiden Herzinfarkte waren eine Konfrontation mit seiner Endlichkeit. Die junge Frau, die sich in unsere Beziehung einmischte, vermittelte ihm nach mir wohl noch einmal das Gefühl der ewigen Jugend. Dieses ist für mich die Antwort, warum er sich von mir trennte. Er hat es uns beiden schwer gemacht – warum? Er wusste es wirklich nicht.

Am 19. Januar 1991 erlitt er seinen dritten Herzinfarkt. Ärztliche Hilfe kam zu spät. Ich meine, er wollte nicht mehr leben. Er hat seinen Frieden gefunden.

Ich brauchte fünf Jahre, bis ich frei war, ihm vergeben und ein eigenständiges Leben beginnen konnte.

„Viele Menschen hielten in dieser Zeit zu mir. Gisela ist meine treueste und zuverlässigste Freundin geworden. Und ihr alle aus der Familie seid auch da. Wir können uns aufeinander verlassen!"

Jan-Erik sah mich an: „Mit der inneren Geschichte von Gerhard hast du mir noch einmal klar gemacht, was der Nationalsozialismus und der Krieg in Menschen auslöst. Niemand ist wirklich damit fertig geworden."

Wir schlossen diese dunkle Zeit mit der Gewissheit ab, dass das Leben auch wieder Helles bereithält.

9. Leben ist immer Herausforderung

Arbeit – unaufschiebbar!
Hier: Menschen mit seelischen Leiden – mit Konflikten – mit
Problemen – Supervision und Organisation – Vorbereitung –
Nachbereitung.
Dort: Klausuren – Referate – Exkursionen – Auswertungen.
Es schien so, als könnten wir unseren Dialog nicht fortsetzen.
Also besann ich mich eine Weile allein.
Hier und dort keine Zeit für Gelebtes und Vergangenes!
Erinnerungen kommen und gehen – wen interessiert das?
Beziehung ist weggebrochen – Wandlung zum Single. Wie war das
damals?
Ich ließ Jan-Erik über Mails weiter teilnehmen:

Dichte Auftragsfolge von morgens bis abends. Keine Anfrage ab-
gewiesen. Niemals Feierabend, möglichst keine Freizeit.
Auseinandersetzung mit den Problemen anderer verhindert
Wahrnehmung der Gefühle der Einsamkeit und des Alleinseins.
Bis ich dann krank wurde – da ging nichts mehr und dennoch alles,
nämlich nun war nur noch ich dran. Der lange Aufenthalt in einer
psychosomatischen Klinik und die täglichen Stunden nach der
analytischen Psychologie C. G. Jungs bei meinem sehr liebenswerten,
aber auch strengen und unnachgiebigen zweiten Analytiker zum
einzigen Thema „Auf– und Bearbeitung meiner Ehe" brachten mich
zu mir selbst. Eine Mal- und Gruppentherapie mit Frauen und
Männern meiner Station waren eine gute Ergänzung. Allmählich
nahm ich die sommerlichen Tage im hessischen Bergland wahr – es
ging aufwärts.
Endlich konnte ich wieder nach Braunschweig zurückkehren. Meine
Patienten und Supervisanden kamen wieder – es war für mich wie ein
Wunder. Der Einstieg in die Arbeit mit neuen, eigenen Erfahrungen
kam allen zugute.
Es gab viel nachzuholen, was ich mir längst hätte erarbeiten müssen.
Gerhard hatte alles perfekt gemacht: Buchführung, Steuern,
Rechnungen und diverse Schreibarbeiten. Wie immer eine
gemeinsame Absprache. Nun lernte ich schnell, und ein Jahr später
stand der PC in der Praxis, ein zuverlässiger Computer-Lehrer führte
mich in die Geheimnisse der EDV ein. Heute ist er mein Freund und

bringt das Gerät immer wieder in Ordnung, wenn ich etwas verwuselt habe.

Die Arbeit in der Praxis nahm meine Zeit in Anspruch. Ich arbeitete gern mit Menschen und war zufrieden mit den vielseitigen Aufgaben, die Therapie, persönliche Beratung und auch Supervision und Organisationsberatung an mich stellten. Für mich selbst hatte ich allein die Verantwortung und lernte, gut mit mir umzugehen. Ich suchte nach Ausgleich, damit ich ausreichend Erholung und Freude hatte.

1989 – ein Jahr mit besonderen Ereignissen

Wieder E-Mails!

```
Von: Jan-Erik
An: Elisabeth
Gesendet: Montag, 15. November 2004,
20.15 Uhr
Betreff: Re: Fortsetzung des Dialogs
Hallo, Elisabeth, Klausuren geschafft.
Kann mit unserem Dialog weitergehen.
Grüße! Jan-Erik.
```

```
Von: Elisabeth
An: Jan-Erik
Gesendet: Dienstag, 16. November 2004,
7.45 Uhr
Betreff: Re: Dialog geht z.Zt. nur per
Mail. Wir beginnen mit dem Jahr
1989...
```

Seit März war ich nach Gerhards für mich überraschenden Auszug allein und musste mich neu orientieren. Ich organisierte Berufliches und Privates immer besser. Besonders hilfreich waren Gespräche mit Rainer und Jürgen, wenn es um Finanzielles oder Juristisches ging. Dann kam die große Überraschung zu meinem Geburtstag: Die Einladung zu meinem ersten Segeltörn! Deine Eltern, deine Schwester Bettina und du waren ja leidenschaftliche Segler, charterten in allen Ferien eine Yacht und kreuzten über die Buchten und Fjorde der Ostsee. Dieses Jahr war ein Törn auf der Adria vorgesehen.

Ich ging mit sehr gemischten Gefühlen an den Start – ich hatte ja keine Ahnung, wie es auf dem Schiff mit euch zugeht. Die große, ausgearbeitete Planung von euch erhellte mein „Unwissen" nur wenig.

Die Anreise mit dem Auto fand ab vier Uhr früh in den Sonnenaufgang von Braunschweig nach Grevenbroich statt. Glockenschlag acht Uhr stand ich vor eurem schmucken Haus. Ich wurde geradezu bestürmt. Astrid, Tochter von Christa und Jürgen, war auch mit von der Partie. Mein Golf wurde bepackt mit den Taschen und Rucksäcken, die noch nicht verstaut waren. Ich überließ Astrid gern das Steuer, denn vier Stunden Fahrt auf der Autobahn reichten mir. Astrid hatte gerade ihren Führerschein und freute sich auf die lange Autofahrt. Haus abschließen und einsteigen! Ab ging die Fahrt nach Jugoslawien. Mein erster Segeltörn 1989! Alles war neu und aufregend.

Nach langer Fahrt mit einer Übernachtung in einem Ferienhotel und einer Wanderung durch ein wunderbares Naturschutzgebiet mit Seen, Flüssen und Wasserfällen, singenden Vögeln, bunten Schmetterlingen, zarten Libellen und allerlei anderem Getier erreichten wir den Yachthafen. Wir meldeten uns gleich beim Hafenmeister an und erledigten die Übernahme des schönen Bootes. Gepäck an Bord und Kojen einrichten – alle waren geübt und halfen mir. Dann saßen wir im Cockpit, und das Ritual mit dem Manöverschluck aus der Rumflasche – für jedes Crewmitglied einen und einen über Bord für Rasmus – fand ich komisch, fragte aber nicht, wer denn Rasmus sei. Ich stellte mir vor, er sei der Klabautermann.

Skipper und Bootsfrau hatten die Seekarten aufgeblättert und legten die Route fest. Die Kinder erkundeten das Hafengebiet. Ich nahm ein erstes Sonnenbad auf dem Vorschiff. Dieser Platz wurde mein Lieblingsplatz. Das Wasser mit dem Wellengekräusel und der dunkelblauen Farbe hatte eine ungemein beruhigende Wirkung auf mich.

Die vielen interessanten Landgänge und die historischen alten Städte Dubrovnik und Split mit ihren bunten Märkten erschlossen mir eine neue Welt. Ich fühlte mich von allen Crewmitgliedern angenommen, wir schmetterten Seemannslieder und hatten immer gute Laune. Am Ende des Törns waren sich alle einig: Ich hätte den „Segeltest" bestanden und sei nun jedes Jahr willkommener Segelgast.

Dieser erste Segeltörn war aber auch die erste Wiederannäherung an euch. Durch die beharrliche Weigerung von Gerhard, sich nach Vaters Tod weiter mit der Familie zu treffen, war auch ich nur noch zu besonderen Festen mit euch zusammen und verlor allmählich die Beziehung zu euch. Das Erlebnis Meer und Wind und Segelschiff belebte die familiäre Bindung. Das Gefühl der Verlassenheit verlor ich bereits im ersten Jahr – es war der Anfang meiner Identität als Single. Ich war eine von euch und ich gehörte dazu. Verständnis und die Wiederentdeckung von charakterlichen Ähnlichkeiten über zwei Generationen, Geschwister und Neffen und Nichten, waren oft erstaunlich. Immer wieder erinnerten wir uns an Ereignisse der Kindheit. Manchmal schienen sie nicht überein zu stimmen, aber bei näherem Hinsehen passte doch alles wie in einem geheimnisvollen Puzzle zusammen. Bei ruhiger See und gesetzten Segeln, aber auch, wenn der Zielhafen erreicht war, das Anlegemanöver leise und unauffällig geklappt hatte, später dann gekocht und gespeist war, kehrten an den gemütlichen Abenden im Cockpit längst verschüttete Gedanken und Gefühle zurück und wurden in endlos scheinenden Gesprächen wieder lebendig.

Mail von Jan-Erik:
„Ich erinnere mich sehr genau an deinen ersten Törn, ich weiß noch, wie wir alle bemüht waren, dich aufzuheitern, aber wir ließen dich auch in Ruhe. Wir freuten uns, dass du wieder mit uns lachen konntest und gesprächiger wurdest. Mir fällt ein, dass wir unbedingt über das wichtigste deutsche Ereignis im Jahre 1989 reden müssen. Wir sollten uns treffen!"
Es folgte eine kurze Absprache – Jan-Erik kam nach Braunschweig.
Er konnte den Beginn unseres Dialogs kaum abwarten, und schon beim Abendessen ging es los!

Ich fühlte mich gelegentlich sehr allein in Braunschweig. Deswegen war ich für eine Woche ganz spontan meinen Berliner Freundinnen ins Haus gefallen. Niemand ahnte, was durch die Montagsgebete in Leipzig, durch Glasnost und Perestroika und dem Spruch von Gorbatschow: „Wer zu spät kommt, den bestraft das Leben" politisch alles schon in Bewegung geraten war. Ich war in Berlin, es hatte mich wieder einmal in diese für mich immer faszinierende Stadt gezogen.
Ich erlebte am Donnerstag, den 9. November 1989 den Fall der Berliner Mauer mit. Wir telefonierten mit den Freundinnen, alle wollten wir uns am Brandenburger Tor treffen. Das klappte dann

natürlich nicht. Elisabeth und ich hatten es nicht weit und mussten im Gewühl der vielen Menschen aufpassen, dass wir uns nicht verloren. Wir sahen Menschen auf der Mauer und auf dem Brandenburger Tor und hörten ein irrsinniges Gebrüll: „Wahnsinn – Wahnsinn – Wahnsinn!" Auf der Straße des 17. Juni begegneten uns schon die ersten Ostberliner. „Ossis" und „Wessis" fielen sich in die Arme! Jubel und Freude! „Wir sind das Volk! Wir sind ein Volk!" Ein rauschhafter Zustand hatte alle ergriffen. Plötzlich stimmte irgendwo in der Menge jemand den Schlusschor aus der 9. Symphonie von Beethoven an: „Freude schöner Götterfunken ..." Die Menschen sangen, als hätten sie immer schon zusammen gesungen, sie fielen sich in die Arme, fassten sich an den Händen und bewegten sich im Rhythmus der Melodie. Meine Freundin und ich schauten uns an, Tränen rollten uns über die Wangen.

„Wäre ich doch bloß nie aus Berlin weggegangen!", rief ich ihr zu. Eine Frau neben mir riss mich an sich: „Ihr könnt ja alle wieder kommen! Wir sind alle Berliner – alle ein Volk!" Irgendjemand hatte eine Flasche Sekt geöffnet: „Trinkt! Das muss begossen werden!" Weiter hinten skandierten Leute: „Freiheit – Freiheit – wie sind frei!" Ich fühlte mich unendlich glücklich: Es gab keine Kontrollen, keine Grenzen mehr, die Mauer durch Berlin und Deutschland hätte ich am liebsten durch einen Zaubertrick sofort abgerissen – ich, und mit mir all die Menschen! Auf dem Brandenburger Tor standen junge Männer und rissen die DDR-Fahne ab. Sie flog im hohen Bogen in die Menge, dann zogen sie die schwarz-rot-goldene Fahne hoch. Es wurde hell, der erste Morgen der Freiheit für alle Deutschen zog herauf.

Wir wurden mit der Menge durch den Tiergarten gedrängt und erreichten schließlich die Burggrafenstraße und Elisabeths Wohnung. Sie stellte Gläser auf den Tisch und füllte sie mit Prosecco: „Auf die Freiheit!", prosteten wir uns zu. Dann klingelte das Telefon! Unsere vielen Berliner Freunde waren mehr als platt, dass ich in Berlin war. Ich schrie noch: „Ich bin der glücklichste Mensch, weil ich bei euch bin und alles miterlebe!"

Irgendwann fielen wir erschöpft in unsere Betten.

Meine Rückfahrt über die Autobahn von Berlin nach Braunschweig war dann noch verrückter. Trabis und Wartburgs versuchten mich zu überholen, winkten und schrieen: „Hallo – Wessi!" Ich kurbelte das Fenster herunter und rief: „Hallo – Ossi!" Vor dem Grenzübergang Marienborn-Helmstedt hatte sich der Stau zu einer endlosen Schlange entwickelt. Vor den Autos standen Menschen und fielen sich in die Arme: „Das kann doch nicht wahr sein! Wir können raus und auch wieder rein – gibt es noch die DDR oder nur noch Bundesrepublik Deutschland?"

Die Sonne ging orangefarben unter, lange glühte das Abendrot. Es war wie eine Verheißung für bessere Zeiten.

Über Öbisfelde reisten die Menschen nach Wolfsburg und nach Braunschweig – sie wollten „nur mal gucken!" Auf den Straßen und Plätzen jubelten und feierten alle in seligem Taumel.

Unsere Mecklenburger waren ganz schnell in Hamburg und überfielen unsere Mutter in ihrer Seniorenwohnung. Sie war fassungslos und hilflos – was sollte sie machen? Am Wochenende drauf waren unsere Mecklenburger wieder da. Wir Geschwister mit unseren Familien waren aus dem Rheinland, aus Niedersachsen und Schleswig-Holstein mit unseren Autos angereist, unternahmen eine Stadtrundfahrt durch die schöne Hansestadt und erreichten dann Preetz. Schnell war das Abendessen auf dem Tisch. Mit Sekt und Wein wurden Vereinigung und Freiheit Deutschlands begossen. Heike aus Mecklenburg stellte mit sachlicher Stimme fest: „Das ist eine gelungene Revolution ohne Blutvergießen."

Unserer alten Mutter liefen Freudentränen über die Wangen: „Dat ik dat noch beleven kann!" sagte sie in heimatlichem Mecklenburger Platt. Ich umarmte sie und flüsterte ihr ins Ohr: „Ich bin so dankbar, dass wir Freiheit und Vereinigung mit der ganzen Familie aus Ost und West feiern können!" Dann verschwand ich aus dem Wohnzimmer. Ich heulte vor Freude und konnte mich nicht beruhigen. Das mussten nun nicht alle mitbekommen. Als Heike das Lied „Kein schöner Land in dieser Zeit als hier das unsre weit und breit ..." sang und alle einstimmten, fühlte ich, dass es allen ähnlich wie mir ging.

„Meine Güte", rief Jan-Erik begeistert, als geschehe das alles noch einmal, „ich war ja auch dabei, deine Schilderungen stimmen genau! So war es – das wichtigste historische Ereignis für Deutschland und die Welt."

Wir waren uns aber einig: Die Wende oder die Vereinigung Deutschlands waren für Deutschland und Europa eine Herausforderung, die wir alle noch lange nicht bewältigt haben.

Reisen bildet und erweitert den Horizont

Jan-Erik fand, dass Segeltörns eine herausfordernde Art des Reisens seien, weil alles geplant und durchdacht werden muss und dies von keiner Reiseleitung abgenommen wird. Segeln ist auch meiner Meinung nach ein toller Sport, es gibt immer unvorhergesehene Abenteuer zu bestehen.

„Aber auch die Beziehung der Menschen untereinander auf dem Schiff ist bedeutsam", ergänzte er. „Nicht nur der Skipper ist für das Gelingen des Törns verantwortlich, sondern jedes einzelne Crewmitglied." Nach einer kurzen Pause meinte er nachdenklich: „Wir ,modernen' Menschen sind ja nun alle sehr reiselustig – manchmal frage ich mich, was Reisen tatsächlich bedeutet ..."

„Das kann wohl nur jeder für sich selbst beantworten", überlegte ich. „Seit ich allein lebe, habe ich viele Reisen gemacht. Ich hatte offensichtlich ein Nachholbedürfnis. Meine Reisen mit Gerhard erschlossen mir die Berge – und die Herausforderungen bei Klettertouren und Bergwanderungen zum Gipfelkreuz waren für uns ähnlich wie für euch der Segelsport auf dem Meer."

Im Anschluss an einen Workshop in einer Erwachsenenbildungsstätte in der Schweiz fuhr ich noch einmal ganz allein in das Berner Oberland. Mit der Bergbahn erreichte ich das Jungfraujoch und hatte eine herrliche Sicht über die schneebedeckten Viertausender. Dankbarkeit erfüllte mich, dass ich diese wunderbare Welt der Alpen mit dem Menschen erleben durfte, den ich geliebt und mit dem ich fast dreißig Jahre meines Lebens geteilt hatte. Ich beschloss, den Rückweg zu Fuß zu nehmen, obwohl ich von ihm gelernt hatte, dass man Bergtouren nicht allein machen sollte, da es immer Unberechenbares geben kann. Ich achtete auf meine Tritte und hielt mich am Berg, ich hatte als Gepäck nur einen kleinen Rucksack und war leichtfüßig. Immer wieder blieb ich stehen und schaute. Nach etwa dreistündigem Abstieg stand ich vor dem Eigergletscher. Der Gletscher hatte sich zurück gebildet, das Geröllfeld war größer geworden. Ich stand an der Stelle, an der Gerhard vor Jahren ein Foto von mir gemacht hatte. Jetzt nahm meine Seele für immer inneren Abschied von den Bergen.

Ich hörte Schritte hinter mir, ein Wanderer sprach mich an: „Wollen Sie noch abwärts von der Kleinen Scheidegg? Dann müssen Sie sich beeilen. Schauen Sie, es kommt ein Wetter auf!" Ich hatte das gar nicht bemerkt. Gemeinsam erreichten wir dann die letzte Bergbahn.

Da ich immer noch gern reiste, aber niemanden mehr für individuelle Reisen mit extremen Wanderungen hatte, musste ich mir eine andere Art des Reisens erschließen.

Mir schwebten Fernreisen vor, weil ich mich gern an eine wunderbare Reise im November 1979 mit Gerhard durch Ägypten erinnerte. Die Leitung hatte der Oberstudienrat, mit dem wir im Frühjahr das klassische Griechenland erlebten. Die Gruppe bestand aus zwölf Lehrkräften. In Kairo bestaunten wir die bunte, fremde Welt des Orients. Das Land am Nil mit seinen Pyramiden, seinen Gräbern im Tal der Könige und den riesigen Tempeln und symbolträchtigen Mythologien und seiner uralten Geschichte und die vielen Bazare des gegenwärtigen Lebens hatten in mir sehnsüchtige Spuren hinterlassen.

Nach einem zweiten Herzinfarkt traute sich Gerhard keine Flugreisen mehr zu. Er brauchte gute Luft und Erholung. Deshalb bevorzugte er jetzt ländliche Orte im waldreichen deutschen Mittelgebirge. Unsere Spaziergänge waren schön, aber für mich keine Herausforderung. Ich vermied, ihm das zu zeigen, weil ich ihm nicht wehtun und auch nicht unzufrieden sein wollte.

Nach seinem Auszug im März 1989 lernte ich, für mich selbst zu sorgen, meine Wünsche zu erkennen und sie angemessen umzusetzen. An stillen Sonntagen auf einsamen Spaziergängen um die Teiche von Riddagshausen oder durch den Auwald der Buchhorst träumte ich von fernen Ländern, die ich mit interessanten und netten Menschen entdecken könnte.

Eines Tages, auf einem Einkaufsrundgang durch die Braunschweiger Innenstadt, landete ich in einem Reisebüro und fragte nach einer Reise nach Amerika. Die nette Dame vor der Wand mit vielen Angeboten reichte mir bunte Kataloge. Ich setzte mich in eine Leseecke, entschied mich für eine Reise in den Westen der USA – und buchte sie für zwei Personen! Die Reisekauffrau sah mich erstaunt an: „Sie haben sich aber schnell entschieden, wollen Sie sich nicht doch lieber daheim mehr Zeit nehmen und dann anmelden?"

Ich blieb bei dieser Reise. Abends konnte ich nicht einschlafen und fand mich nun doch ganz schön verrückt. Wer würde sich auf so eine plötzliche Reise mit mir einlassen?

Elisabeth, meine treue und gemütlich-dicke Freundin, in deren kleiner Wohnung ich bis heute eine Art Heimatrecht in Berlin behalten habe, besuchte ich am Wochenende. Wie so oft stand sie auf dem Bahnsteig Berlin – Zoologischer Garten und fand mich in dem Menschengewühl. Ich atmete Berliner Luft, wir zogen mit dem kleinen Koffer an der Gedächtniskirche vorbei und saßen in ihrer Wohnung am runden Tisch, tranken Kaffee und ließen uns den leckeren Kuchen schmecken. Elisabeth fragte direkt und gezielt, was los sei. „Na, so was ..." sagte sie, als ich ihr alles erzählt hatte. „Wie teuer ist denn das Unternehmen?" Ich legte ihr alles vor. Sie fand die Reise verlockend und blätterte in ihrem Terminkalender. „Zeitlich geht es, nun muss ich nur noch das Geld zusammenkratzen, aber das kriege ich hin – mit meinem Englisch geht es auch wieder besser, da ich gerade einen Auffrischungskurs hinter mir habe. Ich komme mit!" Ich konnte es nicht fassen, sie hielt mich nicht für total verrückt! Sie fand es sogar gut, als verlassene Ehefrau sich mit einer tollen Reise zu entschädigen.

Wir hatten mit unserer Gruppe wirklich Glück, alle waren begeisterungsfähige und freundliche Menschen. Unser Reiseleiter stammte aus Stuttgart und lebte seit fünf Jahren in den USA. Er hatte großen Spaß daran gefunden, deutsche Landsleute durch Amerika zu führen. Wir sahen die Städte San Franzisko und Los Angeles mit Beverly Hills und seinen Filmstudios, Disneyland und das schillernde Las Vegas mit seinen Spielhöllen – unsere Gruppe war stark beeindruckt. Alles war atemberaubend: Die Nationalparks mit Grand Canyon, Brice Canyon und Zion Canyon, der Yellowstone Park mit seinen abgebrannten Bäumen, die aschfahl ihre Äste gen Himmel streckten, die Geysire, die riesige Fontänen hochschnellen und dann wieder zusammensinken ließen! Der Westen des Kontinents war landschaftlich von überwältigender Schönheit. Einstiege in die Canyons waren wirklich anders als die Aufstiege in den Alpen. Das Donnern der Flüsse unter den Felsvorsprüngen, auf denen wir uns hielten, löste in mir Gefühle von großer Hochachtung und Bewunderung für diese unbeschreibliche Natur aus, aber auch Angst und Ohnmacht, wenn ich mir die Feuersbrunst in Kalifornien vorstellte. Abends saß ich oft allein auf einem Felsen und schaute in die Tiefe und die von der untergehenden Sonne rostrot gefärbten Felsen. Meine Fantasie gaukelte mir Visionen vor: Abenteuerliche Schlauchbootfahrten durch das schäumende Wildwasser, das tief unter mir brodelte. Nachts träumte ich in bunten Bildern die grandiose Landschaft und durchritt sie auf einem edlen Pferd. Elisabeth erging es ähnlich. Viele Amerikaner begegneten uns sehr freundlich und anteilnehmend – sie freuten sich über unsere Begeisterung. Als wir wieder Old Germany anflogen, schaute Elisabeth mich strahlend an: „Amerika – du siehst mich wieder!"

Ich lachte: „ ...und mich auch!" So fingen meine Reisen an. Ich machte nur gute Erfahrungen und wählte genau aus. Angebote gibt es viele. Mit der Braunschweiger Zeitung reiste ich durch Indien. Mit Hanna und Jürgen und der Evangelischen Kirche Preetz erlebte ich das ewige Rom. Mit der Evangelischen Fahrtengemeinschaft der Landeskirche Braunschweig folgten Tagesfahrten, Reisen in die Toskana, nach Sizilien und in andere europäische Länder. Eine Reise nach Südafrika mit Fahrten durch den Krüger-Nationalpark und seinen exotischen Tieren, vom Atlantik bis zum Indischen Ozean zählt mit zu meinen Traumreisen. Die Vorbereitungen für die Reisen der Evangelischen Fahrtengemeinschaft waren sehr gut organisiert. Die Teilnehmer wurden vorher miteinander bekannt gemacht – so entstand tatsächlich eine Fahrtengemeinschaft.

„Von einer sehr individuellen Reise kann ich dir auch noch erzählen, wenn du Lust hast!", schmunzelte ich.

Jan-Erik war sofort im Bilde, denn er hatte mich mit dem Auto nach Düsseldorf zum Zug gefahren, als ich von Frankfurt/Main in die USA fliegen wollte und in seinem Elternhaus übernachtet hatte. Er nickte sofort.

Ich hatte einmal einen Patienten, einen netten jungen Mann, während einer Therapie in seine Kindheit begleitet, die er in Amerika verlebt hatte. Ich erfuhr seine innere und äußere Geschichte. Ronald ging es jetzt in jeder Hinsicht gut. Da er immer ein „Überprüfer" war und schauen musste, ob alles stimmte, was er mit mir in mühsamer Arbeit an seiner Geschichte herausgefunden hatte, kam er auf die Idee, mit mir in die USA zu fliegen. Er besuchte mich, als er nach längerer Zeit einmal wieder in Braunschweig war. Er brachte sehr geschickt das Thema auf Reisen und fragte nach einer Traumreise von mir. Ich antworte spontan: „Es könnte der ‚Indian Summer' in Amerika sein." Es vergingen danach noch zwei Jahre. Dann rief er mich an und erklärte ohne Umschweife: „Der ‚Indian Summer' für September ist gebucht! Du brauchst dich um nichts zu kümmern, du musst nur ja sagen." Ich sagte zu.

Ein langer Arbeitstag war beendet – am folgenden Tag war es nun so weit. Überlegungen und Zögern und mehrere Terminverschiebungen lagen hinter uns, nun wollten wir endlich in die USA fliegen. Wir freuten uns beide auf den „Indian Summer" und vieles mehr. Koffer und Rucksack standen gepackt auf dem Flur meiner Wohnung. Das Telefon schrillte anhaltend und störend, ich nahm ab. „Warum lässt du mich so lange klingeln?" Es war Ronalds erregte Stimme.

„Sag bloß, du hast das noch nicht gehört? Terroristen haben ein Passagierflugzeug in die Zwillingstürme des World-Trade-Center in New-York gesteuert, sie sind zerstört, über 5000 Menschenleben sind wahrscheinlich ausgelöscht! Schalt mal deinen Fernseher an!" Ich sah die Bilder des Grauens, die sich ins Gedächtnis eingruben. Ronald war wieder am Telefon.

„Unvorstellbar", sagte ich mit tonloser Stimme.

„Nach diesem Anschlag gegen die Amis wird auf dieser Welt nichts mehr so bleiben, wie es ist", erwiderte er leise. „Ich bin ja in Amerika aufgewachsen, mein Vater war in der Army. Es macht mir Angst. Unser Traum von der gemeinsamen Reise ist ausgeträumt."

Ich fühlte mich wie zermalmt, mir brummte der Schädel, ich bekam Kopfschmerzen.

Ronald schluchzte: „Ich heule wie ein kleines Kind, es tut mir so weh!" Schweigen. Dann war er wieder ganz cool und redete vernünftig auf mich ein: „Die Flüge sind ab Frankfurt zum 12. September gebucht – was meinst du, werden wir fliegen?"

Diese Reise mit mir in seine amerikanischen Kinderjahre war ihm sehr wichtig, deshalb schlug ich vor: „Wir sollten stornieren und abwarten, denn noch ist alles zu ungewiss."

„Heißt das, wenn es möglich ist, fliegst du mit mir?"

„Das meine ich ernst, wir bleiben in Kontakt."

„O.k."

Dann war ich mit den Schrecken dieser Nachricht, mit den Bildern und den ratlosen Kommentaren der Berichterstatter auf meinem Bildschirm allein. Noch nie habe ich mich so verlassen mit solcher diffusen Angst gefühlt. Plötzlich weinte ich, die Tränen rannen wie kleine Sturzbäche über mein Gesicht. Ich schlief in meinem Sessel ein und wurde wieder wach. Immer noch waren diese Bilder da. Ich suchte nach der Fernbedienung und schaltete aus. In meinem unruhigen Schlaf erschienen die Szenen in Albträumen aber immer wieder.

Am 21. September flogen wir doch nach Washington. Am Flughafen gab es strenge Kontrollen. Auch bei der Übergabe des Mietautos wurden wir skeptisch angesehen: „From Germany?", fragten uns die Amis. Ronald sah wie einer der ihren aus und sprach perfekt amerikanisches Englisch. Aber ich kleine, ältere Frau fiel auf. Auch in unserem Hotel wurden wir misstrauisch in Empfang genommen. Wir aßen gepflegt in einem guten Restaurant im Diplomatenviertel. Die Stimmung deutete nicht auf das Ereignis vom 11. September hin. Plötzlich, kurz vor Mitternacht, wollten alle zahlen und aufbrechen. Wir fragten uns, was wohl los sei – da sahen wir es: Im

Regierungsviertel war überall bewaffnete Polizei, auch auf den Dächern des Weißen Hauses. Trotzdem durften wir durch die Absperrungen zur Mall. Am nächsten Abend besuchten wir im Kennedy-Center ein klassisches Ballett. Nur wenige Zuschauer waren gekommen. In der Pause gingen wir auf die Terrasse und schauten auf die Stadt. Plötzlich hörten wir ein Brummen in der Luft – ein Flugzeug. Die Besucher flüchteten in den riesigen Flur. Wir standen beide allein vor der großen Büste von John F. Kennedy. Das Center war leer. In der Frühe fuhren wir mit unserem Mietauto nach New York City und erreichten dort unser großes Hotel. Nach einem guten Frühstück erklärte Ronald sehr bestimmt: „Wir gehen zu Fuß zum Ground Zero."

In New York herrschte zwischen den Schluchten der Wolkenkratzer eine merkwürdig-düstere Stimmung. Wir erreichten unser Ziel. Menschen standen da mit fassungslosen Gesichtern vor den Trümmern des Trade-Center und suchten nach ihren Angehörigen. An den Holzwänden zur Absperrung vom Ground Zero hingen viele Fotos mit Namen der Vermissten. Ich fühlte mich an den Suchdienst des Deutschen Roten Kreuzes nach dem Ende des Zweiten Weltkrieges erinnert. Die Uhren der beiden Kirchen am World-Trade-Center waren alle auf 9 Uhr stehen geblieben.

Dieser Tag in New York brannte sich mir und meinem jungen Freund mit Gefühlen des Zornes und tiefer Traurigkeit ein: Der 11. September 2001 veränderte die Welt – auch unsere.

Jan-Erik sah mich nachdenklich an und meinte: „Es gibt wohl kaum Menschen, die dieses schreckliche Ereignis nicht mitbekommen haben. Die Folgen des 11. September sind noch lange nicht überwunden ... Es war schon mutig von dir, mit Ronald unmittelbar danach in die USA zu reisen!"
„Ich bin dankbar, dass ich das erleben durfte ..."

Die Autofahrt auf den Highways der Ostküste bis nach Kanada und zurück nach Boston führte uns auch in ländliche Gegenden mit vielen Farmen und Landwirtschaft. In der kleinen Stadt, in der er mit seinen Eltern gewohnt hatte, trafen wir auf zwei Nachbarinnen, die sich an seine Familie erinnerten und nach seiner Mutter erkundigten. In seiner Grundschule fragte er nach seiner Lehrerin. Er hatte ein unglaubliches Glück, sie war im Lehrerzimmer und erinnerte sich an den damaligen kleinen Schüler. Sie und der Schulleiter führten uns durch die Schule. Ronald fand alles bestätigt, was er in langer therapeutischer Arbeit erinnert hatte – auch mein Anteil daran hielt seiner Überprüfung stand.

Unterwegs begegneten wir vielen interessanten Männern und Frauen. In längeren Gesprächen vermittelten sie uns ihre tiefe Erschütterung über den Terrorismus, aber auch ihre Freude, dass wir aus Old Germany uns nicht abhalten ließen, die geplante Reise anzutreten. Viele Amerikaner haben ja ihre Wurzeln in den Ländern Europas. Erholsam auf dieser Reise waren unsere Wanderungen durch die farbenprächtigen Laubwälder des ‚Indian Summer'. Mich verzauberte und berauschte diese Pracht. Ich fühlte mich jung und glücklich! Diese ganz persönlich gestaltete Reise wird mir wie ein aufregendes Abenteuer unvergesslich bleiben.

„Geschichten über Reisen sind immer spannend, jetzt wird es wieder persönlich und familiär?", stellte sich mein Zuhörer die Fortsetzung der Geschichte vor. Ich lächelte ihn zustimmend an.

Freundschaften, Feste und Abschied.

Meine Fahrten nach Berlin und die Begegnungen mit meinen Berliner Freundinnen und Freunden habe ich stets genossen. Auch in Braunschweig entwickelten sich aus kollegialen Beziehungen und schon lange bestehenden Bekanntschaften vertrauensvolle Freundschaften, besonders mit Marlis und Gisela. Uns verbindet Freude an Musik und Theater, Literatur und Kunst. Aber auch Zuverlässigkeit und Hilfsbereitschaft, wenn die eine oder andere Schwierigkeiten hat. Ich bin dankbar, dass wir uns so gut verstehen. Ich wurde zu Geburtstagsfeiern eingeladen und fragte mich, woher die Gastgeber so viele Menschen kannten. Ich beschloss, es auch zu probieren. Ich fertigte eine Namensliste und war erstaunt, zu wie vielen Leute auch ich in Braunschweig eine gute Beziehung hatte.

Ein runder Geburtstag ist immer eine hervorragende Gelegenheit zu feiern. Ich lud Mutter, die weitere Familie und eine große Schar guter Freunde und Bekannter ein. Sie kamen alle, und wir erlebten ein wunderbares Frühlingsfest. Meine kreative Familie hatte sich Zauberei, Scharaden und Szenen aus meinem Leben ausgedacht – alle stellten sich als gute Schauspieler dar. Auch die Gäste wirkten an diesen liebevollen Überraschungen mit. Wir feierten bis in die Nacht. Dieses Fest blieb allen, die dabei waren, in bester Erinnerung.

Auch unsere Mutter feierte gern. Als ich sie mal wieder in Hamburg besuchte, tat sie alles, um meine Abreise nach Braunschweig hinauszuzögern. Schließlich erklärte sie sehr bestimmt: „Deinen und Rainers Geburtstag feiern wir in Grevenbroich. Alle werden da sein." Hanna und Jürgen holten sie mit dem Auto ab. Als ich mit Gisela, die ihr lieb geworden war, eintraf, saß sie im Garten in warme Decken gehüllt in der Frühlingssonne. Zur Begrüßung sagte sie mit leisem Vorwurf: „Wir sind schon zwei Stunden hier, warum kommt ihr so spät?"

Am festlich gedeckten Kaffeetisch war das dann kein Thema mehr. Mit kleinen Aufführungen und Spielen wurde auch dies ein schöner Tag. Mutter war immer am glücklichsten, wenn sie Kinder und Enkel um sich hatte. Sie fühlte sich sichtlich wohl, umso erstaunlicher war zwei Tage später am Mittagstisch ihr Wunsch: „Ich brauche einen Arzt!"

Wir verstanden nicht gleich, daher forderte sie mich auf: „Bring mich bitte ins Bett."

Als sie in den Kissen lag, sah sie mich mit ernstem Blick an: „Ich sterbe, begreifst du jetzt, dass ich einen Arzt brauche?"

Rainer rief den Doktor an. Auch ihm sagte sie, dass es für sie an der Zeit war zu sterben und fragte ihn: „Sie glauben mir doch?" Der Doktor bezweifelte ihre Aussage nicht und begleitete sie und uns durch die Tage. Nachts saß immer jemand von uns an ihrem Bett. Am Karfreitag war ich mit ihr allein. Die Familie war nach Aachen zum Kaiserdom gefahren. Meine Mutter sprach letzte für mich bedeutungsvolle Worte. Wir nahmen versöhnt und in Frieden Abschied voneinander. Abends holten wir den südafrikanischen Gemeindepfarrer, nahmen gemeinsam das Abendmahl und sangen auf Mutters Wunsch das Osterlied: „Christ ist erstanden von der Marter alle, des woll`n wir alle froh sein, Christ will unser Trost sein ...."

Am ersten Ostertag schlief sie friedlich in den Armen ihres Sohnes ein. In der Versöhnungskirche in Hamburg-Eilbek nahmen wir Abschied von ihr. Sie hatte entschieden, dass Pastor Bruns, der ihr emotional nahe stand, die Trauerfeier und die Beerdigung an der Familiengrabstätte auf dem Friedhof Ohlsdorf gestalten sollte. Ihr Testament schloss mit einem Vermächtnis an uns alle: „Haltet zusammen und helft einander, wie euer Vater und ich es euch vorgelebt haben."

Rainer sagte später: „Sie war eine bemerkenswerte Frau und Mutter." Die letzten Erdentage unserer Mutter, die wir auf ihren Wunsch als Familie bei sonnigem Frühlingswetter im Rheinland und in froher, festlicher Stimmung mit ihr verlebten, erinnern mich an die strahlende Freude, die von ihr auf uns alle übersprang. Unser letztes Gespräch am Karfreitag war ein gegenseitiges Verzeihen der Kränkungen, die wir uns immer wieder zugefügt hatten. Sie streichelte zärtlich meine Hände: „Dann ist alles gut." Ihre Stimme war ganz leise. So ein friedliches Hinübergehen in die andere Welt wünsche ich mir auch. Ich empfinde für sie Liebe und Dankbarkeit.

E-Mail:

Von: Jan-Erik
An: Elisabeth
Gesendet: Sonnabend, 4. September 2005, 20.15
Betreff: Dialog, besondere Nachricht

„Hallo, Elisabeth, den Wunsch unserer Mutter und Großmutter, als Familie zusammen zu halten, werden wir erfüllen, ganz gleich, wohin uns der Wind weht! Ich finde es sehr schön, dass wir mit so einem wunderbaren Vermächtnis am Ende unseres Dialogs über unsere Familiengeschichten angelangt sind! Ich danke dir! Nun eine wichtige Mitteilung von mir: Mein Professor hatte mir vorgeschlagen, ein Praktikum in Neuseeland zu absolvieren. Ich habe mich daraufhin um ein Auslandsstipendium beworben – und ich hatte Glück! Ich freue mich auf dieses Land und die Forschungsarbeit."

Am 26. September verabschiedeten seine Eltern und ich Jan-Erik am Flughafen Köln für die weite Reise an das südliche Ende der Erde.
Ich freute mich über jede Mitteilung von ihm auf meinem PC und antwortete ihm immer.
Nach einer längeren Pause kam dann eine letzte Mail von ihm aus Neuseeland:

„Mein Praktikum habe ich geschafft und wurde gestern mit einer tollen Party vom Institut verabschiedet. Ich habe drei Wochen freie Zeit, werde mit dem Rad noch die Nord- und Südinsel erkunden und dann an einer Segelregatta teilnehmen. Bis bald! Dein Jan-Erik."

Epilog

Wieder im Haus der Geschichte
der Bundesrepublik Deutschland in Bonn

Im Februar 2005 kehrte Jan-Erik aus Neuseeland zurück. Er stellte sich sehr schnell wieder auf Deutschland ein und hatte seinem Professor und den Kommilitonen Bericht zu erstatten. Durch das geographische Praktikum dachte er in weiten Zeiträumen der globalen Geschichte.

Er ließ mich dennoch nicht lange warten, um die kurze Familien- und Zeitgeschichte von sechzig Jahren mit mir abzuschließen: Mein Telefon klingelte. Es war mein neugieriger und wissbegieriger Frager! Wir waren uns wie in den zwei Jahren des Dialogs schnell einig und verabredeten uns erneut zu einem Besuch im „Haus der Geschichte der Bundesrepublik Deutschland".

Der ICE „Heinrich der Löwe" lief in den Hauptbahnhof Bonn ein. Wir begrüßten uns freudig – so viele Fragen gab es zu beantworten! Im Uni-Viertel stärkten wir uns in einem preiswerten Restaurant mit einem zweiten Frühstück. Es war verlockend, sich auf das Erlebnisthema Neuseeland einzulassen, aber wir wollten erst unsere dialogische Arbeit beenden.

Wir standen in dem hellen Vorraum des Museums. Wie bei unserem ersten Besuch mit der Annäherung an die Zeit nach dem Kriege und der dunklen Epoche des Nationalsozialismus waren viele Besucher aller Lebensalter auf dem Weg durch die Zeitgeschichte.

Die lichtdurchflutete, moderne Architektur des Gebäudes stand in krassem Gegensatz zu der Düsternis der Geschichte, besonders im ersten Abschnitt.

Jan-Erik wollte nur noch die Abteilung nach 1989 aufsuchen.

„Schauen wir mal, wie diese fünfzehn Jahre nach der Vereinigung der beiden deutschen Staaten uns präsentiert werden. Wir haben ja beide alles miterlebt, wissen um den Verlauf und müssen uns nun nicht erinnern", waren wir uns einig".

Die Darstellung der Jahre nach der Einheit Deutschlands war lückenlos. Es war nicht zu übersehen, dass die unblutige, friedliche Revolution der Menschen der DDR, durch den unerträglichen Druck der Isolierung und der Lebensbedingungen ausgelöst, eine große Leistung war. Die neue Bundesrepublik Deutschland wurde zu einer Herausforderung nicht nur für führende Politiker und für Wirtschaftsmanager, auch für das Volk. Allein die Hauptstadt Berlin mit ihren Umzügen der Bonner Politiker, den riesigen Baustellen und der Entstehung des Regierungsviertels mit der oft gigantisch anmutenden Architektur, mit dem Reichstag und seiner Glaskuppel, legen Zeugnis ab vom Willen aller Deutschen, die neue Republik zu gestalten.

Aber auch, was noch nicht gelungen ist, wird dort nicht verschwiegen. Auf einem Bild stellen die russischen Künstler Vladimir Dubosarskij und Alexander Vonogradov den Kanzler der Vereinigung mit Witz und Ironie in eine „blühende deutsche Landschaft". Helmut Kohls Aussage war vom Zeitrahmen zu kurz gegriffen und löste nach der anfänglichen Euphorie Enttäuschung aus. Die Arbeitslosigkeit nahm zu, Firmen gingen in die Insolvenz. Der Aufbau Ost nahm alle in die Pflicht. Auch das Bonmot von Willi Brandt: „Jetzt wächst zusammen, was zusammen gehört", braucht Zeit. Die Ausschreitungen der Neonazis werden nicht ausgespart, die Aufarbeitung der SED-Diktatur wird eindrücklich dargestellt.

Die friedliche Wiedervereinigung Deutschlands bedeutet eine neue Definierung der Rolle in der internationalen Politik. Die Bundesrepublik ist nach Artikel 23 Grundgesetz mit für die Verwirklichung des vereinten Europa verantwortlich. 1993 wird durch den Vertrag von Maastricht eine enge Zusammenarbeit eingefordert, die Europäische Gemeinschaft wird zur Europäischen Union – EU – mit Ziel einer Wirtschafts- und Währungsunion. 1995 werden Personalkontrollen weitgehend abgebaut. 2003 gehören 25 europäische Staaten zur EU.

Wir verließen die Ausstellung. Im Restaurant stärkten wir uns mit einem Capuccino. Zwei junge Leute setzten sich an unseren Tisch, am Nebentisch saßen ältere Menschen. Der junge Mann sprach mich an: „Sie haben wohl diese sechzig Jahre erlebt, wir nur bewusst etwa zehn Jahre."

Jan-Erik erzählte: „Wir waren vor knapp zwei Jahren das erste Mal hier. Insgesamt waren wir von der Ausstellung beeindruckt. Für mich war es toll, dass ich nicht nur die Exponate und die Beschilderung sah, sondern dass ich mit meiner Zeitzeugin alles durch ihre vielen persönlichen Geschichten nacherleben konnte."

Unser Zuhörer sah uns gespannt an.

„Wir beschlossen, uns mit der deutschen Geschichte im Dritten Reich und den verheerenden Kriegs- und Nachkriegsfolgen gründlich auseinander zu setzen", fuhr Jan-Erik fort. „Wir trafen uns immer wieder zu Gesprächen. Wir schrieben Notizen und E-Mails, wir lasen

Bücher und haben im Internet gesurft. Mit dem tollen Ergebnis: Die persönliche Erinnerung stimmt mit der realen Zeitgeschichte überein!"

„Klasse!" Der junge Mann war sichtlich begeistert.

„Wir haben unseren langen Dialog für uns und unsere Familie aufgeschrieben, und nun wird es ein richtiges Buch. Ihr solltet in euren Familien auch euren Zeitzeugen Fragen stellen, sie werden euch antworten! Für die alte und junge Generation wird das bestimmt eine interessante Bereicherung."

Wir bekamen immer mehr Zuhörer, alle schmunzelten. Eine ältere Dame meinte: „Auf die Idee wären wir gar nicht gekommen, weil wir geglaubt haben, dass unsere Kinder und Enkel davon gar nichts wissen wollen." Sie lächelte. „Wir werden sie jetzt sicher einmal zu einem Besuch ins ,Haus der Geschichte' einladen und dann über alles reden."

Wir wünschten allen viel Glück und versicherten ihnen, dass es spannend werden wird.

Nachwort

Der Besuch im Haus der Geschichte der Bundesrepublik Deutschland in Bonn vor etwa zwei Jahren mit meinem Neffen war tatsächlich der Anlass, unsere Familiengeschichte aufzuschreiben. 2003 beteiligte ich mich an einer Ausschreibung der Braunschweigischen Landschaft, Arbeitsgruppe Literatur. Mein Beitrag, eine berichtende Erzählung zum Thema der Kinderlandverschickung im Dritten Reich, wurde veröffentlicht, fand in vielen Lesungen Interesse und berührte meine Zuhörer.

In den letzten zwei Jahren erschienen von vielen Autoren Veröffentlichungen zu Kinder- und Familiengeschichten aus der Zeit von 1930 bis 1945. Es war, als sei der Damm gebrochen. Zeitzeugen wurden von Journalisten befragt, die dann diese Geschichten veröffentlichten und Schlussfolgerungen daraus zogen. Ältere Menschen wurden ermutigt, ihre Erlebnisse und Geschichten selbst aufzuschreiben.

Viele Schriftsteller beschäftigten sich mit dem Regime des Nationalsozialismus und den Traumatisierungen der Menschen durch den Krieg, durch Flucht, Vertreibung und Bombenkrieg. Die Medien Film und Fernsehen dokumentierten Kriegsereignisse und die Lebensgeschichten von Persönlichkeiten, die Widerstand leisteten oder Täter waren.

Als ich mich mit unserer Familiengeschichte und besonders mit meiner persönlichen Biografie beschäftigte, war es mir sehr bald klar, dass eine Form der Aufarbeitung nur vor dem Hintergrund der Zeitgeschichte sinnvoll sei. In unserer Familie hat es immer wieder Diskussionen über diese Zeit gegeben – und darüber, wie wir sie erlebt haben. Auch unsere damals junge Generation war daran beteiligt.

Durch den Verlust schriftlicher Zeugnisse war ich auf meine Erinnerungen als hauptsächliche Wissensquelle angewiesen.

Durch meine lange tiefenpsychologisch-psychoanalytische Ausbildung und zwei eigene Psychoanalysen lernte ich mich zu erinnern, respektiv und introspektiv zu denken und zu fühlen. In drei Jahrzehnten therapeutischer Arbeit mit vielen seelisch und körperlich gestörten Menschen vertiefte und übte ich diese Fähigkeit. Meine Berliner Psychoanalytikerin kontrollierte meine Fallarbeit noch fünf Jahre nach Abschluss meiner Ausbildung einmal monatlich drei bis vier Stunden. Eine harte und lohnende Arbeit. Ihr verdanke ich den Hinweis, dass schon bei der Erhebung der biografischen Anamnese der gesellschaftspolitische Hintergrund mit zu berücksichtigen sei. Neben den frühkindlichen Prägungen durch die Eltern und andere wichtige Bezugspersonen beeinflussen nicht nur die genetischen Veranlagungen, sondern vor allem das soziale Umfeld die Entwicklung des Individuums. Ich habe bei vielen meiner Patienten die Traumatisierungen aus der Zeit des Nationalsozialismus erkannt. In einem langen Therapieprozess erinnerten sie sich, konnten die Abwehr der Verdrängung und Verleugnung aufgeben, sich der Geschichte ihrer Eltern und den daraus resultierenden Folgen für das eigene Leben stellen und sich schließlich von ihren Leiden befreien.

Auch in meiner Supervisionspraxis erkannte ich in Institutionen die nationalsozialistische Vergangenheit häufig als ein wesentliches Störungsphänomen und arbeitete mit Führungspersönlichkeiten oder auch mit Teams an den Auswirkungen dieser unverarbeiteten unbewussten Anteile. Viele Konflikte der Mitarbeiter und der Leitung lösten sich. Das Betriebsklima verbesserte sich, die Arbeit wurde effektiver.

Eine sachliche Überprüfung nahm ich am Schluss meiner Aufzeichnungen vor durch das Lesen von Werken aus der neuen Geschichte.

Die evangelisch-lutherische Ausrichtung in unserem christlich geprägten Elternhaus bestimmte meine Grundhaltung im Sinne von Nächstenliebe und friedlichem Umgang mit den Mitmenschen. Später vertiefte sich diese Haltung zu einem breiteren spirituellen und toleranten Verständnis anders glaubender und denkender Menschen. Für mich vorbildhafte Persönlichkeiten von Lehrerinnen und Lehrern – und im beruflichen Bereich die Auseinandersetzung mit Vorgesetzten und Mitarbeitern vertieften dieses Menschenbild. Aus der christlichen Nächstenliebe wurde psychosoziales und humanistisches Verständnis und Verantwortung für die Entdeckung der persönlichen geistigen und psychischen Ressourcen und deren Weiterentwicklung als Lebensaufgabe.

Die „Lebensdialoge vor dem Hintergrund der Zeitgeschichte" sind subjektiv und individuell. Unsere persönliche Geschichte hat keine herausragende Dramatik, sondern erzählt Alltagsgeschichten, wie sie jede ganz normale Familie erlebt hat. Sie verdeutlicht aber auch die Hilflosigkeit derer, die versuchten Widerstand zu leisten und gleichzeitig ihr Leben weiterzuleben, wenn in unmittelbarem Umfeld das Unrecht der Naziherrschaft erkannt wurde. Die Nachkriegsgeneration warf der Elterngeneration eben dieses vor: keinen (ausreichenden) Widerstand geleistet zu haben. Aber sie versäumte zu fragen, warum das so war und weshalb geschwiegen wurde.

Nach den Ereignissen von 1989 und dem Zusammenschluss der beiden deutschen Staaten wurde vermehrt das Verdrängte und Vergessene erinnert, darüber geredet und veröffentlicht.

Mit meinem Beitrag möchte ich ermutigen, nicht mehr zu schweigen, sondern sich in den Dialog zu begeben. Reden befreit und verhindert Verharmlosung und Wiederholung der Taten, die unser Volk den Menschen angetan hat. Dabei geht es nicht mehr um Schuldzuschreibungen, denn für die junge Generation ist das „Dritte Reich" Geschichte, sondern um Verhinderung jeglicher Form von ideologisch gefärbter Gewalt.

Dank

Meinem Neffen Jan-Erik danke ich für die Anregung, meine Erinnerungen aufzuschreiben und mein Dialogpartner zu sein. Er begleitete meine Schreibarbeit mit unzähligen Gesprächen, Telefonaten und E-Mails.

Meiner Nichte Bettina, Literaturwissenschaftlerin, bin ich dankbar für ihr kritisches Lektorat mit klaren Hinweisen für die Überarbeitung des Gesamttextes und die Buchgestaltung.

Meinen Geschwistern und ihren Ehepartnern danke ich für die freundliche Anteilnahme an diesem Unternehmen. Sie gaben mir manche Anregung mit ihren eigenen Erinnerungen.

Freundinnen und Kolleginnen danke ich für vielerlei Ermutigung, wenn ich mein Vorhaben aufgeben wollte, weil immer mehr Publikationen mit ähnlichen Themen auf dem Büchermarkt erschienen. Ihre Meinung, dass jede Erinnerung wichtig ist und alle ein Teil des Ganzen sind, stärkten meine Energie und ließen mich durchhalten.

Wie wäre es mir mit diesem „Makro" ohne meinen PC-Lehrer Thorsten Breyer ergangen? Mit unerschütterlichem Gleichmut fertigte er an meinem PC Kopien und Sicherungen und brachte manchen „Absturz" dieses für mich immer noch tückischen Rechners wieder in Ordnung. Dafür danke ich ihm mit humorvollem Augenzwinkern.

Dem Leiter der Arbeitsgruppe Literatur der Braunschweigischen Landschaft, Gernot Bischoff, und den schreibenden Kolleginnen und Kollegen danke ich für viele Einblicke in eigene Texte in unserer internen Fortbildungsgruppe und auf zwei Seminaren in der Bundesakademie für kulturelle Bildung in Wolfenbüttel als Angebote der Braunschweigischen Landschaft. Gemeinsames Lernen macht Spaß.

Stefan Schwidder vom Biographiezentrum in Hamburg danke ich für sein Interesse an meinem Manuskript und die Anregung, es zu veröffentlichen.